汝(きみ)よさらば 四

浮世絵宗次日月抄

余りにも全ての気力を失ったかに見える浮世絵師宗次(そうじ)の姿が、蘭方医柴野南州(しばのなんしゅう)診療所にあった。寝床でたった今流したものか、両の目から幾すじかの涙の伝い落ちたあとがあった。悲泣(ひきゅう)の胸に浮かびたる女(ひと)の顔は果たして……。

写真・文／編集部

江戸城本丸御殿松之廊下を模して造られた**紀州家秘密の大廊下**。九十畳もの大畳が敷かれたその廊下沿いの**御広間**で、**高河文三郎**（たかがわぶんさぶろう）は大衝撃に見舞われ震え上がった。事によると我が身を以（もつ）て、命を以て償（つぐな）うべきと覚悟した。

歌川豊国『忠雄義臣録』第三
（東京都立図書館蔵）

「余はあれの子が欲しい……」

主君徳川光貞公が松坂城近くの打貫流道場において立ち合い打ち負かされたその相手は、今や切なる恋慕の対象となっていた。高河家そのものを揺るがす驚天動地の事態が出来した、と文三郎は伏せた面を上げられなかった。

神君家康公の『隠居城』として名高かった**駿府(すんぷ)城**はまさに江戸に睨(にら)みを利かせる**大御所様の幕政地**であり、**隠密情報機関『葵』**の残存勢力もまた連綿とその権力を息潜めてつないできた。今、怪しく動くその白刃の切っ先が江戸に向けられる……。

写真／amanaimages

汝(きみ)よさらば(四)

浮世絵宗次日月抄

門田泰明

祥伝社文庫

一〇二

『白口髭のせんせい』で知られた湯島三丁目の蘭方医柴野南州診療所には、明るい日差しが降り注いでいた。この診療所敷地内に、小児専門診療室――手術室の付いた――と小児入院棟が設けられてから、どれくらいが経っているだろうか。この時代にしては相当に大きく立派な施設であって、『公』と『私』の浄財によって漸く日の目を見た、貧しい家庭の子供たちのための医療施設である。

この小児診療室の東側と西側の白壁一面に、宗次は南州先生の求めに応じて渾身の大作『浦島竜宮物語』を描き上げており、不安を抱えて親と訪れる子供たちの小さな心を癒していた（光文社文庫『冗談じゃねえや』）。

この小児診療室から南へ短い渡り廊下があって、南州先生の居宅部分と結ばれている。

日差しあふれるこの居宅部分――縦に長い拵え――の一番奥に位置する客間に敷かれた寝床に今、ひとりの人物が横たわり、微かな弱弱しい寝息を立てていた。

閉じられている四枚の大障子には、日がいっぱいに当たって室内は眩しいほど明るい。

寝床の人が眠りながらたった今、流したものなのであろうか、両の目から幾すじかの涙が伝い落ちたあとがある。その証拠に、片頬を覆っている白い大きな当て布が湿っているではないか。

それは大作『浦島竜宮物語』を描き上げた宗次の、余りにも全ての気力を失ったかに見える尋常ならざる姿だった。

その枕元で南州先生の若い男女の助手二人が正座をして心配そうに、それこそ身じろぎもせず宗次を見守っていた。

昨夜、宗次は自力で柴野南州診療所まで辿り着き、玄関を一歩入ったところで力尽き気を失ったのである。宗次ほどの剣客がだ。いや、宗次であったからこそ、この深手は南州先生でないと治せぬ、と思ったのであろう。

その南州による診断は緊急手術が必要な**出血過多な刀創**であった。が、緊急手術とは言っても現代のような手術器具や創傷洗浄の薬液が満足に揃っている訳がない。全てが南州のすぐれた感覚によって考案されたものばかり、と言っても言い過ぎではなかった。

南州が内服、外用の分野で研究に心血を注いできたものには、**毒矯み**(抗菌作用、抗カビ作用、抗炎症作用・クエルシトリン、イソクエルシトリン）、**浅葱**（アサツキ）（抗菌作用、止血作用・カロチノイド、硫（い）黄（おう）化合物）、**一薬草**（イチヤクソウ）（止血作用、鎮痛（ちんつう）作用・ピロラチン、モノトロペイン、チマフィリン、クエルセチン）、**弟切草**（オトギリソウ）（抗炎症作用・ヒペリシン、クエルシトリン、オリエンチン、イソクエルシトリン）、**目薬の木**（メグスリノキ）（角（かく）膜炎（まくえん）、ものもらい、白内障（はくないしょう）・トリテルペノイド、スコポレチン、クエルセチン、アセロシド、アセロゲン、セントロポール）、**藍**（アイ）（切創（せっそう）消毒・インドール配糖体（はいとうたい））、**青木**（アオキ）（消炎鎮痛作用、排膿（はいのう）作用、健胃作用・イリドイド配糖体など）、**鹿子草**（カノコソウ）（鎮痛鎮痙（ちんけい）作用、抗不安作用・シネオール、カンフェン、L・Bビネン、リモネン、ボルネオール、ケッサノール、アルカロイド、イリドイド配糖体）ほか多岐（たき）にわたっており、これらの研究が彼の「まだまだ未熟」と自己評価するオランダ医術を支えていた。

西洋医薬が充分に手に入らなかった時代であるだけに、彼の熱心な研究は江戸の人人にとって尚（なお）のこと大事であった。

もっとも、前に記したカタカナの薬効成分については、近代以降に判明したものである。いくらなんでも南州に分析できる訳がない。

日差しが当たって明るい大障子（おおしょうじ）の一枚がそっと開いて、『白口髭』の南州先生が「どうじゃな」と現われた。

「はい。どうやら落ち着いてございます」

と男の助手が小声で答え、南州のために座る位置を譲（ゆず）って殆（ほとん）ど正座姿勢のまま左へ寄った。

「そうか。なによりじゃ」

と、南州が二人の助手の間に座った。不機嫌そうな南州の表情だった。手術に当たった南州は思わず気後れする、これ迄にないヒヤリとした思いに襲われていた。宗次の左頬の切創の下端が太い血の道（血管）の寸前にまで及んでいたからである。しかもその下端の部分は、まぎれもなくレの字状に切り跳ね上げられていた。これによって、太い血の道へと注いでいた太さ中・小の血の道が切り潰されていたのである。

そのため宗次は、かなりの出血に見舞われていた。

（これまでの、この天才浮世絵師が受けた刀傷の殆どは争い事から逃げる目的で〝相手にわざと切らせてやった〟と診られるものが多かった。しかし、今回はどう診ても違う。問答無用の速さで首を狙って切りつけてきた相手の切っ先を、辛うじて反射的に避け左頬で受けた、そう診て間違いのない深手だ。つまり今回彼は〝切られた〟のだ）

落ち着いた寝息を立てている宗次の顔を見ながら、柴野南州は呟いた。

市井の人人に加え大名家や旗本家などからも絶大な信頼を得て忙しく往診をしている南州は、宗次の素姓について、ほぼ把握するに至っている。

但(ただ)しそのことを宗次の面前や、誰彼に向かって口にすることはない。すぐれた医師である南州は、口が堅(かた)い。

「気持よさそうに眠っておられますこと」

女の助手由衣(ゆい)がそう言って口元に笑みを見せると、南州も「うん」と頷(うなず)き、

「私が**藍**に加え**鹿子草**と**一薬草**の三つで新たに実用化を進めようとしている新薬が、うまい具合に効いているようじゃな。が、今度の傷はかなりの深手ぞ。しっかりと傷口が塞(ふさ)ぐまで絶対安静じゃ。お前たちもその積(つ)もりで、看病(かんびょう)に当たるのじゃ。よいな」

「はい。心得てございます」

助手二人が声を揃えて応じた。

ここで鹿子草について小さな物語(エピソード)を紹介しておこう。一九一四年（大正三年）、ボスニアの首都サライェボを訪問中のオーストリア皇太子夫妻が、セルビアの**秘密結社**によって暗殺された『**サライェボ事件**』。非道なこの大事件を引金(ひきがね)として欧州全土で爆発的に生じた『**第一次世界大戦**』で英国ロンドンは敵（ドイツなど）の激しい爆撃に遭(あ)い、市民は恐怖と不安に見舞われ、深刻な不眠に陥(おちい)った。そこで日英同盟を結んでいた日本は、穏(おだ)やかな抗不安作用を有する鹿子草を大量に英国へ輸出したのである。

当時の国際情勢から見て、商業輸出というよりは同盟国としての政策輸出の面が濃かったのではないかと推量される。

「あの、先生。何かございますのでしょうか」

女の助手由衣が、師の顔を覗き込むようにして小声で訊ねた。

「うん？……何か、とは？」

「なんだか、とても怖い顔をなさっておられます。手術のあとの、いつもの先生の静かな自信にあふれた表情ではございません」

「そうか。いや、それはすまぬことであった。余りの深手であり出血が深刻に過ぎたので一体どこで誰とやり合ったのかと、いつも以上に気になってのう」

「宗次先生は、珍しく帯に脇差を差し通しておられました」

「それよ。それがいつもの天才浮世絵師宗次らしくない、と思うてな。もしや誰かと果たし合いでも、などと想像しておったのじゃ」

「実は私も、そのように想像しておりました」

「このようなことを幾度も繰り返しておれば、この天才的浮世絵師、そのうち命を落とすことになりかねない」

「はい。私も、そう心配いたしております」

二人の遣(や)り取(と)りを黙って聞いていた男の助手――太吉(たきち)という――も、師弟(してい)に対し深深と頷(うなず)いてみせた。

このとき広縁(ひろえん)を、近付いてくる足音があった。急いでいる気配ではあったが、なるべく足音を立てないようにしている様子が窺(うかが)えた。

「太吉、お民(たみ)じゃろ。開けてやりなさい」

お民とは、南州のもとで長く奥の仕事を担(にな)ってくれている女中だ。

「はい」

女中のお民の名を告げられた太吉は素早く静かに立ち上がって枕元を離れると、眩しいほど日が当たっている障子を開けて広縁に出た。

寝床の際(きわ)まで日が差し込んできた。

広縁の太吉に白髪頭(しらがあたま)の小柄なお民が近付いて、何事かを囁(ささや)いた。

太吉が言葉短く返して、部屋の中へ戻ってきた。お民は広縁に立ったまま、真剣な眼差(まなざ)しを太吉の背に注いでいる。

太吉が南州に囁いた。

「先生。春日町(かすがちょう)の平造(へいぞう)親分が見えておられるそうです」

「玄関に？」

「はい」

「判った。ひょっとすると、この件かも知れないのう」

そう言って眠っている宗次を見た南州は、小さな溜息を吐いたあと広縁に出てお民と共に玄関へと向かった。

「お茶をお出し致しますか先生」

「そうだな。忙しい平造親分だが、聞いて貰いたいこともあるので、玄関脇の応接室へ入って戴こう」

さすがに長崎で長くオランダ医学の修業に打ち込んできた南州であった。応接室という表現を事も無げに用いた。

「承知いたしました。お茶出しの用意をいたします」

お民が診療棟と結ばれている短い渡り廊下の手前で、台所の方――右手――へと折れていった。

午前の診察はすでに終わり、午後の診察は八ツ半（午後三時）からであったから、診療棟はひっそりと静まり返っていた。

春日町の平造親分は紫の房付き十手を帯に通し、下っ引きの五平を従えて厳しい表情で待っていた。

「やあやあ平造親分、久し振りじゃのう」

「南州先生、すっかり御無沙汰いたしやして申し訳ございやせん。また日頃より捕方たちの公傷治療にお力を頂戴いたしやして、改めてこの通りお礼申し上げやす」

平造親分と下っ引きの五平が揃って、丁重に腰を折った。

「さあさあ、ま、平造親分、応接室へお入りなされ。貰いものじゃが旨い葉茶があるので一服してゆきなされ」

「恐れ入りやす。それじゃあ、ちょいと失礼させて戴きやす」

南州に促されるようにして平造親分と五平が応接間へ通されたところへ、女中のお民が大きめな急須と湯呑み三つを白木の盆にのせて現われた。真っ白な小饅頭三つを盛った皿ものっている。

「どうぞごゆっくり平造親分」

お民が笑顔で言葉短い愛想を残し、出ていった。

応接間にはこの時代では珍し過ぎるとしか言い様のないテーブルが備わっていた。これは南州が長崎でオランダ医学を修業中に、オランダ人のドクターが常用していたテーブルを確りと見覚え、江戸に開院したとき近くに住む大工に作らせたものだ。

ただ、椅子は醤油樽を逆さにひっくり返したものに、座布団を括り付けたものを用いている。

三人はテーブルを挟んで、その醤油樽の椅子に腰を下ろし向き合った。

「南州先生、前置きを省かせて戴きましてこの平造、本題に入りとう存じやすが、宜しゅうございやすか」

「構わぬとも。聞きましょう」

「有り難うございやす。昨夜、防火の森の貯水池付近で数人の侍が争いの末、全員斬殺されたと思っておくんなさいやし」

「なんと、数人の侍が、ことごとくか……」

「へい。剣術には素人の私が検やしても、そりゃあ凄まじい切り口でござんした。身震いするような、と申しやすか、圧倒的強さ、と申しやすか、とにかく名状し難い切り口でござんしてね」

「で、ことごとく斬殺されたというその侍たちの身分素姓は？……」

「それについちゃあ直ぐに判明いたしやした。が、南州先生、今の段階では、こいつあ明かせない事になっておりやす。どうか御承知下さい」

「判った。ならば、その侍たちを叩き切った凄腕の相手は何者なのじゃ。見当はついておるのかな」

「それでござんすよ先生。昨夜、私と五平は管轄内の自身番で、番人たち数人と辻斬り対策の打合せをしていたんでござんすがね」

「うむ。このところ、あちらこちらの裏通りで辻斬りが出没しておるようじゃな」

「へい、全く困ったことに……でね、先生、話を戻しやすが、その打合せ中のところへ、血で汚れた一両小判を手にした夜鷹が慌てふためき飛び込んできたんでござんすよ」

「なに、血で汚れた一両小判を手に夜鷹が……」

「その夜鷹の知らせで、私と五平が防火の森の貯水池へ駆けつけやすと、そりゃあもう大変な惨状でして」

「夜鷹は何故、その惨状を知っておったのじゃ……ひょっとして、血で汚れた一両小判と関係があるのかの？」

「実はその通りなんで。顔から首にかけて血まみれの男に一両小判を手渡されて頼まれ、自身番へ駆けつけたって訳でして」

「その血まみれの男の顔を見たのかね、夜鷹は」

「夜鷹ってえのは先生、満月が出ておれば光を避けて、また木隠れの場所などを好むものでござんす。それが災いしてって言いやすか、相手の顔は殆ど見覚えていないのでござんすよ」

「しかし、男は自身番へ駆けつけてくれ、と頼んだのであろうから、双方の間で会話があったのではないのかのう。じゃのに顔を見覚えていないと？」

「ま、先生、ここは夜鷹の言うことを信じてやるほかござんせん。斬り倒された幾つもの骸のうち、この骸に限っては誰某の墓のもとへ是非、なんてえ事まで夜鷹は頼まれておりやしてね」

「どういう意味かね。どうも話が見えぬな」

「申し訳ござんせん。この程度のことしか今のところ、打ち明けられやせん」

「左様か。ならば仕方がないのう。で、私に何ぞ用があって訪ねてこられたのであろう平造親分」

「へい、仰る通りでございやす先生」

平造はそこで口を噤み、テーブルの上へ視線を落とした。ちょっと考え事をしている表情であった。

春日町の平造親分と言えば、『獅子瓦の親分』の異名で、江戸の市井の人人に知られ過ぎた名親分である。北町奉行島田出雲守守政より目明しの最高功労賞である『紫の房付き長尺十手』を与えられている。武家屋敷を除いては、『市中どこでも御免』の長尺十手だ。もっとも長尺とは言っても、他の目明しの常のものより二寸ばかり長いだけである。

だが、その辺にころがっている半グレ素浪人などは、とても平造親分の十手術にはかなわない。

「南州先生……」

平造親分が、テーブルに落としていた視線を上げた。凛とした目つきになっていた。何かを見透かそうとでもするかのように。

「夜鷹が口にしやした下手人、いや、骸と化した連中と遣り合った相手でござんすが、相当の深手のようでござんす。私は、こいつあ本草学の先生方の手には負えねえのでは、と判断いたしやした。つまり蘭方（オランダ医術）の手術が必要だと睨んで南州先生の許へ参りやした訳で……」

「これ、親分や。一つだけ言わせておくれ。この南州の蘭方なんぞは、その大方がまだまだ〝自信なき手さぐりの独断偏見流〟なのじゃ。確かに教えて下さる師匠が長崎にあって今日の私があるのじゃが、なあに、まだ雛の医術に過ぎぬよ。本格的な蘭方の充実発展には、あと五十年も百年も掛かろう。よろしいかな親分。本草学を決して軽く見てはなりませんぞ。私の医術も本草学に確りと支えられておるのじゃ」

「これは先生、私の舌足らずで御気分を害されやしたか。申し訳ございません、へい。南州先生、私は本草学を軽視など致しておりやせん。此処へ参りやしたのも……」

「まあまあ親分。ちょっと言っておきたかっただけじゃ。親分の性格やものの考え方なんぞは既によく知っております。で、その深手を負った下手人、いや、血まみれの果たし合いの勝者が若しや此処に運び込まれているのでは？　と問い質したいのじゃな」

「へい、左様でございやす」

「そのような者は来ておらぬな。ただ、京の御所様（天皇・上皇）に招される程の天下無双の浮絵師宗次先生ならば、多忙な仕事でいささか体調不良に陥って当院へ入院し、私がいま治療を致し様子を見ておりますがの」

「ええっ、宗次先生が……」

平造親分と五平の顔から、みるみる血の気が失せていった。ここへ来る前から、何事かを予想していたかのように。

南州が穏やかな口調で言った。

「宗次先生は江戸市中の誰彼に知られた御方じゃ。当たり前の人気絵師ではない。こうした御人が患者となった場合については医者は軽軽しく喋れませせぬのじゃ。平造親分じゃから申し上げた。判って下さいますな」

「はっ、それはもう南州先生……」

平造は深深と頭を下げ、五平もそれを見習った。

平造が頭を下げたままで言った。気迫を込めた口調であった。

「南州先生、お願いでございます。宗次先生は忙しい中、この平造の妻子を神神(こうごう)しいまでに輝ける存在として描いて下さいやした御人(おひと)でござんす。それも無代で描いて下さいやした。宗次先生のご体調がどのように悪いのか、お訊きは致しやせん。また当院へ入院していることについても他言は致しやせん。どうか南州先生、完治に向けての治療を何卒(なにとぞ)よろしく御願い申し上げやす」

言い終えて平造親分は面(おもて)を上げ、五平がそれに続いた。

宗次がかなりの深手を負っている、と平造は判断できたのであろうか。その目は、うっすらと湿っていた。愛する妻子にとっては、恩人以上の人に当たる宗次先生、と思っている平造である。

「うん、約束しましょう平造親分。宗次先生はこの私が必ず完治させる。必ずな」

「有り難うござんす」

平造親分はそう言うと、再び深深と頭を下げた。

一〇三

この日、『旗本八万通』に面した書院番頭旗本四千石の笠原加賀守邸の奥には、小さな困惑が漂っていた。若年寄心得兼筆頭大番頭九千五百石の西条山城守邸に奥付女中として勤めていた舞（三女、十九歳）が突如、お役目を解かれて帰ってきたのである。

母親の藤江（笠原加賀守の妻）は当然、うろたえた。

「一体どうしたというのです舞。何か、お役目上でとんでもない失敗を致したのではありませぬか。若しそうならば、この母は直ぐにでも西条邸をお訪ねしてお詫び申し上げねばなりませぬ」

「失敗などは致してはおりませぬ母上。また、これと言って思い当たる所もございませぬ」

「誰が宿下がりを其方に告げたのです？」

「美雪様から物静かなやさしい口調で告げられました。このことは既に父も承知しているからと申され、奥取締の菊乃様も穏やかな表情で傍に控えていらっしゃいました」

「まあ、美雪様から直接に……で、お殿様、山城守様にきちんと挨拶を済ませて宿下がりを致したのですね」

「はい。お殿様、山城守様はにこやかに私に接して下さいまして『舞はもう上様の身傍にお仕えしたとしても大丈夫じゃ、心配ない』と仰って下さいました」

「まあ、そのように恐れ多いお言葉を……」

「そして、舞らしい次の人生を目指して確りと歩みなさい、とも言って下さいました」

「舞らしい次の人生？……どういう意味で仰って下さったのですか」

「私には判りませぬ。お殿様は訪ねて見えるお客様多く大変お忙しいお体でいらっしゃいますから、宿下がりの御挨拶はほんの短い間に終わりました」

「舞として次の人生……豪快なご性格の文武に長けたお殿様ゆえ、案外、特別な意味を込めて仰ったのではないかも知れませぬなあ。舞が、新番頭二千三百石田藤家の御嫡男克之助殿との縁談を進めていることを、ご存知である筈もありませぬし」

「母上、この機会でございますから、改めてはっきりと申し上げておきます。私は克之助様に嫁ぐ気持は全くございませぬ。あの御方は私が理想と致す御人でもありませぬ」

「まあ、何というきつい物言いを致すのです。何のために有職故実にすぐれた西条家に御奉公させて戴いておったのでしょう。色色と学んだのではありませぬか」

「はい、色色と学びました。だからこそ自分の考えをはっきりと申し上げているのです。私の考えを無視なさるかたちで母上が勝手に克之助様との縁組をお進めなされたら、母上がお困りになることになります。いいえ、この笠原家が信用を落とすことになりかねませぬ」

「それほどまで、舞は克之助様がお嫌いなのですか。あれほど豊かな教養に恵まれた御方であるというのに」

「父上（書院番頭　笠原加賀守）は、べつに急がなくともよい、と私に言って下さっております。私も自身でそう思ってございます」

「父親というのは娘を手放したくないゆえ、そのようなことを申すものです。そのために婚期を逸した女性を、この母は幾人も見てきております」

「婚期などと一体何処の何方様がお定めになったのでございますか母上。私は、私の理想とする男性が目の前に現われて、自分で納得してその御方の妻になろうと決心したときこそが、婚期だと思ってございます」

聞いてさすがに藤江の顔色が変わり、目つきが厳しくなった。

「あなたは何時の間にそのように変わってしまったのでしょう。穏やかな優しい気立てでありましたのに。まったく呆れてしまいます」

このとき、玄関の方――藤江の居間からかなり離れてはいるが――から家臣たちのざわめきが伝わってきた。どうやら登城していた笠原加賀守が戻ってきたのを家臣や下僕たちが出迎えているようである。

加賀守が登城の際に騎乗する愛馬の軽い嘶きも伝わってくる。

「おや、今日はいつになく早いお帰りだこと……」

藤江は立ち上がるや、それまでやや対決的であった美しい娘の存在など忘れてしまったかのように、我が居間からいそいそと出ていった。

その母の後ろ姿に、舞は思わず肩をすぼめて小さな笑いを漏らした。

父と母が、あれこれとうるさいこの封建的な武家社会で、かなり激しい恋の末に結ばれたことを、舞は今は亡き祖母から聞かされて知っている。

その母が、自分の気に入った先へ娘（舞）を嫁がせようとしていることが、舞には不満なのであった。自分の体には父と母の血が流れているのでございますよ、と言いたいのである。

事実、舞は二天一流の剣法が達者な加賀守の〝武の者の血〟を受け継いでか、小太刀業の皆伝級で、今や父もたじたじの腕前だ。

また相聞歌（男女の狂おしい愛をとらえた歌）を得意とする藤江からその創作の業を厳しく授けられた舞は、すでに母をこえる力量を内に秘めている。舞の面から窺い知るしとやかな印象からは、想像も出来ぬほどに熱い情熱的な〝力量〟を。

舞は、父と母の足音が近付いてくるのを、母の居間で広縁に向かって姿勢美しく座って待っていた。

六枚の大障子は、四枚が開け放たれている。

父と母の足音が近付いてきた。舞が予想した通り母のひそひそ話が加わっている。

大障子に人影二つが映り、そして広縁にその姿が現われ、舞は三つ指をついて頭を下げた。

「お帰りなされませお父様。お勤めお疲れ様でございました」

「慌てずともよいのだ。本人の考えを尊重しなさい」

「先方様は是非にと幾度も申されて……」

三人の言葉が殆ど同時に交叉して、両親の姿は舞の目の前を書院の方へと通り過ぎていった。舞がクスリと肩を微かに震わせる。

舞は父も母も心から尊敬していた。母が娘の嫁入りに口うるさいのは、それだけ娘の幸せを願う気持が強いからだと理解は出来ている。

しかし舞は、姉二人が母に勧められるまま大人しく中堅の旗本家へ嫁いだことに、納得できないでいた。三人姉妹は仲が良く、自分が理想としている旦那様像について、常常話し合ってきたものであった。

ところが母の勧めに従って二人の姉が嫁いだ先は、常常話し合ってきた理想の旦那様像とは余りにも違い過ぎる、と舞は衝撃を受けていた。

しかも姉たちは二人とも、たまに息抜きで屋敷へ戻ってきたりすると、

「理想は理想、現実は現実ですよ舞」

と、他人事のように、しゃあしゃあと言うのである。そういった姉たちの態度も舞にとっては不満なのであった。

一方、書院へ入った加賀守房則と妻藤江は、それぞれてきぱきと動いた。広い庭園には眩しいばかりに日が降り注ぎ、書院の深くにまで日は差し込んでいた。その日差しの中で藤江は夫より渡された大小刀を床の間の刀架けに横たえ、加賀守は手早く肩衣を取り半袴を脱いだ。間を置くことなく藤江がそれらを綺麗に折り畳んでゆく。

このときには既に、広縁の少し下がった位置——姿影が障子に映らぬ辺り——に、

若い奥付女中が居住まいを正して控えていた。

着替えを済ませた加賀守が広縁に出て日差しの中で胡座(あぐら)を組み、目を細めてお気に入りの庭園を眺(なが)めた。

藤江が、夫の右肩より斜(なな)めにほんの少し離れて正座をした。それが常の位置なのであろう。

舞の縁談の話については、この書院へ入る途中ですでに大方が終わっている。

「まだ日が高(たこ)うございますけれど、御酒(ごしゅ)になさいますか。それとも、いつもの梅茶(うめちゃ)で」

「うん、梅茶でよい」

加賀守が奥付女中に聞こえるように言うと、彼女はうやうやしく頭を下げてから、そっと下がっていった。

その後ろ姿が広縁の向こう角を右に折れて見えなくなると、藤江は抑(おさ)えた調子の澄(す)んだ声で切り出した。

「先程、玄関を入るなり囁(ささや)かれましたけれど、城中にて西条山城守様よりお声を掛けられ、舞の宿下がりについてにこやかに告げられたとのこと。それについてもう少し詳しくお聞かせ下さりませ」

「詳しく、と言うほど大袈裟なものではない。西条家が舞に対して教えること、学ばせること、授けることは殆ど出し尽くし、舞も確りと身に付けたゆえ、次は舞が自分で自分の人生を見つけなさい、と仰って下さったと言うことじゃ」

「左様でございましたか。舞からも、西条家のお殿様は『舞らしい次の人生を目指して確りと歩みなさい』と仰って下さった、とは聞きましたけれど」

「舞はやさしい性格ながらも文武にすぐれた素晴らしい娘ではないか。確りと自分の考えというものを持っておる。そうとは思わぬか」

「はい、しとやかな娘ながら、武芸達者な父親にも勝る小太刀業を身に付け、また多くの書を読み、知識教養まことに優れてございます」

「その娘に、親が選んだ先へ嫁げ、などと押し付けるのは酷じゃ。舞には、自分の人生は自分で見つけさせよ。それが父親としての結論じゃ。こう申しても不服か？」

「いいえ、あなた様がそこまで仰いますならば、この藤江は何も申し上げることはございませぬ。お言葉に従います」

「それよりも今日……正確には私が西条山城守様からお声を掛けられた半刻ばかり後のことだが、城中に大きな辞令が公布されてな」

「大きな辞令、と申されまするか？」

「藤江も存じておるように、『いざ鎌倉(かまくら)』に備えた将軍家に直属する戦闘部隊として、**老中**指揮下にある**大番**と、**若年寄**指揮下にある**書院番**、**小姓組番**、**小十人組**、**新番**の四つの組織がある」

「はい。そして大番、書院番、小姓組番の三つの組織を『**番方**』**三番勢力**と称すること。また書院番と小姓組番の二つの組織が『**番方**』**両番勢力**と呼ばれていることについては、あなた様から教わりました」

「うむ。これまで、この五つの番方勢力の頂点に立ってこられたのが、筆頭大番頭の西条山城守様であることは、誰もが認めるところであった。そうだな」

「そう、承(うけたまわ)っております。そして、その西条山城守様がつい先だって、筆頭大番頭兼職のまま若年寄心得に御昇進あそばされ、同時に九千五百石という万石大名並に御加増賜(たま)わりなさったことは、あなた様よりお聞き致しました」

「その西条山城守様だが……」

「何ぞございましたのですか?」

「先程申した、大きな辞令、じゃ。大番、書院番、小姓組番、小十人組、新番の五つの番方勢力を束(たば)ねる長(おさ)として正式に『**番衆総督**(ばんしゅうそうとく)』という重職が設けられ、本日付で西条山城守様が就任(しゅうにん)なさった」

「まあ、それでは若年寄心得、番衆総督、筆頭大番頭という三つの重職を兼職のままでございますか」

「筆頭大番頭の筆頭は、西条山城守様だからこそ付いた肩書じゃ。そう遠くない内に後継大番頭を御自分で選ばれ上様の裁可を頂戴した上で、若年寄心得と番衆総督の任務に御専念なさるだろう。それにしても大変な重責だが……」

「ご健康を損なわれなければお宜しいのですけれど……」

「なに、旗本衆の憧れの的である山城守様は私に数倍する剛の者でいらっしゃる。心配することはない」

「これまで五つの番方勢力にかかわって参られました御老中および若年寄の指揮権というのは如何がなるのでございますか」

「当分の間は、残されたままになるらしい。つまり御老中、若年寄の指揮権が山城守様に集中することになる」

「まあ大変……二つの指揮権が絡まり合って向かって来そうで、むつかしくなりそうでございますね」

「なあに、我ら旗本衆の頂点に立つ山城守様じゃ。どんとお受けになって微動もなさらぬよ。このところ御体調すぐれぬ上様であると耳に致してはおるが、さすが上様じや。御立派な人事を決定なさった」

「いずれは番衆総督に向かう御老中、若年寄の指揮権は取り払われ、将軍家と番衆総督は太い線で直結されるのでございましょうね」

「うむ。間違いなく、そうなろう」

「上様のご容態はいかがでございますの？」

「これについては、さすがに私の目にもよく見えぬ。上様のまわりを、びっしりと重役方や側近ならびに医師たちの厚い壁が取り囲んでおるのでな。上様のご体調はあくまで秘中の秘じゃ。ただ……」

「ただ？……」

藤江が小首を傾げて夫の表情を窺ったところへ、奥付女中が梅茶を運んできた。ちゃんと、藤江の分と二人分ある。

奥付女中たちは、加賀守房則と藤江の仲が殊の外よいことを、よく知っている。

梅茶を二人の前に置いて、奥付女中は下がっていった。

藤江が促すかのように口を開いた。

「ただ……どうなさったのでございますか。続きをお聞きしとうございます」

「うん。が、これは私と其方の間だけにして貰いたい。舞にも言うてはならぬ。よいな」

「私は、あなた様よりお聞き致しましたことは、いつも用心に用心を重ねて胸の内に秘めてございまする」

「わかっておる。それでよい。実は城中に不気味とも受け取れる噂が漂い始めておるのだ」

「まあ、〝城中に不気味〟などとは聞き流せぬ……」

「とにかく書院番頭という重い御役目に就いている夫の話を聞きなさい。その噂を私が耳に致したのは、つい昨日のことなのだ。上様の御体調が宜しくないのは今や間違いないのだが、その上様を強力に補佐するとかの目的で、**影将軍**が置かれるとか置かれないとか……」

「影将軍……」

「広縁ではまずい。部屋へ入ろう」

「はい」

二人が梅茶を広縁に置いたまま書院へ移ったとき、まるで頃合いを見計らったかのように、穏やかな足音が広縁を伝わってきた。

その足音が加賀守にも藤江にも、舞のものと判らぬ筈がなかった。

そして大障子に、すらりとした人影が映った。

「話は終わりだ。よいな」

加賀守が囁き、藤江がちょっと残念そうな表情を見せて、黙って頷いた。夫が途中で打ち切った話を、再び持ち出すことは殆どないことをよく知っている藤江であった。影将軍という、これ迄に聞いたこともない夫の言葉に、藤江はジワリと不安を覚えた。

「失礼いたします父上」

開け放たれている大障子の手前で一度正座をした舞の、軽く頭を下げた姿影が大障子に映り、「構わぬ、入りなさい」と加賀守が応じた。

一〇四

天気は昨日とガラリと変わって、朝から糸雨――それこそ糸のように細い――がシトシトと降り続いていた。空は薄暗く、気が滅入りそうな陰気な糸雨の降り様であった。

その陰気さは、江戸城大手門・下馬札前の巨邸をも、例外なく押し包んでいた。

大老酒井雅楽頭邸である。

最近とみに白髪の目立ち出した五十五歳の彼は、四代様（徳川家綱）を確りと後ろ盾とした老中堀田正俊とその一派の圧力を、息苦しいほどに感じていた。

その大老酒井が今、巨邸奥深くの大書院――庭園に面した――の広縁に立ち、うっとうしい空を見上げながらギリッと奥歯を噛み鳴らした。その表情ではまぎれもなく、焦燥と不安が交叉していた。腰の左右に下げて強く握りしめた両拳が、甲の血の道（血管）を精一杯に浮きあがらせていることでも、それは判る。

「今日も駄目か……」

苦し気に呟いて大老酒井は直ぐ様、それを呑み込んだ。足元そばに忠臣で知られた太田猪兵衛芳正が厳しい面持ちで控えていたからである。

「殿……」

主人酒井雅楽頭の呟きが聞こえぬ筈のない太田猪兵衛芳正が、下から見上げるようにしてそっと声を掛けた。

「む……」

小さく呻くように応じて視線を家臣へと下げた雅楽頭の両の目から、このとき大粒の涙がこぼれて猪兵衛芳正の直ぐ前の板床で弾けた。

「も、もう……お覚悟を……お諦め下されませ」

猪兵衛芳正が、それこそ堰を切ったかのような勢いでひれ伏し、わなわなと両の肩を震わせた。

「こ、この儂は……悪い父じゃ……万死に値する……悪い父じゃ」

殆ど言葉になっていない、呻きであった。

『下馬将軍』とまで言われて畏怖されてきた大老酒井雅楽頭忠清は、両の目からの涙を拭おうともせず、がっくりと両の膝を折った。

一陣の風が広大な池泉庭園を吹きわたり、糸雨が広縁の端を濡らし出した。

「殿、さ、座敷へお下がり下さい。糸雨はお体を冷やしまするゆえ、さ、殿」

まるで幼子を愛すかのような、やさしい猪兵衛芳正の口調であった。その両の目が真っ赤である。

何かの理由による主人の心の痛みを理解し、自身も臣下の立場で苦しんでいるのであろう。

促されて主人の忠清は座敷――大書院――へと下がったが、開け放たれた大障子はそのままだった。この大書院へは、許しなく誰も近付けない。

「のう、猪兵衛。儂は蔵人を血を分けた我が子としてもっと大事にしてやるべきじゃった。今頃になって、あれが不憫でならぬ。あれの母豊美をもっと大事にしてやるべきじゃった。儂は鬼じゃ」

　雅楽頭は呻くようにして言った。知らぬ者が聞けば、それは大衝撃を受ける雅楽頭の言葉であった。式部蔵人光芳の名を、血を分けた我が子として、とはっきり口にしたのだ。それとも、式部蔵人光芳とは全く別人の蔵人、とでも言うのであろうか。いや、ここまできて、それは絶対にあり得ない。あれの母豊美、と雅楽頭は口にしている。この豊美という女性こそ、宗次が胸に想い描く理想の母親像であったのだ。

「あまり御自身を、お苦しみの方へと引き摺っていってはなりませぬ」

「だまれっ、猪兵衛。お前ごときに儂の苦しみが判ってたまるか」

「いいえ、この私こそ、殿の苦しみも悲しみも、そして喜びも判る臣下であると自負いたしております。殿が、腹を切れ、と仰れば即座に切ってみせる覚悟は、常にしてございまする」

「なんだと……」

「殿、どうかお気をお鎮め下されませ。これほど幾日もお待ち申し上げたにもかかわらず、蔵人様も、またその配下の者も誰ひとりとして戻らぬということは、蔵人様とその配下の者たちの身に、**無念**が訪れたと推量する他ありませぬ」

「猪兵衛、あの徳川宗徳は、いや、浮世絵師宗次は、それほど恐るべき剛の者であるのか。儂にはどうしても信じられぬ」

「彼の父、今は亡き従五位下・梁伊対馬守隆房は、改めて調べるまでもなく剣術界より大剣聖と称されたる文武に卓越せし大人物。これは幕僚の誰もが知るところです。その息宗次が、すぐれたる剣客であったとしても何ら不思議ではありませぬ」

「あ奴が、その浮世絵師ごときが、影将軍の地位に就くとかの噂が、まことしやかに幕僚達の間に漂っておる。京の有栖川宮幸仁親王を宮将軍として招聘せんとした計画を提起したがため、上様より厳しく叱責された儂を、まるで嘲笑うかのようにしてな」

「お言葉ですが殿、浮世絵宗次が巨藩尾張公のお血を受け継いでおられる徳川宗徳様なる御方であることは、もはや疑う余地はございませぬ。浮世絵師ごとき、というお言葉を口になさいますのは何卒お控え下さりませ」

「お前までが儂に向かって、そのようなことを申すのか。場合によっては、容赦せぬぞ猪兵衛。儂にとって絵師の宗次などは、〝ごとき存在〟でしかないわ」

「どうか……どうか殿、ぐっとお耐え下され。幕僚の中でも抜きん出て名家であると言われて参りました我が酒井家は今、危難の真っ只中に在る、と申しても言い過ぎではありませぬ。これまでまさに飛ぶ鳥を落とす勢いでございました酒井家に、四御老中のうち三御老中はまるで身内者のように張り付いてございました」

「う、うむ……」

「堀田備中守正俊様を除く御三人、つまり稲葉美濃守正則様、大久保加賀守忠朝様、土井能登守利房様は、それこそ何事も阿吽の呼吸で、殿にお従いなさっておりました」

「確かに……な」

「それがどうでしょう。殿の宮将軍招聘計画が上様の勘気に触れたと知るや、掌を返したように堀田派へと傾斜いたし……」

「儂は上様にも幕府にも誠心誠意、尽くして来たつもりじゃ猪兵衛。そうは思わぬか」

「真に殿は身を抛って徳川のために尽くして参られました。それはこの猪兵衛がお傍に仕え、二つの目で見届けてございまする」

「儂が大老に就いたとき（寛文六年・一六六六）上様（家綱）は、儂に対する絶対的な信頼の証として『忠信』の二文字を大書して、これからも頼むぞ、の御言葉と共に下された」

「殿が老中首座に就かれた時代（承応二年・一六五三）には、改訂武家諸法度（家綱期武家諸法度、寛文三年・一六六三）の発布、諸大名や公家、寺社などに対する領地安堵の上様（家綱）の朱印状寛文印知の発給、また、諸大名が幕府への忠誠の証として江戸へ差し出していた証人つまり人質は、諸大名の妻子の江戸居住を除き殿のご尽力で廃止（証人制の廃止）されるなど、家綱様の権力確立に大変貢献なさいました」

「うむ。証人（人質）たちはそれまで江戸城内の証人屋敷に住まわされ、証人奉行の監理下に置かれるなど、何かと哀れであった。証人制の廃止（寛文五年・一六六五）によって陪臣質人（家臣子弟など）は消え、喜ばれたものであった」

「大老にお就きになってからは、諸大名家の騒動に対し、圧倒的な存在感で調停や叱責に努めて参られました」

「その貢献者である儂を今や幕僚共は、白い目で眺め近寄って来ようともせぬ。遠くからヒソヒソと指差して眺めるだけじゃ。それもこれも皆、あの浮世絵師宗次がこの江戸で著しく目立つ存在となってから起こり出したことじゃ。あ奴を何としても遠ざけねばならぬ。違うか猪兵衛」

猪兵衛は神妙な表情で頷いたが、言葉は口にしなかった。宗次が天下無双の浮世絵師として頭角を現わし始めて既に相当な年月が経っていることを、猪兵衛はよく理解していた。つまり〝我が殿〟の威風の低下は、宗次には何の責任もかかわりもない、と思っている。〝我が殿〟の立場の衰えはあくまで、宮将軍招聘計画の失敗にあるのだ、と。

「蔵人が不憫じゃ。不憫でならぬ……父として誤った命令を発してしもうた」

雅楽頭がまたしても話の方向を変えた。

蔵人の父であると意外なことを自ら明かした雅楽頭は、なぜ己れを責めるような言葉を口にしているのであろうか。それについて、ここで簡潔に述べておかねばならない（光文社文庫『天華の剣』より要約）。

上野国（群馬県のほぼ全域）厩橋藩十万石の後継者である**酒井忠清**が、先代忠行の遺領を継いで第四代藩主の座に就いたのは寛永十四年（一六三七）僅か十四歳の時である。そして翌年の寛永十五年には従五位下河内守に叙任され、更に寛永十八年（一六四一）、十八歳の若さで従四位下に昇進した。

ひとりの美しい腰元が、俊才の評価高かった若き忠清の傍からひっそりと離れていったのは、まさにこの時であった。

腰元の名は**豊美**。のちの式部蔵人光芳の母である。

なぜ豊美は忠清のもとから、ひっそりと消え去ったのか？

それには、物悲しく激しい片想いの物語があった。

寛永十五年（一六三八）に江戸幕府最初の大老に就いた若狭国（福井県）小浜藩十二万五千石藩主**酒井讃岐守忠勝**はある時、嫡男忠朝を**本家すじに当たる酒井雅楽頭家**へ、公用で出向かせた。このとき忠朝の応接を担ったのが豊美だった。豊美は定められた作法に則って丁重かつ当たり前に応接した。この豊美の美し過ぎる一挙一動に忠朝は激しく心ひかれたのだ。熱烈な懸想文（恋文）が幾度となく豊美に届けられるようになり、まるで一顧だにしなかった豊美に対し、「叶わぬ恋なら腹を掻き切って死ぬ……」とまで迫るようになった。

こうなると『本家』と『分家』の間に、火花が散りかねない。雅楽頭家は譜代の中でも抜きん出た『名門』であり『本家』すじではあっても、酒井讃岐守家は三代様（家光）より「徳川家良弼最高の臣なり」と称えられた現職『大老』家である。

両家の間に火花が散ることを恐れた豊美は、苦しみ抜いた挙げ句、忠清のもとを離れ、小姓組番頭の要職に就いていた忠朝の求めに応じ、**お側付女中**として讃岐守家へ入ったのである。

だが衝撃的な事態が両家の間、いや、忠朝側に待ち構えていた。

忠朝のお付き女中となった豊美は、一月と少しで再び雅楽頭家へ、つまり従五位下河内守忠清のもとへ戻ったのであった。その短い間に何があったのか誰も知らないし、噂になることもなかった。

ただ一つ、はっきりとしている事があった。

名門雅楽頭家は、戻ってきた豊美のために、神田お玉ヶ池そばに表御門付きの小屋敷を設え、やがて豊美はその小屋敷で蔵人を産んだのである。

蔵人の父親が忠清なのか、それとも忠朝なのか豊美は一言も語ることがなかったし、忠清も忠朝も蔵人について触れることはなかった。

こうして蔵人は父親が誰か判らぬ環境――状況――の中で、雅楽頭家の控えめな財政的支援を受け何不自由なく育った。

酒井忠清が雅楽頭の位を許されたのは、慶安四年（一六五一）少将に任ぜられた時で、翌翌年の承応二年（一六五三）には老中首座に大抜擢され、遂に忠清の**『飛ぶ鳥を落とす勢い』**が始まったのである。

その忠清が本日只今、蔵人の父であることを口にしたのだった。

忠臣太田猪兵衛芳正が、主人を正座する位置から見上げ、息をひと息大きく吸い込んでから、覚悟の表情で切り出した。

「殿、もう一度言葉を飾らずに申し上げます。蔵人様は戻らぬと、どうか冷静にお覚悟下さりませ。そして、その亡骸を探してこの屋敷へ連れ戻すよう、私にお命じ下さりませ」

「猪兵衛……」

「はい」

忠清はがっくりと膝を折ると、猪兵衛と向き合って力なく座り、指先で目尻を拭った。

「蔵人が亡くなったことは納得せざるを得まい。だが、彼もすぐれた剣客だ。闘いに敗れたなら、野の土となることは覚悟していたであろう。何処に転がっておろうとも、そっとしておいてやることが、剣客蔵人の御霊のためにもよかろう」

「なれど殿……」

「この儂に、無残な姿となりし蔵人の亡骸を見せようというのか猪兵衛。連絡なき日を数えただけでも、その亡骸は白骨になりつつあると容易に想像できる。そのような無残な姿、儂に見せるでない」

「は、はい……お心を痛めることを申し上げてしまいました。お詫び申し上げまする。お許し下さい」

「よい。その方の気持は、よう判る。蔵人に託するかたちで再建を急いでいた『白夜』は、残念だが諦めよう」

「ですが殿、このままには出来ませぬ」

「まだ言うか」

「いいえ、蔵人様の仇は何としても討たねばならぬ、ということでございまする。私にお任せ下さいませぬか。私の一存で、つまり殿の与り知らぬ事、として私にお任せ戴けませぬか。地に潜って遣り遂げて御覧に入れまする」

「宗次を討つと言うのだな」

「宗次だけではございませぬ。このところ宗次に近付き過ぎていることが明らかな松平長七郎長頼様、そして殿の宿敵老中堀田備中守様、この三人は名門雅楽頭家のこれからのために何としても、この世から消えて戴かねば……」

「松平長七郎長頼様もかなりの剣客ぞ。倒す倒すと口で言うのは易しいが、どのような手練を用いるというのじゃ。いや、そのような手練が何処にいるというのじゃ」

「必ずや探し出して御覧に入れまする。それに心当たりが全くない訳でもございませぬ」

「う、うむ……が、地に潜って実行したことが、若し表沙汰になったらどう致すのじゃ」

「自分の独断でやったことの証としての、殿宛ての詫び状を残し、割腹して果てまする。また老中会議宛てにも、自分の独断専行であることの詫び状を認めておきまする」

「それほどまで。この雅楽頭家のことを思うてくれておるのか猪兵衛」

「勿論でございまする。雅楽頭家の家老格近習にお取り立て下さいました御恩はこの猪兵衛、決して忘れるものではございませぬ」

「判った。よう言うてくれた。うん、よし、全て任せよう。進めてみてくれ」

「承りました。光栄に存じます。では明日より殿には出来る限りお目に掛からぬようにさせて戴きまする。ご容赦下さいませ」

「そうか……心得た」

忠清は深深と頷いて見せはしたが、その表情には一抹の不安を漂わせていた。

猪兵衛が正座していた位置を静かに下げ、顔が畳に触れる程に平伏してから、険しい目つきで大書院より下がっていった。

一〇五

古い丸太ん棒が二本突っ立っているだけの、八軒長屋の入口。

その丸太ん棒の陰からそっと、長屋路地を見て長屋の女房や子供たちの姿が見当たらないのを確かめた笠原加賀守の三女**舞**は、背後に控えていた家臣の志谷信安、遠田則常の二人と目を見合わせ、小さく頷いた。昼餉の頃に訪れたならば長屋の路地には、いつも賑やかな女房や子供たちの姿は見当たるまい、そう読んで訪れた舞であった。

が、しかし、昼餉の頃に訪れるのは実はこれで三度目である。三、四日の間を空けて訪れていたから、すでに十日前後を費やしていた。

この間、舞は宗次の消息に、全く触れることが出来ないでいた。

「待っていなさい」

舞は、若いが一刀流の達者な志谷と遠田に告げると、長屋路地に入っていった。

溝板を踏まぬよう足を急がせ、舞は宗次の家の前に立った。

腰高障子に手を触れることはせず、舞は障子の向こうへ〝気〟を集中させた。

笠原邸の道場における小太刀の稽古では舞はすでに、二天一流剣法の達者である父加賀守房則を圧倒する。目の前すぐの障子の向こうへ〝気〟を集中させて人の気配の有無を探ることくらいは、訳もない。

(今日もいらっしゃらない。一体どうなされたのであろう)

舞は肩を落とした。父からも母からも「宗次先生に対し作法正しく、絵仕事を正式に申し入れしてほしい」と、依頼されていた。父は書院の床の間の掛軸を、母は自分の居間の襖絵を、である。

宗次先生が絵仕事で幾日も家を空けられる事は不思議ではない、と舞は理解している。

だが今日は、さすがに胸の内に不安が過ぎった。思い切ってチヨ殿に訊ねてみようかと、背後の久平(屋根葺職人)の家へ体の向きを改めかけたが、決心がつかず舞の足はそのまま表通りへと戻って行こうとした。

久平宅の表障子がそろりとした感じで開いて、女房チヨが顔を見せたのは、この時である。

「矢張り舞様でいらっしゃいましたか」

「これはチヨ殿……」

「ともかく舞様、さ、どうぞ……」

お互い声低く交わし合って、舞はチヨに促されるまま猫の額ほどの土間内へ入った。

チヨは直ぐさま表障子を閉めた。心得顔であった。

「チヨ殿。宗次先生に用あって参ったのですが、このところ先生の御留守が続いているようですね」

長屋の女房たちと既にすっかり気心が通じ合うようになっている舞であったが、このときの口調も表情も沈んでいた。

「舞様が幾度かお見えになっているのは、気付いてございましたけれど……」

と、チヨの言葉使いもこのところ、すっかり相手により弁えるようになっている。

なにしろ娘の花子が『井華塾』の年少部へ通う日が、近付きつつあるのだ。

「こちらから声を掛けてよいものかどうか迷っておりました。しかし、さすがに舞様のご様子が気になりまして……」

チヨはそう言うと、苦笑まじりに表障子の小さな破れ目を指差して見せた。

その破れ目から覗き見致しておりました、と言いたかったのであろう。

が、その苦笑は直ぐに消えて、舞と同じように沈んだ表情になった。

「チヨ殿は宗次先生の行き先を御存知ありませぬか。たとえば何処ぞの絵仕事で泊まり込んでいらっしゃるとか」

「それが舞様。今度ばかりは私にも判らないのでございますよ。絵仕事で幾日も泊まりがけになることは、珍しくない宗次先生ですけれども、それでも三、四日に一度は長屋へ戻っていらっしゃいます。特に色彩画を描く場合などは、自宅での絵具の色の調整を大事となさっていますのでね」

「宗次先生の身に、何かあったのでしょうか……」

「舞様、実は私もそれを考えておりました。なにしろ南州先生を呆れさせた宗次先生の顔の傷、とても当たり前とは思えませんものね。あれは単なる酔っ払い相手の喧嘩(けんか)傷(きず)ではないような気がして……」

「チヨ殿、宗次先生の日頃の動き方に……と申しますよりは、江戸市中の色色な出来事に大変詳しい御方(おかた)で、先生と親しい方はいらっしゃいませぬでしょうか」

「あっ、それを忘れていました舞様。春日町の平造親分て御人(おひと)。お奉行様より紫の房付き十手を与えられ、殆どの場所への立ち入りを認められている凄腕の目明しなんです。この親分だと、若し宗次先生の身に不測の事態が生じておれば、間違いなく摑(つか)んでいなさると思います」

「では、その親分殿の住居（すまい）を教えて戴けませぬか」

「こういう事は気軽に素早く動ける私に任せて下さい舞様。私が平造親分の御自宅を訪ね、その結果を持って西条邸へ舞様をお訪ねします」

「あ、いえ、実はチヨ殿。私はもう西条家に御奉公いたしておりませぬ」

「えっ」

チヨは呼吸（いき）を止めた。予想だにしていなかった舞の言葉だった。まさに、〝寝耳に水の入るごとし〟である。

「もう西条家に御奉公なさっていないと言うことは、宿下がりをなさったと言うことですか。いつでしたか舞様がお教え下さいました、御生家（おさと）の笠原家へお戻りになっている、ということでしょうか」

「はい」

「驚きました。びっくり致しました。私には、突然に降りかかった宿下がりのように思えてなりませんけれど」

「西条家の御殿様より和（なご）やかに直接告げられたのです。西条家からもう充分以上に色色なことを学んだであろうから、そろそろ宿下がりをして自分の次の人生を定めなさい、と」

「美雪様も御承知なされたのですか」

「はい。菊乃様も笑顔で送り出して下さいました」

「それにしても、女性塾（『井華塾』）の開学が近付きつつある美雪様にとっては、舞様は心強い協力者であり理解者であった筈でございましょうに……」

「菊乃様が控えていらっしゃいますから、その点は心配ありませぬ」

「判りました舞様。では平造親分に会った結果については、笠原家へ舞様をお訪ねすれば宜しいのでしょうか」

「そうして戴けると助かります。西条家も笠原家も『旗本八万通(はたもとはちまんどおり)』に面して建っていますけれど、九千五百石の西条家は通りの上座(かみざ)に位置する東寄りに、四千石の笠原家はそれよりかなり西へ下った位置に……」

「大丈夫です舞様。平造親分に教えて戴きます。江戸市中、知らぬ所のない親分ですから」

「そうですか。それでは私は屋敷で待っております。宜しく御願いしますね」

「畏(かしこ)まりました」

舞は町人のチヨ――実は甲斐(かい)の武田武者(たけだむしゃ)の血を引いているが――に向かって丁寧(ていねい)に頭を下げると静かに表障子を開けて外に出た。

舞のことを心配した一刀流の達者な志谷信安と遠田則常が、古い丸太ん棒が二本突っ立っただけの長屋門の内側へ、一歩踏み込んだところだった。

一〇六

ここで、江戸城西の丸の西方、赤坂御門外すぐの所に在る巨邸、御三家二位の**紀州家**（和歌山藩）上屋敷に触れねば、この物語の重要な部分で前に進めない。

紀州藩の飛び地領である伊勢・松坂城の城番目付であった高河文三郎が、異例の抜擢を受けて江戸藩邸（上屋敷）の筆頭目付（本番目付）に就任してから、既にかなりの日が過ぎていた。

住居としては広大な上屋敷内の**役付長屋**に木戸門の付いた住宅が与えられていたが、しかし上屋敷に入って以来、彼は殆どこの家から離れられないでいた。いつ出仕命令が下されるか判らないからである。つまり彼は、正式にはまだ任務活動に就いてはいなかった。

「今日も御出仕のお声が掛からないようでございますねえ」

妻の加津江が、この家に備え付けの古いが確りとした拵えの箪笥の中へ、車付長持の中から取り出した着物を移しながら、広縁に出ている夫文三郎の背に向かって心配そうな曇り声で言った。

文三郎は黙って庭を眺めたまま、妻に答えなかった。出仕命令がまだ来ないことを文三郎は、赴任旅の疲れを取るにはこれ幸い、と思っている。

此度の江戸赴任は、長の勤めとなるゆえ家族全員で、という上からの強い指示だった。

先に文三郎と娘お松の父娘が松坂を離れ、十日ほど遅れて妻の加津江が長男文之助（十八歳）、次男文吾（十六歳）と共に松坂を発ち、つい先日のこと江戸に着いたばかりだった。この加津江の一行には、古くから忠勤の老中間と下僕の二人が付き従った。

「それに致しましてもあなた。お松はいつ江戸入りするのでございますか。いくら腕に覚えがあるとは申せ、若く美しい娘が一人で……」

「まあ、よいではないか加津江。お松本人が熱望して我が師である打貫流小太刀指南・蒲生慎次郎高行先生の親書を手に訪ねた『**藤沢打貫流小太刀道場**』なのだ。心配ない」

庭を眺めたまま振り向きもせずに答える夫に、加津江は眉をひそめた。

「ですがあなた……」

「いい加減にせぬか。お松に『一緒に行ってほしい』と乞われて、私も『藤沢打貫流小太刀道場』まで同行し蒲生慎次郎高行先生の高弟であったという白紀市郎兵衛先生にお目にかかっておるのだ。これは立派な御方であると安心したゆえ、お松を預けて私はひとり江戸へ向かったのだよ。自分の娘というものを、もう少し信じてやれぬのか。お松の小太刀の腕は、今や当たり前ではないのだぞ」

「そうは申しましても、あの娘はまだ嫁入り前でございますよ。白紀市郎兵衛先生は、お幾つなのでございますか。ご容姿は？」

「私より幾つか若い三十五、六というあたりであろうかの。なかなか凛凛しい印象の男前でな」

「ま……男前」

「一体何を心配いたしておるのじゃ。お松は自分の小太刀業が松坂での修行でどの辺りまで昇華しておるか、恩師の高弟である白紀市郎兵衛先生のもとで確かめたいだけなのじゃ。あと十日もすれば藤沢宿を発ち江戸へと急ぐだろう」

「あと十日も、凛凛しい印象の男前な白紀市郎兵衛先生のもとに滞在するのでございますか。それは余りに無謀というものでございます」

「安心せい。白紀先生には、お松よりも遥かに美しい上品な奥方がいらっしゃる。それに可愛く明るい三歳と五歳の女の子もな……」

「それを先に仰って下さいまし」

加津江はぷいと腰を上げると、車付長持の蓋を閉めるのも忘れ、夫の背に触れるようにして座敷から出ていった。

文三郎は苦笑して、やれやれという表情を拵えた。

「それにしても、ちと遅いな」

呟いて文三郎は、広縁から座敷へ移り、手枕でごろりと横になった。御役目のことを呟いたのである。藩給はこれまでの百石から三百石にと告げられていたが、出仕の指示がないのでどうにも実感が湧かない。

しかし江戸に着任して直ぐに文三郎は、恩人である**公儀人**和歌甚右衛門常善（五十一歳）のもとへ挨拶に出向いていた。

「私は藩の人事に口出しできる立場にはないが、何か困ったことがあればいつでも相談に乗ろう。ま、出仕命令が正式に出るまでは、のんびりと体を休めて赴任旅の疲れを取ることじゃ」

にこやかに迎えてくれた和歌甚右衛門に、そう言われてホッと肩の力を抜いた文三郎だった。

大名家の江戸藩邸にとって重要なのは、幕府や他の藩とどう向き合うかに尽きる。これを御役目言葉に置き換えれば、渉外・折衝・申請・情報の収集・幕府の指示・命令の藩への持帰り（伝達）、などとなろうか。現在で言う外交官に相当するこれらの重職を和歌甚右衛門は、**江戸留守居**の正式肩書で担ってきた。公儀人とは藩内の会話の中で用いたりする場合の俗称、としておいた方がよいだろう。「江戸留守居和歌殿におかれましてはこの度……」ではなく、「公儀人和歌殿におかれましてはこの度……」ということになる。公儀人だけではなく、**御城使**、あるいは**聞役**などとも呼ばれていたらしい。

和歌家と高河家は国許時代、刎頸の交わりを大事とする間柄だった。

文三郎の兄――やや年齢が離れた――で英才の評判が高かった文之進と、和歌甚右衛門の二人は、住居が近くで同い年であったこともあって、『好学塾』の同期生として長く通っていた。当時の和歌山藩には**建物や組織が整った藩校**はまだ存在せず、儒学者**那波活所**のもとへ好学の士たちが集って講義を聞くという、いわゆる私塾しかなかった。

和歌甚右衛門も文之進も、これを『好学塾』などと呼んで誇りに思ったものである。

そうこうするうち、和歌家は江戸へ栄転し、文之進は病で没した父の後を継いで高河家の主人となったが、この文之進も家督を継いで半年後に、父の後を追うようにして病で没し、次男であった文三郎が家を継いだのだ。

その家督相続の前後に生じた面倒で煩雑で神経を使わなければならない藩内の事務に、力強い支援を呈してくれたのが、江戸藩邸へ栄転した和歌家であった。

文三郎は、このたび自分ごときが巨藩紀州家の江戸藩邸に筆頭目付として迎えられたのは和歌家の〝引き〟があったればこそ、と信じて疑わない。兄文之進と和歌甚右衛門の友情の深さを、よく理解しているからだ。

横になって軽く目を閉じていた文三郎が、目を見開きざま体を起こした。

庭の石畳をこちらへ小急ぎに近付いてくる足音を捉えたからである。

下僕の畑造の足音と文三郎には直ぐに判った。六十に近い畑造は、左脚に軽い不自由があって、足音にごく僅かな乱れがある。

文三郎が縁に立つと、矢張り畑造が働き者の活き活きとした表情でやってきた。

「旦那様、いま玄関先を掃除いたしておりましたら、通りの向こう角からきちんとした身形のお武家様お二人が現われましたです」

「とうとう出仕命令かのう」

「はい。そうに違いございません。この畑造の直感がそう言っております」

「ははは。よし判った。では奥（妻）にもそのように伝えておいてくれ。おそらく台所あたりに居ようから」

「承知いたしました、はい」

畑造はまるで自分に出仕命令が訪れたかのように、石畳を勢いよく引き返していった。

文三郎は手早く身繕いをし、帯に脇差を通した。

おそらく、誰それの許へ急ぎ出頭しなさい、という伝言役の訪れであろうとの予感があった。

と、広縁をこちらへと急ぎ来る、加津江のものと判る足音があった。

文三郎は庭に向かって「よしっ」と小声で頷いて見せると、広縁へゆっくりと歩み出た。

一〇七

高河文三郎は加津江に急かされるまま独り小駆けに玄関へ出向いてみて驚いた。式台の先に訪れていたのは公儀人（江戸留守居）和歌甚右衛門常善とその配下らしい目つきの鋭い青年武士の二人であった。開けて入って来たばかりと思われる小門がまだ小さく揺れている。

「急ごう。付いて来なさい。腰は脇差のままでよい」

「は、はいっ」

文三郎はきちんとした挨拶をせぬまま小慌て気味に雪駄を履いたが、和歌甚右衛門とその配下はもう踵を返して小門の外へ出ようとしていた。下僕の畑造も妻の加津江もまだ玄関に姿を現わしていない内の事だった。

文三郎が前の二人に追い付くようにして小門の外に出ると、和歌甚右衛門は歩みを止めて思い出したように、まじまじと文三郎の目を見た。

「奥殿には出かけることを告げておらぬね。今日は帰りが少し遅くなるのだが」

「はい、急いでございましたもので、告げぬままに出て参りましたが……」

「それでは……」

と、和歌甚右衛門は傍に控えている目つきの鋭い青年武士の方へ、僅かに体を振った。

「これ四郎次や、お前はこの家の奥殿に、主人の帰宅が少し遅くなることを告げ、そのあとは自分の常の仕事に戻っていなさい」

「ですが、それでは身辺警護という私のお役目が……」

「これ、ここは五十五万五千石という巨藩の上屋敷内ぞ。心配ない心配ない。それにここに控えておる高河文三郎は、其方よりもかなり強い」

「そうですか。そういうことなら……」

四郎次という青年武士は苦笑すると、二人に軽く一礼して再び小門の向こうへ入っていった。

和歌甚右衛門と文三郎は歩き出した。

「なかなか目配りの鋭い、腕の立ちそうな若者ですね」

「和歌四郎次と申して、私の甥に当たるのじゃ。剣は一刀流で相当やるが、其方にはとても敵うまい」

「ところで今日は私に何か？……」

「いよいよじゃぞ文三郎。これより我らの藩主、**徳川光貞**様の御前に進み出て貰う」

「えっ、今からでございますか」

「何を驚いておる。藩に仕える者は、いついかなる場合であろうとも御上席にある御方の急な呼び出しに速やかに応じなければならぬ」

「それはそうでございましょうが、この普段の身形では幾らなんでも……」

「普段の身形で、との御家老の指示なのじゃ。その御家老じゃが今日は風邪気味で体調奮わず伏せっておられる。そこで私が急遽代役として其方をな……」

つまり和歌甚右衛門の公儀人（江戸留守居）という役職は、江戸家老の代役を勤めても遜色が無い立場であった。大名家の江戸藩邸においては、時代の流れと共に藩政実務（藩の権限実務）が次第に下位へと委譲されていく傾向を見せる。

これまで大名家の江戸藩邸における対外実務（特に外交的実務）というのは、江戸家老が統括するのが常であった。

それが昨今、江戸留守居（公儀人）に実務を委譲する傾向を強めていた。

この御役目を円滑に全うするために最も重要なのは改めて言う迄もなく**『情報』**の把握である。そこで諸藩の江戸留守居（大名留守居という呼び方も）たちは、『情報』の交換を最重要視するようになり、求められるまま**『留守居組合』**（『公儀人組合』）の誕生へとつながっていった。

高河文三郎は、肩を並べる和歌甚右衛門に、不安そうに訊ねた。

「甚右衛門様、お訊ねさせて下さい。私のような端役の者が五十五万五千石という大藩の御殿の前に進み出て宜しいのでしょうか」

亡き兄文之進と刎頸の交わりがあった和歌甚右衛門常善のことを、文三郎は幼い頃から親密の情を込めて「甚右衛門様」と呼び、それは現在も変わっていない。

和歌甚右衛門が少し歩みを緩め、抑え気味の声だったが強い調子で言った。

「馬鹿を言っちゃあいかん。これ迄の松坂城・城番目付とは格も禄高も違う、御三家第二の江戸藩邸筆頭目付なのだ。我が藩にはこの上屋敷（千代田区麹町・現、迎賓館赤坂離宮界隈）の他に、赤坂の中屋敷、下屋敷として渋谷と芝の二か所、更に浜町の蔵屋敷とあるのだ。これらの屋敷に詰める紀州藩士は五千名を超えている。筆頭目付は配下の目付を統率して、これらの全てに目を光らせねばならぬ」

「はい。大役でございますね」

「うむ、大役じゃ。赴任辞令の藩給は三百石と少なめだが、いずれ再び加増もあろう。頑張ってくれ」

「ええ、甚右衛門様のお顔を潰さぬよう励むことをお誓い致します」

「私の顔などは、どうでもいいことじゃ……」

「先程の和歌四郎次殿ですが、身辺警護云云を口にしていたのが少し気になっております。甚右衛門様の身辺に何ぞございましたか？」

「なんの、大丈夫じゃ。四郎次を誘って外で食事をした際、二人連れの酔った侍と鞘が触れた触れないの小騒ぎを小料理屋の門口で起こしてしもうてのう。四郎次が掴みかかってきた相手二人と悪戦苦闘、互角に取っ組み合って漸くのこと堀川へ投げ飛ばしたのじゃ」

「その二人連れ、まさか我が藩の者では？」

「違う違う。四郎次には明かしておらぬが、酔い侍どものあの骨太なる勢いの良さと言葉遣いは、仙台と見た。間違いない」

「伊達……でございますか」

「伊達ならば六十二万石じゃな」

「喧嘩相手には、ちと難しゅうございますよ甚右衛門様」

「なあに、堀川へ投げ飛ばされた相手は四郎次に対し『貴様強いのう、次は負けんぞ、わはははっ』と水の中で笑っておったから、暗く尾を引くことはあるまい」

「それはまた豪快な気性の二人連れでございましたな」

「四郎次の方が神経質じゃ。だから外出する私に『警護致します』などと、ピタリと張り付いて離れぬわ」

「相手を堀川へ投げ飛ばしてしまったことで、責任を感じているのでございましょう」

「余談はここまでじゃ文三郎」

二人は殿舎の玄関式台の前に来ていた。さすがに高河文三郎の表情は緊張を隠せなかった。いきなり禄高五十五万五千石の主人に会うことになろうとは、予想だにしていなかった。

因みに、御三家筆頭の尾張藩は六十一万九千石余（実高七十七万八千石余）、御三家三位の水戸藩は三十五万石である（ただ、厳密には、この物語の時点では二十八万石）。

御三家の禄高は他の大名を確かに圧してはいるが、実は御三家の上位に右に出てきた伊達（仙台）の六十二万石の他に、島津（薩摩）の七十二万石、前田（加賀）の百十九万石が存在する。

したがって禄高比だけでは、大名の中で尾張藩は第四位、紀州藩は第五位ということになる。

甚右衛門と文三郎の二人は、玄関を入って直ぐ正面の大番の詰所を右へと回り込むかたちで進んだ。ここでいう大番は、幕府五番勢力（大番、書院番、小姓組番、小十人組、新番）の筆頭、大番と何ら変わるところはない。

やや薄暗い長い廊下を進むなか、文三郎は甚右衛門の地位・立場の重さが、すれ違う藩士たちの態度から、改めて実感として理解できた。たいていの藩士たちが廊下の端に寄って甚右衛門に対し慇懃な様子を取った。

甚右衛門の歩みが止まった。

「先ずは此処から始まる。伺候の間、と言うてな」

目の前の座敷へ、小さく顎の先を振ってみせた甚右衛門の囁きに、文三郎は深く頷いた。伺候、読んで字の如し、拝謁の間である。二人の訪れに備えていたかの如く、その部屋の襖も障子も既に開け放たれていた。

敷居は、廊下側（外側）が明かり取りの障子用、座敷側（内側）が襖用である。

「座敷に入って三歩めあたりで座っていなさい。私の役割は此処までじゃ」

「えっ」

甚右衛門の小声に、文三郎は驚いた。田舎勤務から栄転の大江戸勤務となり、しかも今日いきなり紀州家二代藩主で神君家康公の孫に当たる従三位右近衛権中将・参議、徳川光貞公に謁見するのだ（光貞は元禄三年〈一六九〇〉五月、従二位権大納言に叙任される。没後追贈、従一位）。

しかも、伺候の間に三歩入ったあたりで（独りで）座って待て、と甚右衛門は言う。

決して気弱な文三郎ではなかったが、それでもゴクリと唾を呑み下し緊張して伺候の間に入った。甚右衛門が閉めたのか、それとも目立たぬ所に控えていた近習の者が閉めたのか、文三郎の背後でパサッと障子の閉まる軽い音がした。

その小さな音で背すじに冷たい痛みが走った文三郎であったが、振り向かなかった。此処まで来てジタバタするのは、足軽や中間のやる事だと、己れを律した。俺はこの巨邸の筆頭目付だ、と自分に言って聞かせた。

すると、気分が少し落ち着いた。自分以外、誰もいない部屋の中の様子も見え出した。白木拵えの浅い船底天井、案外に新しくはない畳表、それに比して取り替えたばかりに見える畳縁の文様の美しいこと、誰が描いたのであろうか余り上手には見えない襖の松の絵。

正面右寄りの一段高い畳敷きは殿様のお座りなさる所と当然判る。

その辺りで観察を止して、文三郎は背すじを正し正面を注視した。と、正面左寄りの襖が音も無く——と表現してもよい程に——静かに開いて、白髪の六十少し前かと見える小柄な侍が、むつかしい顔つきで伺候の間に入ってきた。

文三郎は平伏した。御殿様でないことは、むろん承知していた。藩主光貞様については、一昨年に松坂城へ御来遊の際、警備の立場で遠目にだが、寛永三年（一六二七）生まれのそのお姿を見ている。

相手が目の前に座って、文三郎は額(ひたい)に滲(にじ)み出る汗を覚えた。

「もと松坂城の城番目付、高河文三郎じゃな」

むつかしい顔つきで部屋に入ってきた割には、やわらかな相手の口調に、文三郎はホッと肩の力みを解いた。前頭部に集中していた熱い緊張感が緩んでいくのを覚えながら彼は答えた。

「はい、高河文三郎でございまする」

「面(おもて)を上げなされ。気楽にして宜しい」

「恐れ入りまする」

と、言い終えてから文三郎は面を上げ、姿勢を調(ととの)えて相手の目を見た。

相手とは初対面だった。

「儂(わし)は**御側御用取次(おそばごようとりつぎ)の頭取(とうどり)、甲田貴四郎時行(こうだきしろうときゆき)**じゃ。甚右衛門とは気が合(お)うて、よく酒を呑む」

言い終えて、それまでむつかしい表情だった顔に、にっこりと笑みを広げた。

文三郎は相手の言葉が終わらぬ内に、反射的と言っていい速さで「ははあっ……」と再び平伏していた。

『紀州の影の実力者』と噂(うわさ)されることが多い甲田貴四郎時行の名を知らぬ文三郎で

に『頭取』が付いているのであるから、幾人かいるであろう御側御用取次の首席であると容易に見当がつく。

「そう堅苦しくならずともよい。面を下げたり上げたりされては落ち着いて話が出来ぬ。そうであろう」

「申し訳ありませぬ」

「さ、面を上げて、先程のように儂の目を見なさい」

「はい。失礼いたしまする」

文三郎は再び面を上げ、言われたように御側御用取次頭取の目を見た。

「高河文三郎。御側御用取次の御役目が如何なるものか存じておろうな」

「勿論、存じ上げてございます。大藩紀州の歯車の全てが安定的に機能するには、御側御用取次という御役目の存在は絶対に欠かせませせぬ」

「それは、ちと言い過ぎじゃ。他のどの御役目の者も皆頑張って勤めておる。これ高河文三郎、儂には世辞は通用せぬぞ」

「心得てございまする。聞いて歯が浮くような御世辞は、聞くと不快に陥りますし、口から出すのも苦手でございます」

「宜しい。これより殿の御前に進み出て貰うが、常の自分でいなさい、常の自分でな。肩の力を抜いて」

「あの……一つお訊ね致したき儀がございまする」

「何じゃ。申してみなさい」

「松坂の城番目付より抜擢されましたること、真に嬉しく光栄に思ってございますが、着任早早の私ごとき中堅にさえ至らぬ者が殿の御前に召されるなど、信じられない思いでございます」

「確かにのう。大藩の江戸藩邸筆頭目付という地位は、邸内の四方へ睨みを利かせる非常に重要な立場じゃが、其方に限って言えば中堅の地位と称してよいかどうかは、ちと微妙じゃ。大藩の筆頭目付ならば、禄高がもう少しあってもよい。だが、それもこれも今から始まるのだと思いなさい。大藩の江戸藩邸というのは何処も大抵、三千名から五千名という大変な数の藩士を抱えておる。これに対し睨みを利かせるのが目付の仕事じゃ。当然、そうと心得ておろうな」

「はい。もとより心得てございまする」

「大変じゃぞ、筆頭目付の御役目は。覚悟も出来ておろうな」

「覚悟も出来てございます」

「**権限**とか**権力**とかは**仕事**に付いてくる。**その仕事に人間**は付いてゆく。これを称して『御役目』と申すのじゃ。人間には権限も権力も決して付かぬ。判るかな？」

「よく判ります」

「権限とか権力は人間に付くものではない、ということを常に心がけなさい。これを見誤って**勘違いな傲慢**に陥ると、己（おの）れから**人間という部分が消えてゆく**から、見誤ってはいかん。筆頭目付という立場は、それほどに恐ろしい所よ。これも判るな？」

「判ります」

「宜しい。それでは殿へのお目通りを許そう。ついておいで」

御側御用取次頭取の甲田貴四郎時行はそう言うと、立ち上がってさっさと歩き出した。

文三郎は（落ち着かねば……）と自分に言って聞かせてから（よしっ……）と腰を上げ、**藩実力者**甲田貴四郎に従った。

二人が揃（そろ）って座敷から退出したのは、文三郎が部屋に入ってきた位置とは真逆、つまり甲田貴四郎が現われた所からであった。

座敷から出たところは庭に面した明るい大廊下で、甲田貴四郎は直ぐさま文三郎に顔を近付けて囁（ささや）いた。

「ここが大廊下と言うてな。この廊下の左側に沿っての端から端までが御広間じゃ」

「御広間……息を呑むような迫力ある松の木が描かれた襖が、大廊下の向こうまで続いてございますね」

文三郎も囁き声で返した。

「襖の色も絵の色も違うが、実は江戸城御本丸御殿の松之廊下(まつのろうか)を模して造られた大廊下と言われておる。が、これは内緒じゃ。よいな。内緒じゃ」

「心得ました」

「其方(そなた)はこの御広間で殿にお目に掛かるのじゃ。さて、先ず大廊下の中央あたりまで進もうかの。足音を出来るだけ立てぬようにしてな」

「はい」

「ついて来なされ」

甲田貴四郎は先に立って静かな足取りで歩み出した。文三郎は耳に痛いほどの静(せい)寂(じゃく)を感じていた。大廊下を往(ゆ)き来する藩士の姿は全くなかった。

まるでこの私のために調(ととの)えられた静けさ、文三郎はそう思ったりしていささかの不気味さを覚えた。

文三郎は少し歩みを速めて、前(さき)の『紀州の影の実力者』と肩を並べ小声で言った。

「あの……恐れながら」

「なんじゃ」

「御広間では甲田様も私の傍に控えて下さるのでございますね」

「馬鹿を言っちゃあいかん。今回の其方の御目見得は、御三家二位の大藩紀伊家の江戸詰筆頭目付に就いたからこそのものと思いなされ。独りで殿にお目に掛かるのじゃ」

「えっ。独りででございますか」

「何を驚いておる。これは殿の御指示でもあるのだぞ」

「な、なんと、殿の御指示……」

決して気弱な高河文三郎ではなかった。松坂での城番目付としてはかなりの恐持てとして知られていた。剣も一刀流をかなりやる。

だが、五十五万五千石の主人に、まさかたった一人で目通りするとは予想だにしていなかった。

甲田貴四郎が歩みを止めた。

「ぐだぐだ言うのは、その程度にしておきなされ。ここじゃ。ここから入るのじゃ」

それはちょうど大廊下の中央付近であった。『紀州の影の実力者』の声は更に低くなっていた。

文三郎は目の前すぐの所に立ちはだかっている、松が描かれた大襖に圧倒され、思わず喉仏を鳴らしてしまった。

「さ、御広間に入りなさい。入ってな、五、六歩進んだあたりで姿勢正しく座しておるのじゃ。真っ直ぐに前を向いてな。そうしている内に殿はお見えになる」

「はい」

「儂の御役目は、ここまでじゃ」

甲田貴四郎はそう言い置いて踵を返し、文三郎からさっさと離れていった。

文三郎はもう『紀州の影の実力者』に未練を抱かなかった。その場に腰を下ろして唇を引き締めると目を光らせ、松が描かれている大襖に手をやった。

「失礼いたしまする。このたび松坂の城番目付より赴任致しました高河文三郎でございます」

閉じられた大襖の向こうに誰ぞが居るとも居ないとも判らぬのに、文三郎はそう言い言い、大襖に触れた手に力を加えようとした。

とたん、大衝撃が文三郎を見舞った。

「入れ。遅いではないか」

厳かな声が室内であった。それはもう、殿以外には考えられない言葉の調子であり声の響きであった。

文三郎の心の臓がひっくり返ったことは、言う迄もない。『紀州の影の実力者』は、「……そうしている内に殿はお見えになる」と言った筈であったから、少なからぬ気構え不足が、文三郎の心中にあった。

頭の中が真っ白になった文三郎は、自分を見失ってしまって何が何だか判らぬ内に御広間に入り、蟹のように平伏していた。初めて見ることになる御広間がどのような拵えになっているのか、目に入れる余裕など全くない。

「もっと近う寄れ高河文三郎。這い蹲ったまま入って来ては、顔も判らぬではないか。さ、近くへ参れ」

「は、はい……な、なれど、それは余りに……」

「同じことを従三位右近衛中将・参議の余（私）に二度、三度と言わせるものではないぞ。切腹が望みか」

「も、申し訳ございませぬ。はい」

文三郎は廣澤和之進の〝蟹這い〟に劣らぬ姿勢で主君の前へと進み出て、再び深深と平伏した。平伏したから主の膝先さえもまだ見えない。気付かれぬよう、前方への視界を何とか広げようと試(こころ)みるのだが、無理というものだった。平伏する文三郎の先は実は、『下段の間』、『中段の間』、『上段の間』、と次第に高くなっており、主君**徳川光貞**公は『上段の間』に在(おわ)したのだから。

「遠いのう。そこじゃあ、目を合わせて話が交わせぬ」

文三郎はそう言った主君が勢いよく――『上段の間』から、中段、下段の間へと――近寄って来る気配を捉(とら)えて息を殺した。

一〇八

文三郎(ぶんざぶろう)はもう目の前が真っ暗だった。何も見えていなかった。

殿が自分の直(す)ぐ前に腰を下ろしたことが、ふわりと顔にかかった空気の乱れで判(わか)った。その勢いから、正座ではなく胡座(あぐら)を組まれたのでは、と思った。

「おい文三郎。面(おもて)を上げよ」

自分の左の肩に不意に軽く触れられ、真っ暗闇な中にいる文三郎は一層縮みあがった。

しかし、殿の次の言葉で、文三郎はいきなり両の頬を打たれたように我(われ)を取り戻した。

「お松はどうしておる。お前の赴任に従って江戸入りする、と報告を受けておるが、元気にしておるのか」

　文三郎は自分の意識が見えぬまま、撥条仕掛けの人形のように面を上げた。娘お松の名が主君の口から出るなど、予想だにしていなかった。それも当たり前の主君ではない。御三家二位、五十五万五千石の巨藩紀州徳川家の領主であり、神君家康公（徳川家康）の孫に当たる徳川光貞公である。

「どうした？……お松はどうしておる、と訊ねておるのだ」

「は、はあ……」

「は、はあ、とは何じゃ。お前は紀州家江戸屋敷の筆頭目付として新たに赴任した高河文三郎ではないのか」

「はい。まぎれもなく私は高河文三郎であり、お松の父親に相違ございませぬ。なれど雲の上の御方であると仰ぎ見そして敬いたる主君のお口よりまさか我が娘の名が出るなど……驚天動地の出来事でございまする」

　なんとかすらすらと言い終えて文三郎は漸くのこと、主君がやはり自分の面前直ぐの所に胡座を組んでいると判った。

「はははっ、驚天動地か……実は余は（私は）お松をよく知っておるのだ。お松も余のことをよく知っておるぞ」

「な、なんと仰せでござりまするか……」

と、背に冷や汗を噴き出しつつ、再び仰天する他ない文三郎だった。

余りのことに、主君とお松がどうしても結びつかない。

「あれはいつであったかな。余が松坂の政治経済の具合を検分するため、不意打的に訪ねたことがある」

「よく存じ上げてございまする。あのときは松坂城中の者皆いささか慌てふためきましてございます」

喉の奥がカラカラに渇いて、文三郎は強い痛みを覚えたが、途中で折れることなく話し終えた。

「お松を知ったのは、その時じゃ。美しい聡明な娘だのう。余はひと目でお松が気に入り『どうじゃ余の身傍に仕えてみぬか』と誘いを掛けてみたが、見事に断わられてしもうた」

「も、申し訳ございませぬ、娘がそのように非礼な態度を……」

「待て待て文三郎。お前が謝る必要のないことであり、お松の態度もべつに非礼であった訳ではない。女ながら自分の意思を率直に表に出したるは、さすが剣士よ」

「剣士……娘に剣の心得がありますことを、恐れながら殿はご存知でございまするか」

　話すうち、少しずつ肩の力みが緩んでいくのを感じる文三郎だった。

「文三郎は余が剣術に強い関心を抱いていることは、存じておるか？」

「はい、存じ上げてございます。念流にご関心が深いと……」

「うむ。でな、松坂を不意打的に訪ねた折、城近くに在る有名な打貫流小太刀指南、蒲生慎次郎高行先生の道場を密かに訪ねてみたのだ。其処でお松と立ち合うてな」

「ああっ……」

　文三郎の顔から、みるみる血の気が失せていった。そのあとに出てくる言葉を予想しての〝恐怖〟であった。そして、その通りとなった。

「いやあ、お松は強い。並の強さではない。余は並の寸法の木刀を用い、お松は小太刀寸法の木刀であったが、三本立ち合うて三本とも打ち込まれてしもうた」

「娘が、娘の木刀が殿のお体に触れた、と申されるのでございまするか」

　と、文三郎は両膝をぶるぶると震わせた。切腹、の二文字が脳裏を過ぎっていた。

「馬鹿を申せ。剣士たる者、腕が立てば立つほど激しい乱取り稽古であっても鮮やかに寸止めで切っ先を抑えるわ。お松の木刀の先は、三本が三本とも余の肌に対してまさに小虫ほどの間を空けピタリと止まりよった。実に見事じゃ」

「も、申し訳ございませぬ。主、主君に対してそのような……」

文三郎の震えは、背中から両の肩にまで広がって、彼はそれこそガバッと平伏した。

「お前はよく謝る奴よのう。その気の弱さで筆頭目付が勤まるのか」

「お、恐れながら、こ、これは気の弱さとは全く別でございますれば……」

「剣術、お前は何流をやるのだ?」

「一刀流を……小野派一刀流をいささか心得てございまする」

「余と二人で町中を歩いておって、もし幾人もの無頼浪人どもに襲われたなら、幾人まで倒せるのじゃ。確実な自信として……」

「三人までは大丈夫と考えまする。四人め五人めを相手とするあたりで、おそらく深手を負うと思いますけれども、こちらも絶命する覚悟ならば五人までは倒してご覧にいれまする。但し、相手の全てが皆伝級の腕前ならば、これはもう無理というものでございましょう」

「お松と立ち合うてはどうじゃ」

「恥ずかしながら、とても歯が立ちませぬ。木刀の寸法には関係なく……申し訳ございませぬ」

「正直だの。が、確かにお松は強い。それに美しく聡明じゃ。どうだ文三郎、お松を余の身傍に仕えさせぬか。決して不幸には致さぬ。約束するぞ」

「こ、こればかりは矢張り、殿が直直に娘を御説得くださりませ。ただ、もし娘に意中の男が既にいるならば、娘の気性を考えまするに相当に難しいやも知れませぬ」

「いるのか、意中の男とかは……」

「男親とは、そういう話は殆ど致さぬ娘ゆえ、申し訳ございませぬが全く判りませぬ。お許し下されませ」

「余はあれ（お松）の子が欲しい。男児ならばきっと肚の太い悠悠閑閑たる人物に育とうぞ」

「もったいない御言葉でございまする。他にお返しする言葉が見つかりませぬ」

「文三郎。お松と二人で会いたい。なあに、むつかしい話は持ち出さぬ。松坂の道場で打ち負かされたる三本勝負の話を楽しみたいだけじゃ。甲田貴四郎（御側御用取次頭取）と相談し、二、三日の内に段取りを決めい」

「あ、いや、そのう。実を申しますれば娘はまだ、江戸入り致してございませぬ。深くお詫び申し上げまする」

「なに。お前に付き従って一緒に江戸入り致したのではなかったのか」

「はい。打貫流の蒲生慎次郎高行先生が一番の高弟と認めておられる白紀市郎兵衛先生が藤沢宿に道場を構えておられます。お松は、これまでの自分の修練がどれ程のものかを見極めるため、藤沢宿で私と別れ、その道場を訪ねてございまする」

「なんとまあ。お松はそれ程に剣術へのめり込んでおるのか。美しい外見からは、とてもそこまでとは見えぬがのう。一念とは凄いものじゃな」

「申し訳ございませぬ」

「おい文三郎。お前はよく謝る奴じゃな。そう次から次へと〝申し訳ございませぬ〟を口から出しておると今に筆頭目付の役目に支障が生じるぞ。気を付けい」

「はっ。申し……」

と口まで出して、文三郎はそのあとに続く言葉を、ぐっと呑み込んだ。

苦笑した光貞公はゆっくりと腰を上げると元の位置（『上段の間』）へと戻り、今度はきちんと正座をした。目つきが鋭くなっていた。

文三郎は自分と殿との間に、『下段の間』『中段の間』とかなりの空間が広がったことで漸くのこと、**御広間**のかなりの部分を視野の内に入れることが叶った。

『下段の間』は**格天井**（棹がタテ・ヨコ碁盤の目状に走る）で、『中段の間』との境に鶴の彫物の**彫刻欄間**が下がっていた。文三郎の右手側は邪気を祓うと伝えられる花菖蒲の描かれた**大型の襖障子**で、左手側は外の明りを取り入れる矢張り**大型の腰高障子**だった。

『中段の間』は凹凸のない平坦天井に咆哮する猛虎が描かれた**鏡天井**と称されるもので、『上段の間』との境には矢張り鶴の彫物の彫刻欄間がやや深めに下がっていた。右手側、左手側の花菖蒲の大型の襖障子および大型の腰高障子に変化はない。

　文三郎が認めたのはそこ迄で、『上段の間』の折上格天井を観察する間もなく「さて、高河文三郎……」と主君の厳しい声が飛んできた。

「はっ」

　と文三郎は殆ど反射的に平伏した。

「紀州家江戸藩邸筆頭目付の職に加え、本日付にて**城付**の職を三百石の加増にて命じる。覚悟して励め」

「謹んでお受け致しまする。身命を賭して御役目を全う致しまする」

　平伏したまま驚きと共に応じた文三郎であったが、**城付**という職は字綴りの見当はついても耳にするのは初めてだった。

が、それはどのような御役目ですか、と訊き返せる立場でも精神状態でもなかった。

光貞公は厳しい表情のまま「うむ」と頷くや、立ち上がってさっさと御広間から退出した。

文三郎は恐る恐る面を上げ、内心の不安と混乱で暫し茫然となった。

一〇九

文三郎が疲労の溜息を吐いて**御広間**から**大廊下**へ出てみると、驚いたことに御側御用取次の頭取甲田貴四郎時行と江戸留守居(公儀人)和歌甚右衛門常善の二人が、姿勢正しく正座をして待機していた。

ここで書き添えておかねばならないが、いま二人の重役が正座をしている大廊下は板張床ではなく九十枚の大畳が敷かれた**畳廊下**であった。

御側御用取次頭取の甲田貴四郎は文三郎に対し、「……実は江戸城御本丸御殿の松之廊下を模して造られた大廊下……」と打ち明けている。

その通り。江戸城の松之廊下も板張廊下ではなく、九十枚の大畳が敷かれた畳廊下だった。このことは、江戸城松之廊下が部屋から部屋への単なる連絡通路ではなく、公式な謁見（身分の高い人に会うこと）の場としての性格を併せ持っていることをあらわしている（火災など殿舎の再建・改築などで畳数には多少の変化あり）。

文三郎は二人の重役の前に膝を折って正座をするなり、前へ倒れ込むようにして平伏した。疲れ切っていた。

「しっかり致さぬか。筆頭目付の肩書が泣くぞ」

先ず甲田貴四郎が苦笑しつつ、そう言い、

「ここは殿の殿舎じゃ。姿勢を正し、殿のお話について我等二人に要点をかい摘まみ聞かせなさい。声を抑えてな」

と、和歌甚右衛門が付け加えた。甲田の口調よりは、やわらかであった。

「はい。見苦しい姿をお見せ致しました。申し訳……」

そこでぐっと言葉を切って、文三郎は面を上げ二人の顔を見比べた。

「あのう、先に一点お教え戴きたき儀がございまする」

「お教え？……何じゃ」

甲田貴四郎がむつかしい表情を拵えて目を光らせた。

それまで文三郎には見せなかった、御側御用取次頭取の威圧感が、表にあらわれていた。

「**城付**とは、どのような御役目でございまするか。長く田舎の城番目付でありました私には勉強不足も手伝って、もう一つよく理解が出来ませぬ」

「**城付**がどうしたと言うのじゃ」

甲田貴四郎の二つの目が一層のこと険しさを増した。

「殿より筆頭目付の職に加え、城付を兼職せよと命じられましてございまする」

「なにっ」

と、思わず身を乗り出すようにして驚いたのは、和歌甚右衛門である。

甲田貴四郎の表情は一変し、目を丸くして呆気に取られたように茫然の態だった。

二人の様子に、文三郎の胸の内で一気に困惑が広がった。

「何ぞむつかしい御役目でございましょうか」

「殿は間違いなく、そう申されたのか。緊張する余りの聞き間違いではあるまいな」

と、今度は和歌甚右衛門の目つきがかなり厳しくなっていた。

「殿がその御言葉を口になされました時の私は、かなり落ち着きを取り戻しておりました。聞き誤りではありませぬ」

「殿はいつから城付の御役目を兼職せよと申されたのじゃ」

「本日付にて、と申されました」

「う、うむ」

「筆頭目付の職と兼職とはのう……」

二人の重役は顔を見合わせて腕組をした。

「むつかしい御役目でございましょうか。ならば、おそれながらと辞退を……」

「馬鹿を申せ。重い病人でもない者が一度受けた人事を、あとになって辞退を申し出れば厳罰ものじゃ」

そう言って舌打ちをした和歌甚右衛門だった。

その彼のあとを継（つ）ぐかたちで甲田貴四郎が言った。表情が先程よりもうんと、やわらかくなっていた。

「ともかく其方（そなた）が殿からどのような話を聞かされたのか、別室にてゆっくりと詳しく我我二人に語って貰うとしよう。**城付**の御役目の説明についてはそののちに、甚右衛門殿の方でしてやってくれぬか」

「承知致した。さ、文三郎。ゆっくりと詳しく語れる部屋へ移ろうか。ついて来なさい」――

促（うなが）されて頷いた文三郎は、重役二人が腰を上げるのに合わせて静かに立ち上がった。

尾張(おわり)・紀州・水戸(みと)の徳川御三家は、松之廊下の中ほど西側に接するかたちで『御三家部屋』を持っている（与えられている）。

この徳川御三家の家格をあらわす極位極官（位(くらい)の上限）は、**尾張**と**紀州**が**従二位大納**(だいな)**言**(ごん)、**水戸**が一段下りて**従三位中納言**(ちゅうなごん)となり、諸大名の中では最高位にある。

これら御三家はその恵まれた立場に安穏(あんのん)としている訳では決してなく、幕府の重要案件の数数、たとえば将軍後嗣(こうし)（跡継ぎ）の選定や大老・老中人事の決定、『武家諸法度(ぶけしょはっと)』の制定や改訂などに深くかかわっていた。まさに徳川将軍家を補佐する『副将軍』の立場と言っても言い過ぎではないだろう。

この御三家は幕府との**連絡を主務**とする**渉外担当官僚**(しょうがい)を、自藩の家臣の中からすぐれた人材を選んで**本丸御殿に駐在**させている。

この官僚こそを**城付**と称したのである。重職だ。本丸御殿内をかなり自由に動ける立場であった。

城付詰所は、『御納戸前廊下』突き当たりを右へと折れた『大廊下』の中ほど左手に『壱之間』と接するかたちで設けられている。

そこを御役目の拠点として殆ど自由に、『御三家部屋』に詰める主君に、会うことが出来るのだった。

幕府の公文書を御三家に対し配布する責任者は若年寄支配下にある同朋頭（禄高二百俵）である。したがって幕府の触書の手渡しや重要諸事項の伝達などは、月番老中の指示を受けた同朋頭によって、当該御三家の**城付**に対しなされる。

よりによって高河文三郎は、筆頭目付の職に加え、その重職の兼務を主君光貞公よりいきなり命ぜられたのだ。

だが彼にとってこれは、驚愕の一歩でしかなかった。

更なる重大事態が音もなく、ひしひしと彼の身に迫りつつあったのである。

一〇

文三郎が殿と交わした話の全てを甲田貴四郎と和歌甚右衛門に打ち明けたのは、玄関に近い『控えの間』においてであった。この座敷は『供侍の間』とも称して、紀州家を訪ねて来た位高き客の、供侍が詰める座敷だった。主君が用を済ませて退出してくるのを、供侍たちはこの部屋で待つ。

「驚いた。予期せざる話であったのう、甚右衛門殿」

「いかにも。驚き申した」

文三郎の話を聞き終え、二人の重役は眉間に皺を刻んで腕組をした。ただ、表情そのものは、さほど厳しくも険しくもない。

二人の重役は、文三郎が殿から城付を命じられたことよりも、殿が松坂の剣術道場でお松を知りどうやら執心と判って、衝撃を受けたようだった。

「で、そのう、お松はいつ、藤沢宿の剣術道場とやらから江戸を目指すのじゃ。そもそも父親の赴任に付き従って江戸を目指していた娘が、途中の宿で私事を優先させる余り、勝手な行動に走るなどけしからん。これが侍なら切腹物じゃ」

甲田貴四郎が言い、文三郎は一つの反論、いや、言い訳も口に出来ず膝前に黙って視線を落とすしかなかった。

「まあまあ、甲田殿……」

和歌甚右衛門がやわらかな雰囲気で、気の合う酒友を抑えて続けた。

「懸念致すべきは殿が既にお松に御執心の様子であるということでござる。我等も存じおりますように殿の御正室様（伏見宮貞清親王家の姫）は極めて気位の高い御方。お松問題は迂闊に騒ぎ立てぬ方が宜しくはござらぬか」

「うむ。そうじゃな。その通りだ甚右衛門殿。して、高河文三郎、お松はいつ江戸入りの見込みなのじゃ」

「それが……娘と連絡が取れている訳ではござりませぬので、はっきりとは……」

「そのようなことでは、いかぬな。若い娘の父親ならば、何事についても、もっと厳しく致さねば」

「仰せの通りでございまする。これより厳しい態度で当たることと致しますゆえ」

「そう致せ。で、お松は美しいのか。父親の其方（そなた）から見てどうなのじゃ」

「自慢の美しい娘でございまする。姿もすらりと致し小柄ではありませぬ」

「大女と言うか？」

「それは余りな……実にすらりとした自慢の美しい娘でございます」

酒友甲田貴四郎と文三郎の話に、甚右衛門は横を向いてしまい、口元にニヤリとした笑みを見せた。

「松坂の剣術道場で殿を打ち負かしたとなあ」

「はあ、私も驚きましてございまする。娘から何も聞かされておらなかったものでございますゆえ」

「我が殿の剣術は決して軟弱（なんじやく）なものではないぞ。その殿を続けざまに三本も打ち負かしたとはのう。お松はそれほどに強いのか？」

「おそらく、一刀流をかなり心得る父親の私も、かないませぬ」

「なんとまあ……」

「ですが本当に清楚な心やさしい娘なのでございます。なにとぞ娘に厳しい目を向けるのはお避け下されますよう伏してお願い申し上げます。父親の私はいくら叩かれても構いませぬ。なにとぞ……」

文三郎は這い蹲るように平伏し、懇願した。

甲田貴四郎は溜息をつくと、甚右衛門と目を合わせ、

「じゃあ、あとは頼みましたぞ甚右衛門殿」

と言い残し、『控えの間』より出ていった。

まだ這い蹲っている文三郎に苦笑して、甚右衛門が穏やかに言った。

「明日からは筆頭目付らしく、も少し堂堂としていなさい。ま、かわいい娘のことになれば、父親たる者誰しも弱いものじゃが、其方は大藩江戸藩邸の筆頭目付じゃ。しかも、殿じきじきに城付という重職を命じられた。平伏してばかりではいかぬ。毅然たる態度も必要と心得て、うまく使い分けなされ。よいな」

「畏まりましてございまする」

そう応じた文三郎であったが、まだ面を上げようとしなかった。

「さ、姿勢を正しなされ文三郎。城付という御役目が如何に重要であるか、今から詳しく説明してつかわそう」

　そう言った甚右衛門の脳裏で、お松の幼い頃の姿しか知らぬ苛立ちが漸くのこと騒ぎ出していた。

一二

「白紀先生、奥様。十五日もの長い間いろいろと御世話になり有り難うございました。江戸へ着きましたならば、御手紙を必ず書きます」

「うむ。途中充分に気を付けられよ。もっとも、大の男と雖も其方に迂闊に手を出せば大火傷をするがな。はははっ」

「江戸まで油断なく安全旅を心がけます。それではこれで失礼いたします。白紀先生も奥様も、どうかお体お大切にお過ごし下さいませ」

「本当にお名残惜しいこと……」

　白紀市郎兵衛と肩を並べて立つ小柄な妻奈緒が、美しく微笑んだ。

　お松は微笑みを返し、深深と腰を折って二人に背を向けた。

その後ろ姿を見送る白紀市郎兵衛の表情が、ふっと曇った。

「お松は非常に稽古熱心であったな。太刀すじについて教え聞かせる事は、もう何一つないと言ってよい。ただ……」

「御心配なのですね、あなた。お松さんが午前の稽古を済ませたあと、決まって一刻（二時間）ばかり外出なさることが」

「うむ。外出先から戻ってきた時の表情もべつだん暗くはないし、午後の稽古にも熱が入っておるから、私の心配し過ぎかと思ったりもするのだが……奈緒はお松にとくに何も感じはせぬか。女の目で眺めてだ」

白紀市郎兵衛は次第に遠ざかっていくお松の後ろ姿へ、顎の先を小さく振ってみせた。

「私はべつに深刻な印象は受けてはおりませぬ。ただ、ここ数日お松さんの瞳がキラキラと輝いているような気は致しておりました」

「キラキラと?……」

「はい。先程もお別れする寸前まで……けれど、もう一度申し上げますが決して深刻な印象などではございませぬ。お松さんのように若く美しい娘の瞳なら、キラキラと輝かぬ方がおかしい、と申すべきかも知れませぬゆえ、悪い方へと誤解しないで下さりませ」

「判っておる。いつも冷静に人を眺めるお前だからのう。……ま、お松はもう此処を出て江戸へ向かったのだ。私の手からは離れ、責任は一応果たしたのだ。さ、台所へ引き返して、少し早いが酒の用意をしてくれぬか。なんだか今日は、早目の酒が呑んでみたい気分なのでな」

「承知いたしました」

お松の後ろ姿がかなり先の商家の角を右へと折れて見えなくなると、二人は、棟持柱が無い質素な拵えの棟門の中へと踵を返した。

お松の瞳は確かに、キラキラと輝いていたかも知れなかった。

確かにこのとき、お松の心はかつて経験したことのない、新鮮な疼きに見舞われていたのだから。それは息苦しく感じるような、甘く感じるような、いや、切なさを覚えるような疼きであった。

その疼きが今、彼女の歩みを急がせていた。

「次に会うた時に……覚悟のご返事を……是非、覚悟のご返事を……」

「は、はい」

その人との昨日の別れ際、交わした言葉がお松の胸の内で甦っていた。

お松は急いだ。覚悟の返答を胸に抱いて。

戸塚方向へ三町ばかり（三百メートル余）行った街道沿いに、大きな赤い鳥居の『火の神神社』があった。炎のように赤い鳥居から奥へと真っ直ぐに、綺麗に敷き詰められた石畳の道が伸びており、その正面に寺院の金堂を思わせるような真っ赤な堂堂たる社が見えている。

その背後は鬱蒼と繁る青竹の林だ。

お松が迷う様子も見せず、この『火の神神社』の鳥居を潜った。

よほど楽しみな事が待ち構えているかのように、口元に美しい笑みを漂わせている。

彼女は社の前まで来ると、両手を合わせた。

が、長い合掌ではなかった。

短い祈りを終えたお松は、朱塗りの立派な社を前にして、石畳を左へと大きく回り込み、青竹の林の中へと入っていった。

鬱蒼たる竹林ではあったがよく手入れがなされ幾条もの日差しが射し込み、明るい竹林だった。石畳の道は尚も奥へと続いている。

お松の歩みは、いよいよ急いだ。

一町ばかり行ったところで彼女の歩みは石畳を左へ切れ、半町ばかり行った所で今度は右へ折れた。

目の前にカアッとした明るさが満ちていて、お松はその明るさの中へ勢いよく入っていった。石畳の道は竹林が終わったところで石ころに覆われた広い農道に変わり、その農道に沿うかたちで広い敷地を触れ合うようにして百姓家が建ち並んでいる。収穫に恵まれた土地なのか、どの百姓家もかなり大きな構えだ。彼方にまで広がっている田畑には百姓たちの姿があって活き活きと動きまわっている。耕作する牛や馬も見られた。

農道をどれ程か進んだお松が、明らかにまわりの百姓家とは拵えを異にしている縦に長い建物の、小さな萱門を潜った。

それほど広くもない敷地は竹を菱形（斜方形）に編んだ**龍安寺垣**で囲まれている。切妻屋根に庇を付けた『大和棟』と呼ばれる縦に長い建物はかなり古く、藁葺屋根には青草が繁っていた。

萱門の先、十二、三間ほどの所で、式台付の玄関がお松を待っていた。

式台の前には、五、六人分の藁草履が脱ぎ並べられている。

その玄関へと向かうお松の歩みは、勢いを落としていなかった。いや、むしろ小慌てに勢いを増しているかに見えた。その表情は明るい。

と、このとき玄関から白衣を着た三十半ばくらいの男が、これも小慌てに飛び出してくるや、お松に気付いて「おお……」と呻くような叫びを発した。

「お松さん、来なすったか。待っておった。容態が……容態が急変したのだ。急いで」

「ええ、そんな……」

それまでのお松の表情が一変し、足が止まった。が、直ぐに思い直すや、近付いてくる白衣の男を突き飛ばす勢いで玄関式台に入った。きちんと並んだ藁草履を踏み飛ばしたことにさえ気付いていない。

それは美しいお松に不似合いな、取り乱し様であった。

そのままお松は、奥へと続く廊下を駆けた。まさに駆けた。血相が変わっているところではなかった。玄関脇の部屋に順番待ちのような様子で数人の百姓風が座っていたが、お松の目には全く入っていなかった。

白衣の男も、お松の後を追った。

ここは、相模国では名の知れた**蘭漢診療院**だった。蘭は蘭方を指し、漢は漢方を意味する。宗次の時代前後は、名古屋玄医、後藤艮山などが医師として力強く頭角をあらわし、これに香川修徳、吉益東洞といったすぐれた人材が続かんとしていた時代だった。**蘭漢診療院**と称しても蘭はまだまだの時期であったから、はたしてこの診療院の実力はどれ程のものか？

「利庵先生……」

お松が悲鳴に近い声をあげて息荒く入った部屋では、数名の白衣の男女が寝床を囲むようにして集まっていた。

「来たか、お松さん。ここへ……」

頭は丸坊主だが、白い豊かな髭をたくわえた目つきの鋭い白衣の老人が、自分の横を目で示した。この老人が利庵先生なのであろう。

お松はその隣に座るなり、寝床で天井を睨みつけるようにして呼吸を乱している人物の名を呼んだ。

「和之進様……」

天地がひっくり返らんばかりの衝撃的な名が、お松の口から出た。

今まさに命が消え入りそうな荒荒しく小刻みな呼吸をしているのは、まぎれもなく廣澤和之進であった。

「どうなされたのです和之進様。しっかりなさって下さいませ」

和之進に覆いかぶさりそうになるお松の肩を、診療院院長余馬(あまるめ)利庵の手が押さえた。お松の顔色はなかった。

「お松……お松……来て……くれたか」

苦しい息の下から、お松の名を口にした廣澤和之進だった。

両の目は、天井を睨みつけたままである。もはや、よく見えないのか。

「お松はここにおりまする。ここにおりまする」

お松はそう言いながら布団(ふとん)の中へ手を差し込み、和之進の手を探し求めて強く握(にぎ)りしめた。

和之進が握り返した。打ち震える手だった。

「お松……真(まこと)の……真のお松か」

「はい、高河文三郎の娘、お松でございます。真のお松です。しっかりなさって下さいませ、あなた……」

なんとお松が、**あなた**、という言葉を用いたではないか。

それを契機として、という訳でもあるまいが利庵が皆を促すようにして腰をあげた。

白衣の男女が、利庵の後に従って部屋から出ていった。和之進は助からぬ、とすでに読み切ったのであろう。

「お松……あなた……と言うて……くれたか」

次第に声を小さくしてゆく和之進の両の目から、大粒の涙がこぼれた。

「お松は和之進様の……あなたの求めに対する答えを、持って参りました。お松は今日より、あなたの妻でございまする」

両親の許諾を得ずして、何ということを口走ったお松であろうか。しかし蒼白な顔の中にある彼女の目の色は、必死であり真剣であった。

「そ、そうか……妻に……妻になって……くれるか」

「生涯あなたに、付いて参ります。たとえ火矢が降り注ごうとも、天地の神の怒りを買おうとも……」

そう言い言い、お松もこぼれる涙で頬を濡らした。この二人、一体何がどうなってこのような光景を、迎えることになったのであろうか。

「お松……お松……頼みが……頼みがある」

「はい。どのような事でも仰って下さいませ。あなたのためなら、どのような事でも致しまする」

「江戸の……江戸の……浮世絵師宗次……が憎い……奴は……卑劣だ」

「え?……もう一度仰って下さいませ。よく聞き取れませぬ」

「江戸の……」

「江戸の?……」

「浮世絵師……卑劣な……浮世絵師」

「浮世絵師でございますね。聞こえてございます」

「宗次を……私を……幾度も罠に……突き落と……した卑劣な宗次を」

「卑劣な宗次を?……」

「斬って……くれ……奴が……憎い……奴が……憎い」

「あ、あなた……」

お松は驚いた。大きな驚きであった。胸の内から、重く堅い塊が激しい勢いで噴出してきそうな強烈な驚きであった。

「必ず……必ず……仇を……討って……くれ」

「は、はい」

「すまぬ……」

和之進が目を閉じ、少し背を反らせたあと、コトリと呼吸を休ませた。絶命であった。

お松は悲鳴をあげて泣いた。和之進の亡骸に突っ伏して泣いた。号泣であった。はじめて肌を許した男への炎のような慕情が、怒濤さかまく絶望感に押し潰されながら込み上げてきた。

お松の泣き声を耳にしてだろう。幾人もの足音が、廊下を慌ただしく戻ってきた。

一二

お松にとっては余りにも辛すぎる江戸への旅だった。肌身を許した愛する男の無残な死で、身も心もズタズタに斬り刻まれていた。

いま彼女は白布に包まれた小さめな白木の箱を、首から下げている。

その白木の箱の中では、いとしい廣澤和之進が深い眠りの中にあった。

お松は直ぐ先の賑わいを目にとめて佇み、そっと白木の箱を、いや、**夫**和之進の御霊を撫でた。

「あなた、ようやく品川宿に着きましたよ」

呟いたお松の目から、はらりと涙がこぼれた。**あ奴**を倒すまでは二度と泣くまいと自分に誓ったのに、無駄であった。ここまでの旅の途中で、白木の箱を抱きしめ幾度涙にくれたことであろうか。

その涙のたびに、「待っておれ浮世絵師宗次、必ずお前を倒す……」と、夫の『最期の意思』を胸の内で烈しく燃やしてきた。打貫流小太刀業の名手としての、怒りでもあった。

夫和之進が何故、宗次を斬ってくれと言い残したのか、お松には判らない。

しかし、絶命間際に苦しい息の下から繰り返し『卑劣』と『憎い』をお松に訴え残した和之進だった。彼にとっては、それこそ美雪への慕情と表裏一体のものであったのだが、そのような事情など、お松に判ろう筈がない。

死を目前にしながら彼は美雪への思いを執拗に燃やし続け、その慕情を『卑劣』と『憎い』という二つの表現で偽った『宗次暗殺の弓矢』を、事もあろうにお松に託したのだ。

これこそ和之進最後の、壮大な虚栄であった。煮えたぎる偽善であった。

お松は、はじめて見る大層な賑わいの品川宿へと、静かな足取りで入っていった。

東海道の起点である江戸・日本橋からおよそ二里離れて位置する品川宿は、神君家康公（徳川家康）が関ケ原の戦いの翌、慶長六年（一六〇一）一月に定めた**伝馬制**によって、いわゆる公式の宿場として開かれた。

江戸の出入口となる品川宿は、**内藤新宿**（甲州路）、**千住**（日光路）、**板橋**（中山道）と共に江戸四宿の一つに数えられるのだが、東海道の第一宿に定められる以前、品川郷とか品川浦とか呼ばれていた一三〇〇年代の頃からすでに湊町（港町）として繁栄し賑わっていた。湊町長者（大金持）が出現するほどの交通の要衝であったとも伝えられている。

本陣一軒、脇本陣二軒を置く品川宿は、町並の長さ十九町四十間余（およそ二一四五メートル）もあり、旅籠はもちろんのこと、茶屋、居酒屋、飯屋などが軒を連ねて夜は赤提灯が乱舞。その巷で大勢の食売女（飯盛女）が悲哀の事情をかかえて旅人や遊び人相手に懸命に生きていた。

品川宿へ入ったお松は、時おり珍しそうにまわりを眺め眺めしながら、ゆっくりと歩みを進めた。

「ねえ。あなたは幾度、この賑やかな品川宿を出入りしたのでございますか」

白木の箱に語りかけるお松の表情は、久し振りに明るさを取り戻していた。町並に影をつくらぬほど降り注いでいる豊かな日差し、雲ひとつ漂っていない果てしなく広がる青空。そのせいであった。私は今すこし明るさを取り戻している、お松自身もそうと判っていた。心の片隅が温かくなっていた。

それにしても彼女は廣澤和之進の遺骨――白木の箱――を一体どうする積もりなのであろうか。父高河文三郎、母加津江のもとへ、白木の箱と共に訪ねる覚悟を決めているのであろうか。

「どのようなことがあってもあなたを離しませぬ。だから安心して下さい」

小声で語りかけ、白木の箱を思わず強く胸に押しつけるようにして抱きしめるお松だった。この切ない行為を、品川宿に着くまでの旅の途中で、幾度となく繰り返してきたお松である。

和之進との初めての夜は、お松にとって余りにも鮮烈だった。

二人は打貫流蒲生道場で、何度となく木刀を交わし合ってきた。

どちらかが求めたことによって、ではない。

短い間における廣澤和之進の剣技の上達に目を見張った師、蒲生慎次郎高行がお松に対し、「和之進と一度立ち合うてみよ」と強く促したのである。

はじめはお松に全く歯が立たぬ和之進であった。

虚栄の心高い和之進は、それが承知できなかった。おのれ、と思い稽古相手として執拗にお松を求めた。

茶花道、和歌など習い事に忙しくなっていたお松のため、道場における稽古は日没近くから始まることが多かった。

お松の気持が烈しく和之進へ傾いたのは、猛稽古が始まって十六日目のことである。鋭く打ち込んできた和之進の剣（木刀）を、お松が切っ先で巻き込んで跳ね上げようとした刹那（せつな）、和之進の〝逆巻き込み〟がお松の剣を道場の床へ激しく叩き落としたのだ。それが和之進の初めての勝利だった。

カラーンと鳴る乾（かわ）いた音の中で転がったお松の木刀。その乾いた音の響きと同時に和之進がそれこそガバッとお松の前に両膝を折ってひれ伏したのである。あざやか過ぎる和之進の演出だった。

「有り難うございました、お松殿」

和之進のその一言（ひとこと）――震え声の――が、お松の心に〝女の炎（ひ）〟を点（とも）した。

その夜、和之進の初めての勝利を祝った城下町外れの格調高い老舗（しにせ）料亭『田和金（たわかね）』で、お松は和之進に我が身を許した。

後悔は微塵（みじん）も覚えないお松だった。

「お昼時を少し過ぎてしまいましたね……あなたの好きな、お蕎麦（そば）でも一緒に食しましょう」

白木の箱に語りかけて、お松は辺りを見まわした。

女として決して小柄ではないお松だったが、人の往き来が余りにも激しくて、通りに沿って並ぶ店店の様子がよく窺えない。

東海道の第一の宿場である品川はまた、漁業や流通の旺盛な土地で漁港、商港は時代の流れに乗って急速に整った。また駿府宿（府中宿）、草津宿などと共に荷物貫目改所が設けられるなど、幕府がここ品川を非常に重要視していたことが判る。この荷物貫目改所は街道を往来する荷物の重量（貫目）を検査——時には中身検査も——する役所で、時代の流れと共に流通量が増すに従いその調査は厳しくなっていった。流通を担う『**宿駅**』や『**助郷**』の人馬への過重な負担に目を光らせる役所として、極めて重要な存在だった。

『助郷』とは、『**宿駅**』**の人馬**で負担しきれない流通（量）が生じた際に、**人馬の応援**を出す**村**を指している。大事な百姓仕事で多忙な時節に、大名行列の過重な荷物などを背負わされては、全くたまったものではない。百姓あってこその武家なのだから。

「あ、お蕎麦屋さんが見つかりましたよ、あなた」

お松のやや疲れ気味な美しい面に、控えめな笑みが漂った。

四半町ばかり先、通りの左手に『うどん、そば、めし』の突き出し看板を、お松は見つけた。さすがに品川街道すじの店だけに、構えは小さくない。忙し気(せわしげ)に客が出たり入ったりしている。

小急ぎでその店に近付いたお松は、左手指先で暖簾(のれん)をそっと分けてみた。

「まあ、いっぱい……」

お松の表情が、ちょっと曇(くも)った。旅姿の侍(さむらい)や町人、法被(はっぴ)を着た職人、僧侶(そうりょ)、汚れた身形(みなり)の浪人、番頭(ばんとう)・手代(てだい)風、遊び人風などで店内は大盛況(だいせいきょう)だった。

と、店の奥から前掛けをした三十半ばくらいの女が、白木の箱を首から下げたお松に気付き、床几(しょうぎ)の間を縫(ぬ)うようにして小急ぎに近付いてきた。

「お客様、さあ、こちらへ……」

控えめに声を掛けたその女は、愛想(あいそ)のいい笑みを顔いっぱいに広げて、なんとお松の手を取った。

お松は調理場に近い、そこだけが卓状の（テーブル状の）拵えとなっている席に座らされた。卓状とはいっても空(から)の醬油樽(しょうゆだる)四つを脚代わりとし、その上に畳一枚ほどの大きさの板を載せただけの言わば飯台(はんだい)だ。いや、飯台というよりは、飲食の用具などが山積みにされた、つまり物置にもなっている。お松は、その卓状物置を前にして小(こ)床几(しょうぎ)に座らされた。

「温かいのが宜しいですよね」

「はい」

「卵を一つ、ぽんといかがですか」

「はい」

愛想のいい店の女とお松との遣り取りは、それで通じた。

女があたふたと忙しそうに、調理場へと入ってゆく。

「これは楽だこと……」

呟いてお松は卓の面を小さくひと撫でしてから、首から下げていた白木の箱をこわれ物でも扱うかのようにそっと置いた。さすがにホッとした表情だった。

「ほんに楽……」

もう一度言って今度は腰を下ろしている小床几を、なんとなく楽し気に指先で軽く撫でるお松だった。

こういった飲食の店では、小上がりや床几に腰を下ろして飲み食いをするのが殆どだ。いわゆる四脚テーブルが普及するには、まだまだ時代の流れを待たねばならない。しかし飲食の店の賢明な主人ともなると、常に訪れる客や自分たちの楽について考える。そういったところから、醤油樽を脚とした飲食台が時として生まれてきたりする。ま、テーブルの原型ともいうやつだ。

これだと熱い料理を客前に出す店側としても、楽なのだ。腰を深く曲げて低い床几の上に置くよりも、安全でもある。

「お待ちどおさま……」

店の女がお松の前に、盆にのせた熱い蕎麦を運んできた。盆の上には、他に握り飯二つと味噌汁がのっている。

女は熱い蕎麦をお松の前に置いたあと、なんと握り飯と味噌汁を白木の箱に供え、にっこりとして調理場へ消えていった。

お松の目が、みるみる潤み出した。

「さ、戴きましょう、あなた」

箸を手にしたお松であったが、そのままじっとして嗚咽を堪えていた。

旅の途上での和之進との、予想もしていなかった悲劇的な再会。

江戸で必ず必ずお会い致しましょう、と堅く誓い合って松坂で別れた二人であったが、待ち構えていたのは余りにも酷すぎる再会だった。

戸塚宿では一番と称されている宿『美栄屋』に泊まった『密書旅』の廣澤和之進。

その最初の夜、彼は五名からなる茶装束の刺客の奇襲を受けて阿鼻叫喚の激闘となり、三名を倒しはしたが自らも瀕死の重傷を負った。

左腕を、肘の上で斬り落とされていたのだ。一時は呼吸が止まりもした。

宿の者や宿役人は「これは当地の医者では対応しきれない……」と判断し、血止めの応急処置をした上で、江戸市中や京・大坂で原則禁じられている早馬車により、二里近く離れた藤沢宿の蘭漢診療所に運び込んだのだった。

お松がそのことを知ったのは、翌朝の蘭漢診療所においてである。前日、『藤沢打貫流小太刀道場』で白紀市郎兵衛先生と激しい稽古をして右手首に打ち込まれ、軽い内出血に見舞われ、白紀先生の強い勧めで診て貰いに訪れたのだ。お松は「平気でございます。これこそが修行……大丈夫です」と固辞したのだが、お松を預かっている立場の白紀先生は承知をしなかった。

この白紀先生の強い勧めがなければ、お松は、瀕死の和之進と出会えなかったことになる。

「ごめんなさい……もう一度、お話が交わせるあなたに会いたい」

お松は囁くと、漸く箸を動かした。

白い湯気を立てている碗の中へ、お松の悲しみの涙がぽとりと一つ落ちた。

一一三

「美味しかったこと……」

と、呟いて箸を置いたお松の表情は、明るさを少し取り戻していた。

厳しい剣の修行で鍛えてきた彼女の精神は、決して軟弱なものではない。

お松が箸を置いたと見え、店の女がまた笑顔で近付いてきた。

「お味、いかがでございましたか、奥方様」

「奥方……はい、とても美味しく頂戴いたしました」

はじめて奥方様と言われて、ちょっと驚いたお松ではあったが、慌てはしなかった。

「それはようございました。お握りは、お包み致しましょう」

「ご親切にありがとうございます」

お松は、店の女に向かって合掌し、頭を僅かに下げた。

店の女が握り飯を持って、再び調理場へと消えてゆく。

このときお松は、背後から酒の臭いが、ふっと漂ってくるのを感じて振り返った。

魚の生臭さが混じった不快な臭いだった。

間近なところに、腰を少し屈(かが)めた薄汚い身形の浪人二人の顔があった。真っ赤に染まった顔が鯣(するめ)をむしゃむしゃとしゃぶって、頬が下品にひくついている。かなりの量の酒を呑んだのであろう、二人とも目がトロリとなっており、一人の眉間には刀(かたな)傷(きず)があった。

「ご親族でも亡くされましたか美しい奥方様」

眉間に刀傷の浪人がお松に顔を近付けて囁いた。わざとらしい囁き方だった。

「お気の毒に……」

べつの一人が付け足して、ニッと笑った。

お松は答える代わりに、黙って和之進の御霊(みたま)を首から下げて静かに腰を上げた。

「どちらへ行きなさるので奥方様？」

「上方(かみがた)の方へ旅立つにしろ、江戸の御城下に入るにしろ、女の一人旅は物騒でございますよ奥方様」

「我我二人が途中まで、お護(まも)りして差し上げましょう奥方様」

やたら言葉尻に奥方様、奥方様と付けて、ふざけ半分の二人だった。

「ひとり頭、二両で結構でございますよ。我我二人は一刀流の皆伝。二両では安い用心棒代ですぞ美しい奥方様」

そう言った眉間に刀傷の浪人が、口の中で噛み潰した鯣をお松の足元へ、ペッと吐き出した。

そこへ、握り飯を竹皮で包んだ店の女が現われた。

彼女は、その場の空気を直ぐに察して、「調理場から外に出られますから。さあ……」と小声でお松を促した。

すると、眉間に刀傷がない浪人が素早く調理場口に移動して「ひひっ」と短く笑った。

「余計な口出しをするな、ばばあ」

とうとう本性を表に出した眉間に刀傷の浪人が大声で凄みざま、店の女の胸をドンと突き飛ばした。いや、実際は、突き飛ばそうとした、であった。その浪人の体が後ろへふらっと泳いで、店の女を突き飛ばそうとした手が空を切ったのだ。

「何をしやがる」

と、言葉汚く振り向いた其奴の手は、反射的に刀の柄に触れていた。さすが眉間に刀傷を拵えているだけあって、荒荒しい気性だ。

しかし、次に生じた光景は驚くべきものだった。其奴の両の頬がパンパンと鋭く鳴って、顔が横向きになったのだ。

「うおっ」

と叫んだ其奴は酔っ払いには不似合いな敏捷さで飛び退がり、床几に座っていた旅姿の客の背にぶつかった。

ここで漸く客たちが一斉に箸を置いて、あたふたと表通りへと退避し出した。

「き、貴様……」

眉間に刀傷の浪人は、自分の頰を張り飛ばした相手を睨みつけた。

なんと、その相手というのは女だった。

年の頃は四十になるかならない辺りであろうか。きりりと小股の切れ上がった姐さん風の印象で、若い頃は、さぞやと思われる整った面立ちだった。身形も安くはないと判る着物を着ている。

姐さん風が静かな口調で切り出した。

「無粋な御浪人さんだねえ。さっさと勘定を済ませて、海の塩水でその汚い顔でも洗ってきなさいましよ」

「こんの野郎。度胸のある綺麗な年増女じゃないか。どれどれ、熟してやわらかな乳でも触らせて貰おうかえ」

調理場口を塞いでいた浪人がニヤニヤしながら一歩、二歩と姐さん風の方へ足を踏み出した時であった。彼女の傍らの床几に黙然と座っていた町衆男三人が、すっと立ち上がった。

そして、その内の一人が姐さん風の前へ落ち着いた動きで回り込む。

目つきも体つきも貫禄充分だ。

あとに控えた二人の内の一人が、達磨模様を散らした紫の風呂敷で包む細長いものを手にしていた。

貫禄充分な男が言った。

「おい、御浪人さんよ。ここまでにしときねえ。これ以上に無体を押し通そうとなさいやすと、体に幾つもの風穴が開きやすぜい」

「な、なにいっ」

「穏やかに下手に言ってるんでい。もう一度言いやす。ここまでにしときねえ」

「おのれ、町人風情が武士に向かって……」

「お前さん達のようなぐうたらは、武士とは言いやせんやな」

「うぬ。許さん」

「あと一度だけ言いやす。ここまでにして、大人しく品川から出て行きなさせえ」

「おい、何様だお前は。偉そうに大見得を切りやがって。いま叩っ斬ってやるから名を聞かせろ町人」

「ふん」

鼻先を鳴らした貫禄風に、後ろに控えて大事そうに風呂敷包みを持っていた男がそれを手早く解いた。

出てきたのは長脇差だった。

それを受け取った貫禄風が、長脇差を帯に通した。

手馴れている。

帯が、ヒヨッと短く鳴った。

「よした方がいいよう、馬鹿浪人」

突然、店の外で大声が放たれた。

「そうだ、そうだ。大崎一家の貴三兄いを怒らせたら、品川から生きて出られないぞう」

別の大声が続いて表通りが、わいわい、がやがや、とざわついた。拍手をする者もいる。

「お、大崎一家だと?……」

浪人二人は思わずギョッとした表情を見せ、同時に呟いた。

そのあと彼等のとった行動が素早かった。床几の上に銭を投げ出すようにして置いたかと思うと、韋駄天走りの速さで店の外へと飛び出した。

わあっと〝鬨〟をあげる表通りの客や町の衆たち。

貫禄風が床几の上に置かれた浪人の支払い（銭）を手に、やや青ざめた顔の店の女に近付いた。

「ほれ、お京ちゃん。奴等の呑み食い、これで足りるのかえ」

おや？　貫禄風は店の女の名を知っているではないか。

「ありがとう貴三郎さん。血の雨が降るのかと、ひやひやしたよう」

「なあに、店の中じゃあ、やらねえよ。しかし、ああいう連中が近頃増えていやがってよ。まったく困らせやがる」

「今日は見回りの日？　何か食べてく？」

「いや、そうもしてられねえ。改めて、また寄らせて貰わあ」

貫禄風はそう言うと、「おい与市、包んどきねえ」と腰の長脇差を、風呂敷を手にしていた与市とかの仲間の手に返した。ひょっとして真っ昼間の町中では腰に長脇差は帯びない、という定めが『大崎一家』とかにあるのだろうか。

「そいじゃあ姐さん、北の方も（北品川の方も）ちょいと見て回ってきやす」

「気を付けて行っといで。滅多なことで抜いちゃあいけないよ（長脇差を）」

「へい。心得ておりやす」

三人の男たちは、きりりと小股の切れ上がった姐さん風に対して丁重に頭を下げると、何事もなかったかのような穏やかな様子で店の外へ出ていった。

入れ替わるようにして客たちが店の中へ次次と戻ってくる。中には箸を手にしたままの者もいる。

それらの一部始終を、半ば茫然の態で見守っていたお松だった。人情細やかで風光明媚な松坂では見たことがないような緊迫の光景だった。

が、お松はべつだん、恐怖は覚えなかった。

びっくりしたに過ぎなかった。芝居の一幕を見せつけられたような気分だった。

「奥方様、ごめんなさいましね。さぞやご不快だったことでございましょう」

きりりと小股の切れ上がった姐さん風がお松の前に進み出て、自分に非があったかのように綺麗に腰を折った。

「助かりました。有り難うございます」

お松も言葉やわらかく丁寧に返した。

「お京ちゃんも不快だったでしょう。ごめんなさいね」

姐さん風の女は、お京とかにも労るように声を掛けると、お松に向かってもう一度軽く腰を折り、店から出ていった。

お松はその女の後ろ姿を目を細めて見送った。まあ、なんと爽やかなこと……という心地よい気分に見舞われていた。首から白木の箱を下げているにもかかわらず、それに対し一言も余計な口を挟まずさらりと立ち去った相手に、見事さを覚えたお松だった。

ここで『大崎一家』について触れておかねばなるまい。

ここ品川宿の裏社会は、大親分と言われている大崎文助を頭に置く香具師の大集団三百名、『大崎一家』により秩序が保たれていた。その勢力は品川宿だけではなく、目黒、渋谷にまで広く及んでいる。

この『大崎一家』で**親分文助**の右腕中の右腕と称されているのが**小頭の貴三郎**。そして貴三郎と兄弟の盃を交わした強力な相棒が**居合いの与市**――達磨模様を散らした紫の風呂敷包みを手にしていた男――であった。

与市は本格的な居合い剣法を使う。

この気性激しい『大崎一家』の三百名をあざやかに牛耳っているのが、文助ならぬ、文助の恋女房小奈津（三十九歳）であった。

若い頃の小奈津は品川宿では『粋な茶羽織の小奈津姐さん』として大変な売れっ妓だった。品川宿における茶羽織の玄人女の走りである。その小奈津に惚れて惚れて惚れ込んだ文助が「ぜひ俺の嫁に」と、お百度を踏んで女房の座に据えたのだ。

それだけに、小奈津の意見や指示は、文助親分のそれでもあった（祥伝社文庫『秘剣双ツ竜』）。

一一四

「お代はお幾らでございましょう。お握りのお代も含めて下さい」

「めっそうも御座居ません奥方様。さぞ、ご不快でしたでしょう。お代は結構でございますから」

「けれども、それでは余りに……」

お松が困惑の様子を見せると、調理場との境に下がっている長暖簾をかき分けて白髪頭の老爺が顔を覗かせた。

「お代の方は娘の申す通りで宜しゅうござんすよ。これから先の旅、どうぞお気を付けなさいまして」

　老爺はそう言うと、忙しいのであろう直ぐに調理場へ顔を引っ込めてしまった。

「あなたは此処のお嬢様でしたか……」

「いやでございますよ、お嬢様なんて……ただの大年増の蕎麦屋の出戻り娘です」

「出戻り……そうでしたか。でも、客の気持を明るくさせるいい表情をなさっていらっしゃること」

「はい。表情で稼がなくちゃあならない商売ですから。大年増の強みです。ふふっ……」

「まあ……」

　お松も久し振りに誘われて笑った。なんだか気分が少しずつ明るく融けていくような気がした。

「奥方様はこれから、御城下の御実家とかへお戻りになるのですね」

　お松が首から下げている白木の箱にチラリと視線をやって、お京は辺りを憚るように声を潜めた。

「ええ。でもその前に、実家近くで小さな仕舞た屋でも見つけて、ひとまず腰を落ち着けたいと考えておりますの」

お松も声を潜めて返した。妙(みょう)に親しみを感じさせる、蕎麦屋の出戻り大年増とかのお京であった。出戻り娘、と自分で明かした彼女の気性を、お松は気に入り出していた。

「まあ、仕舞た屋へ……何ぞ事情を抱えていらっしゃるのですね……で、仕舞た屋の当てはあるのですか」

そう囁きながらお京はまた、白木の箱へチラリと視線をやった。気にはなっているが口には出さぬ、という感じの目配りだった。出戻りの苦労が、生きているのであろうか。

「いいえ、当ては全くありません。これから探そうかと思っております」

「まあ、それは大変……」

お京はそう囁いたかと思うと、いきなり床几の間を駆け抜けて店の外へ勢いよく飛び出して行った。先程まで店にいた『大崎一家』の御内儀、小奈津を追ってのことであったが、突然ひとり残されたお松には事情が呑み込めない。

「もう、お姉ちゃんたらあ……」

調理場との間を仕切っている長暖簾をかき分けて、お京にそっくりな顔のこれも若くはない女が現われた。お姉ちゃんたらあ……と言ったのであるから妹なのであろう。

彼女はお松と目を合わせてニッと笑うと、出入りの客の応対にたちまち大童となった。

その様子を眺めるお松は小首を傾げてちょっと思案する様子を見せたが、それは長くはなかった。

首から下げていた白木の箱を飯台（卓状物置）へ戻すと、床几の上に残っている空の食器や盆――薄板を縦横一尺程度に切っただけのもの――を、てきぱきと片付け出した。

調理場の老爺が直ぐにそれに気付き、慌てて飛び出してきた。

大声を出す訳にはいかないから、お松の傍に張り付くようにして老爺は囁いた。

「奥方様、そのような事をなさっちゃあいけません。お着物も手も汚れちまいます」

「宜しいのです。私の好きなようにさせて下さいまし」

「し、しかし……」

「一度してみたかったのですよ。こういうお仕事……」

お松は盆を重ね、食器を重ねて、うろたえる老爺を従え調理場へ入っていった。

一一五

小奈津がお京を従えるようにして、蕎麦屋に戻って来た。

お京からどのように聞かされて引き返してきたものか、表情ひとつ変えず落ち着いた様子だった。

「お爺さん、奥の板間を暫くお借りしますからね」

小奈津にとっては勝手知ったる店なのだろう、調理場へ小声でそう告げると、「さ、奥方様こちらへ……」とお松を促して前に立った。

立て込み賑わっている床几の間を縫い、満席の小上がりに挟まれた細長い通路を奥へ進んだ所に、六畳大ほどの板間があった。

客間ではなく住居に当たる部分である。

小奈津とお松がこの板間で向き合って座ると、お京が寸陰を惜しむかのようにして蕎麦茶を運んできた。

お京は何も言わずに蕎麦茶を置くと、板間から出て板戸を閉じた。

通り側と路地側に格子窓があって格子を開けていたから、室内は全く暗くはなかった。

　お松は白木の箱を膝上に置いている。

「お京ちゃんから聞きましたよ。御城下でひとまず仕舞た屋で腰を落ち着けたいけれど、当てが全くないこと……そうでございますか？」

「はい。その通りでございます」

「江戸は将軍様のお膝元。仕舞た屋を一軒借りるにしても、身元がはっきりしているかどうかが、大事になって参ります。確認のために失礼を承知でお訊ね致しますけれど、奥方様は真に御武家すじでいらっしゃいましょうか。調ったお身形で、そうとは判りますけれど」

「ええ、武家の娘として生まれ、今は亡き武士の妻でもございました」

「それでは、その白木の箱が、亡き御主人様の？」

「左様でございます」

「言葉を飾らずに、ざっくばらんにお訊ねいたします。御主人様は病気でお亡くなりになられたのですか」

「それについては、お話しできませぬ」

「御城下には奥方様の御実家があると、お京ちゃんから聞いておりますけれど」

「はい、間違いなく」

「ご両親は御健在でいらっしゃるのでしょうか」

「両親(ふたおや)ともに元気でございます。父はきちんとした御役目に就(つ)いております」

「であるのに、ひとまず仕舞た屋で腰を落ち着けたいとは、どうしてでございますか。その理由をお聞かせ下され奥方様」

「いいえ。それについても、お話しできませぬ。お許し下さい」

お松は軽く頭(こうべ)を下げた。

小奈津は終始穏(おだ)やかな眼差(まなざ)しで、お松を眺めていた。『粋な茶羽織の小奈津姐さん』時代は、きらびやかな世界に身を置いて男と女の喜怒哀楽を見つめてきた小奈津である。大親分の内儀となってからは、切った張ったの凄(すさ)まじい中で、別のかたちの男女の葛藤(かっとう)に接してもきた。

つまり男と女の問題についてはこの上もなく目端(めはし)がきく、海千山千(うみせんやません)の小奈津であった。

その小奈津の胸中(きょうちゅう)で今、お松の話を聞きながら、さまざまな情景が浮かんでは、消えてゆくのだった。

「腰を落ち着ける場所としては、どの辺りを望んでいらっしゃるのです?」

かなり長い遣り取りのあと、小奈津の問い掛けは終わりに近付いていた。

「麹町界隈だと助かるのですけれど……」

「麹町界隈……御実家から近いのですね」

「……」

「判りました奥方様。お力になりましょう」

「ほ、本当でございますか」

「ただ、一戸建などよりは、身元の正しい者たちが住み暮らします小綺麗な長屋の方が、奥方様には安全で心丈夫でございましょう。いかがですか」

「お任せ致します。宜しくお願い申し上げます」

お松は白木の箱を脇へ移すと、三つ指をついて丁寧に頭を下げた。お松は大変な大船に乗れたことに、露いささかも気付いていない。なにしろ、大江戸の表社会と裏社会の隅隅にと言ってよいほど、その存在を知られた小奈津姐さんなのだ。

けれども、この大船に乗れた幸運が、やがてお松の烈しくも悲しい苦悩のはじまりとなるのだった。

一六

この日、徹夜の市中見回りの疲れが抜けない春日町の平造親分は、殆ど一日中、自宅の長火鉢の前に胡座を組んだまま広縁の向こうの庭を眺めて動かなかった。膝に乗せた黒猫の頭を左手で撫でながら、ぼんやりと煙草ばかりを吹かしていた。好天で庭には日が眩しいほどに降り注いでいる。

柴野南州診療所に宗次先生が入院なさっている、と南州先生を訪ねて知った平造親分であったが、それによって落ち着かぬ気分に悩まされていた。

南州先生の様子から、（宗次先生の具合いはかなり悪い……）と読めてくる。いつもの南州先生なら、（体に傷ばっかり付けている宗次先生をひとつ親分の口できつく叱ってやっとくれ……）などと言ったりする筈だと思った。

「お前さん、店に五平さんが来てるよ」

女房の元気な声が調理場から伝わってきた。忙しそうな声の響きだ。

女房は賄い手伝いの下女三人を使って『うどん　そば　めし』の店をやっている。店の名はとくに無い。『うどん　そば　めし』が店の名と言えば名だ。

味良し量も良しと評判で、これがよく繁盛(はんじょう)している。酒は呑(の)ませない店だからどちらかと言えば男客よりも女客の方がやや多い。

「庭からこっちへ回って貰(もら)え」

「はいよ」

と、力強い女房の返事。長いこと赤子を背負って店を切り回してきた性根(しょうね)が据(す)わった女房だ。客の評判もすこぶるいい。

下っ引きの五平が瓢簞(ひょうたん)を二つタテにくっ付けたような形の定まらない庭を伝って、平造の居間の前にやってきた。店まで走ってきたと見えて、息を弾(はず)ませている。

賑(にぎ)やかな店は表通りに面しており、居宅部分は店の奥に引っ込むかたちで調理場と短い渡り廊下でつながっていた。

「どうした。えらく息を弾ませているじゃあねえか。また辻斬(つじぎ)りの屍(しかばね)でも見つかったか」

「い、いや。実は親分、市蔵(いちぞう)の野郎が、宗次先生の行方(ゆくえ)を知りたがっている二組に気付いて、先ほどこの俺(あっし)に知らせに来やしたので」

「なにいっ」

顔つきを険(けわ)しくさせた平造は、長煙管(ギセル)を置いて五平を睨(にら)みつけた。

平造は手下として数人の下っ引きを抱えている。その下っ引きを「下っ引き頭」として束ねているのが最古参の五平（三十一歳）だった。昨年、神田の小料理屋の飯炊き女アイと世帯を持ったので、平造はそのアイに猫の額ほどの呑み屋を湯島切通しに持たせて、五平が出来るだけ動き回りやすいようにしてやっている。

それに湯島切通しから春日町までは近い。連絡し合うには便利だ。

「其処じゃあ遠い。いいから上がってこい」

「へい」

平造に促されて五平は広縁に上がり、「失礼しやす」と座敷に入って長火鉢の前に正座したところへ、平造の女房カネが古盆に湯呑み二つをのせて、調理場とつながっている渡り廊下口から現われた。このカネという名。『お金に縁が有りますように』と彼女の強い望みで旧の名を改めたものである。

女相撲でもやれそうな、立派な体つきのカネだった。

「好きな方を飲みな。湯呑みの片方は酒、もう一つは京番茶」

言い言い猫板の上に湯呑み二つを置いて、さっさと座敷から出ていくカネだった。

離れていく女房の大きな尻を、平造は苦笑して見送った。男まさりの気性の女房で、危ない仕事が多い平造は随分と助かっている。気性は男まさりでも、心根はやさしいカネだった。

「先ずは、いただきな。酒の方でもいい」

平造に言われて五平はむろん、京番茶の方へ手をやった。番茶というのは新芽を摘み取ったあとに残した古い茶葉を用いてつくった、いわば下級の茶だ。下級の茶なのだが『京番茶』と名が付くものは宇治でとれる。つまり上物番茶だ。平造は大層顔が広いから、どこからか手に入るのだろう。

五平が熱い番茶をひと口すすって、湯呑みを盆の上に戻すと、

「それで？……」

と、平造の目付きが豹変し凄みを放った。

五平が膝を滑らせて、親分の顔との間を縮めた。

「それが親分、市蔵が言いやすには、宗次先生の行方を探っておりやすのは、一人は侍、一人は若い女だということで……」

「その侍と女ってえのは、つながっているのかえ。つまり仲間同士かどうか、ということなんだが」

「いや、市蔵は違うと言っておりやす。年齢は二十三と若い市蔵でござんすが、〝スリ蔵〟の異名を取ったほどの名スリでござんすから、カモを見つける眼力、つまり

他人を見る目の確かさは信じてもよござんしょう。あいつ、遠くまでよく見える目を持っていやすから」

「うむ、まあ……な……」

「平造親分のお情けで心底から改心して、ご存知のように下っ引きの仕事に一生懸命打ち込んでおりやす。そのスリ蔵、おっと市蔵が言いやすには、侍の方は宗次先生の住居をやたら気にしている様子だとか……」

「つまり八軒長屋をかえ？」

「さようで……」

「で、女の方の様子はどうなんでい。矢張り八軒長屋の辺りで二度三度と見かけるのか」

「仰いやす通りで。それにその女は供侍を連れていたり、あるいは一人であったりとか言っておりやしたが……」

「供侍だあ？……おい五平、それは違うんじゃねえのか。いや、きっと違う」

「ひょっとして親分は、それは大身の御旗本で筆頭大番頭西条家のお姫様ではないかと仰りてえんじゃねえんですかい」

「おうよ……美雪様よ」

「俺も市蔵も恐れ多くて美雪様のお傍へ近付いたことなどござんせんが、八軒長屋に宗次先生をお訪ねになった美雪様の御姿を遠目にですが二、三度お見かけ致しておりやす。ですから美しいあの御方様を見誤るようなことはござんせん」

「市蔵は自信のある口ぶりで、そう言っているのだな」

「へい。その通りで……それに親分、時に供侍を連れているその若い女、いや、御人も、美雪様に負けねえ大変な美しさだと、市蔵の野郎は言っておりやす」

「美雪様に負けねえ美しさってか……いよいよ話の先が見えねえな」

平造が首をひねったとき、調理場から甲高いカネの声が届いた。

「お前さん。市っちゃん（市蔵）が息を切らして飛び込んで来たから、そっちへ行って貰うよ」

「おっと噂をすれば影、だな。おい五平、市を連れてこい」

「判りやした」

五平は弾かれたように腰を上げ、広縁から庭先へと飛び出した。

平造は、膝の上にのせた黒猫の頭を撫でてやりながら待った。

だが、五平も市蔵もなかなか現われない。

「何をしてやがんだ……」

と、平造は舌打ちをして、調理場の方へ声を掛けた。

「おいカネ。五平も市蔵も何をしてやがんだ。日が暮れてしまうぞ」

刻はまだ昼九つ半頃（午後一時頃）を過ぎた辺りだ。日が暮れてしまう筈もない。

カネの返事はなかったが、短い渡り廊下を近付いてくる足音があった。

「入りますよ旦那さん」

賄い手伝いの下女三人のうち一番若い、稲の声と判ったから平造の表情が緩んだ。

稲は店仕事で多忙なカネが赤子を産んだ時に、子守として雇われた。

その赤子はもうヨチヨチ歩きなのだが、稲に大層なついていることもあって、彼女は幼子の面倒を見ながら賄い仕事も手伝っている。

その稲が板襖を開けにこにこ顔で、平造の居間に入ってきた。食べ物屋で働く娘ってえのはな……が口癖の平造だから、稲は髪を〝娘島田〟に綺麗にかわいく結って貰っている。着ているものは実に質素だったが、それでも洗いの利いた清潔なものと判った。

が、背に平造の一人娘ヨシ（二歳）を背負っているではないか。よく肥えて手足をバタバタさせている見るからに元気そうな子だ。

「おいおい稲や。ヨシはもう下ろしときねえ。おんぶはいいやな」

「それは女の私に判断させて下さい旦那さん。それから、おかみさんも五平さんも市蔵さんも、店の外で綺麗な女の人と何やら話し合っていらっしゃいます」

「なにっ、綺麗な女の人？……」

思わず片膝を立てかけた平造だった。その気配に驚いた黒猫が、座敷から庭先へと素早い動きで逃げ出した。

「その綺麗な女の人ってえのは、稲も見たのか」

「はい。失礼になってはいけないので、長暖簾（ながのれん）を少し分けてチラリと……お供の侍を二人従えておられました。それに、この店へもたまに来て下さる八軒長屋のチヨさんもご一緒です」

「八軒長屋のチヨさんだあ？……」

平造は一瞬唖然（あぜん）となったが、直（す）ぐさま、

「おい稲、供侍を従えた綺麗な女性（ひと）を、めし屋の店先に立たせておくなんざあ失礼この上もねえ。この座敷にお通しするよう五平に耳打ちしてきねえ」

「そうですね。そう致します」

稲が背負っているヨシに何やら語りかけながら調理場の方へと姿を消した。

それが合図でもあったかのように、表通りに面して出入口を持つ庭にカネとチヨの

明るい声が広がった。どうやら表通りから庭へと入ってきたらしいが、縦長の庭のため姿はまだ見えない。

平造は小慌てに広縁に出て「あ……」という表情を拵えると、踏み石の上の雪駄を履いて庭先に立った。平造ほどの親分が、表情を強張らせている。

カネとチヨの後ろに、件の美しい女性と屈強そうな供侍二人を認めたからだ。

「あら平造親分、お久し振りでございます」

チヨがカネから離れるかたちで平造の前まで来て、丁寧に頭を下げた。

「お、おう、チヨさん。本当に久し振りよな……ところでチヨさんよ」

と、平造は声を抑え恐縮したように視線をチラリと、女房の後ろへ流した。

チヨが美しい女性の方へ向き直った。

「舞様、どうぞこちらへいらっして下さい。この恐持て顔の大男が、お奉行様より直直に紫の房付十手を授けられ江戸の町衆の間で評判の高い平造親分でございます。さ、どうぞこちらへ」

そう言い置いたチヨは、平造にすうっと顔を近付けて囁いた。

「親分。あの美しいお嬢様は書院番頭お旗本四千石、笠原加賀守房則様のお姫様でいらっしゃいます」

「な、なんと……」

さすがに平造親分は目を瞠って驚いた。いかに大江戸の庶民社会に知られた名親分と雖も、書院番頭四千石のお旗本ともなると、雲の上の存在だ。お近付きになりたくとも、そう簡単にお近付きになれるものではない。その高級幕僚のお姫様が供侍を従えて自ら訪ねて来たのであるから、驚くのも無理はなかった。

小乱れになった着物の襟元を調える平造親分に、舞はしとやかな歩みで近付いた。チヨが自然な動きを見せて平造から離れ、半ば呆然のカネを促して目の前直ぐの小口から調理場へと消えていった。こういった場合のチヨの判断とか動きは、これ迄に比べさすがに早くなっている。美雪や舞、菊乃たちと接触する機会が増えてきたことから、そういった〝呼吸〟をいつのまにか身に付け出した、ということであろうか。

舞の供侍二人は、表通りに面する庭への出入口――すでに板戸は閉じられている――を背にした位置から動かない。軽く開いた両脚、握りしめている両拳、目配りの鋭さ、などから舞を警護する目的で随行の侍であることは明らかだった。

「はじめてお目にかかりまする……」

舞の方が先に口を開いて浅くも深くもない程度に頭を下げた。

澄んだ舞の声と、間近にしたその美しさに胸を揺さぶられたのか、平造親分ほどの男が顔を赤らめた。しかも生唾を呑み込んでゴクリと喉を鳴らしている。

舞が言葉を続けた。

「私は書院番頭、笠原加賀守房則の娘、舞と申しまする。八軒長屋のチヨ殿に無理を申し事前の伺いもなく突然訪ねて参りました非礼を、お詫び申し上げます」

「お詫びなど、と、とんでもねえ事でございやす、へい。いつ訪ねて戴いても、ようございやす、へい。私は北町奉行所で切れ者として知られた市中取締方筆頭同心飯田次五郎様の下で十手を頂戴いたしておりやす平造と申しやす。市中の者たちは私のことを、獅子瓦の親分だの、春日町の親分だのと申しておりやすようで。へい」

平造は赤い顔をしながらもスラスラと言い終えはしたが、言葉中に〝へい〟を三度も付けていることに気付いていなかった。相当に硬くなっている証拠だ。

「平造殿の凄腕については、チヨ殿より詳しく伺ってございます。幾度も大きなお手柄を立てられたことで、お奉行より紫の房が付いた長尺十手を直直に授けられ、活動の範囲が大変広く認められていらっしゃるとか……」

「はあ、まあ、寺社やお武家屋敷などを除きましては、たいていの場所へ立ち入ることが出来るようになりやした。ですがその分、身の危険を感じることが多くなりやして……」

「江戸庶民にとりましては、なくてはならぬ平造殿の存在。どうか身辺に充分お気を付けなさいまして、お励み下さい。過ぎたるご無理はお控えなされて」

「恐れ入りやす。胸に染み入るお言葉を頂戴いたしやして、この平造うれしく存じやす。ところでお姫様、この平造に何ぞ御用がお有りで来られたのでございましょう。よろしければ汚ねえ小座敷でございやすが、どうぞお上がり下さいやして……」

「いいえ、この場の立ち話で済ませたく思いまする。実は平造殿、私は、天下無双の浮世絵師として京の御所様（天皇・上皇）にもお目にかかりなされた宗次先生の行方を探してございます。もう幾日も、お住居がある八軒長屋にいらっしゃいませぬ」

聞いて平造の表情が動いた。過日、蘭医柴野南州と会った時から、宗次が普通ではない状態に陥って南州の治療を受けている、と理解できている平造だった。

目の前の相手は信頼できる大身旗本家の美しい姫君ではあったが、しかし、平造は一応の用心を忘れなかった。

「宗次先生はお忙しいお方ゆえ、親しくさせて戴いておりやす私でも、先生の動きについて常に承知いたしている訳ではございませんで……あのう、宗次先生に余程急ぎの御用があって、お会いになろうとなさっておられやすので？」

「我が笠原家の内内の事と御承知下さい」

「こ、これは失礼いたしやした。私ともあろう者が、つい出過ぎたことをお訊ね致しやした」

「チヨ殿によれば、平造殿は江戸市中の出来事については、四方に目耳の者を擁していることから、いつも素早く把握なさると伺ってございます。そこで平造殿ならば宗次先生の近頃の御様子について何かご存知ではないかと思い、こうしてチヨ殿の勧めにしたがって訪ねて参りました」

「よく判りやした。江戸市中の問題となりそうな出来事に関しては、仰いますように誰よりも早く把握できていると自負致してはおりやす。宗次先生の近頃の御様子、いや、消息について早速に諸方へそっと当たってみやしょう。一両日の猶予を頂戴してもよござんしょうか」

「はい。御役目でお忙しい毎日と存じますけれど、ひとつ宜しく御願い申し上げます。それでは明後日の夕刻近くにでも再度ここへお訪ね致しても宜しゅうございましょうか」

「滅相もござんせん。明後日、私の方から笠原様の御屋敷をお訪ね申し上げますので、御門番の方にもその旨お伝え戴けましょうか」

「わざわざご多忙な平造殿の方からいらして戴くなどは……」

「なあに。市中の何処でもを歩き回るのが私のような御用のすじの者の御役目でございやす。安心してお任せ下さいやし」

「左様ですか。それではお言葉に甘えさせて戴きまする」

「それからお姫様。これは御用のすじの者として申し上げておきやすが、市中を夕刻以降になって出歩かれるのは、たとえお供のお侍様付きでありやしても、当分の間お控え下さいますようお願い致しやす」

「はい、心得ました。辻斬りの出没につきましては、チヨ殿からも聞かされてございます。用心いたしましょう」

辻斬りなど恐れる筈もない小太刀業の名手である舞ではあったが、それについては曖にも出さない。だが、不気味な事態が次第に近付きつつあることについて、彼女は気付いていなかった。『小太刀剣法』については、東に（江戸に）**舞**があり、西に（松坂に）**お松**があるという構図が、この物語でじわりと動き出している。

しかも、**舞**は御三家の一（筆頭）尾張藩の現藩主・徳川光友公の直系（御曹司）である天下の浮世絵宗次（徳川宗徳）の極めて身近にあり、一方の**お松**もまた御三家の二である紀州藩の藩主・徳川光貞公に、「余はあれ（お松）の子が欲しい。男児ならばきっと肚（はら）の太い悠悠閑閑（ゆうゆうかんかん）たる人物に育とうぞ」とまで言わせる存在になっている。

この構図を知る由（よし）も無い、春日町の平造親分であった。また、知る立場でもない。

平造が控えめな口調で訊ねた。

「宗次先生の所在がはっきり致し、ですが宗次先生の御都合で、暫（しばら）く所在は誰にも知られたくない、ということになりやしたら、率直（そっちょく）にそのままお姫様にお伝えさせて戴きやす。その点、ご承知下さいますよう」

「もとよりその積もりでございます」

そう答えた舞の表情は、少し曇（くも）り出していた。平造親分の態度や口ぶりから、この人（平造）は若（も）しや宗次先生の行方を知っているのでは、という疑いが彼女の胸中（きょうちゅう）に生じ出したのだ。

そのうち宗次先生は八軒長屋へ戻って来られるかも知れやせんねえ、という意味のことが平造の口から一度も出ない。そのことが舞の疑いを増幅（ぞうふく）させていた。

あと短い四方山話（よもやまばなし）を平造と交わした舞は、チヨがそうと望んだから平造宅に残して、供侍と共に帰途（きと）についた。

舞が宗次の所在を求めている理由は、笠原家として二件の絵仕事——父と母の——を正式に依頼するためだった。予算についても両親から明かされており、その予算で宗次先生が承諾して下さるかどうか話し合う役目を負っていた。

一一七

江戸は翌日も朝から雲一つない心地よい快晴であった。

五日後に目黒大神神社の年に一度の例祭を控え、品川の『大崎一家』の男衆は朝の早くから、その準備に大童であった。

目黒大神神社は江戸では知られた、いや、知られ過ぎていると言ってよい大神社で、日本武尊と千手観世音菩薩を合祀している。

明らかに『神と仏は本来同一である』とする神仏習合の姿であったが、これについては後述していく。

「おい**与市**。境内の**地割**の調整はどうなんでい。そろそろ了えねえと姐さん（小奈津）が**入れ込み**に御苦労なさるからよ」

男衆たちで混雑する広い土間の上がり框に立って、小頭**貴三郎**のきつい声が飛んだ。

土間では、醤油樽六つを脚として並べ、その上に大きな杉板を敷き、そこへ目黒大神神社の境内絵図が敷き広げられていた。

居合いの与市を頭に置き、十数人の手でその境内絵図に商売別、商品別の地割（香具師それぞれの担当位置）が書き進められていた。

「もう少しだい兄貴。間もなく了わらせらあ」

「地割を了えたなら直ぐに姐さんに検て戴いて入れ込みをして貰いねえ。綺麗に仕上げたものを御見せするんだぜ」

「合点承知の助だ」

入れ込み、とは小奈津の判断によって割り振られる、高齢者や体の弱い者のための商売位置を指している。

「おい源二郎……」

居合いの与市とは正反対の位置に突っ立って、目の前の壁を睨みつけている色黒の髭面男に貴三郎のきつい視線が飛んだ。

『大崎一家』では貴三郎と雖も手をやくことが少なくない短気者だ。したがって喧嘩っ早いことこの上もないのだが、女子や子供には人柄が変わったのかと思わせる程にやさしい。

「芋飴を絡める竹串が二百本不足していると言っていたが、その後どうなったい」

「予備を五十本含めて揃いやした。大丈夫です」

「芋飴の量と練り具合は確かめやしたか」

「確かめやした。全ての瓶が必要量を満たしておりやす。練り加減もなかなかです」

「そうか。目の前の壁に張られた紙に書かれている品別の必要量を、もう一度よっく見直しておけ。例祭の日に、足らねえ、と騒いでも間に合わねえぞ」

「へい。承知しやした」

「つぎ、三平……三平は何処だ」

「此処におりやす」

店の外から、身形を整えた他所行きの顔の四十男が、小慌てに土間に飛び込んできた。妙に肩を力ませている。

「おお、挨拶の準備は出来ておるようだな。どうやら予定通りに下準備が調っているからよ。**門前名主**の太田屋徳四郎さん家まで走って『予定通りでございます。のちほど姐さんが御挨拶に参ります』と告げてこい。それから本町二丁目の**町年寄**、奈良屋市右衛門さんへもひとっ走りして『予定通りでございます。のちほど親分の文助が御挨拶に参ります』とお報せしてくるんだ。作法も面構えも丁重にだぞ」

「心得ておりやす」

「町年寄へも名主へも手土産に灘の樽酒を忘れるんじゃねえぞ。表で新調の屋台の手入れをしている若い者の内から二、三人を樽持に連れてゆけ」

「へい。そいじゃあ」

身形改まった四十男の三平とやらが、外へと飛び出していった。

この時代、江戸の総町数は九百三十町前後に迫っており、人人から『御番所』と呼ばれていた町奉行所が町政運営（支配）を統括する立場にあった。

更に町奉行所（御番所）の支配下には、町政運営を具現的に補佐する機構として**町年寄**三家が**世襲的**に存在する。その三家の名をあげると、日本橋本町一丁目に拝領屋敷（敷地一八〇坪）を与えられている奈良屋市右衛門、同じく本町二丁目の樽屋藤左衛門（敷地一六〇坪）、そして本町三丁目の喜多村彦右衛門、となる。

いずれも身分は町人の立場であったが**元元は武家の出**であり、それぞれが初代将軍徳川家康との結び付きが特に強い家柄だった。

先ず奈良屋市右衛門だが。

織田信長が本能寺で明智光秀に討たれたとき（天正十年、一五八二）、和泉国堺にいた家康は「次は自分か……」と身の危険を感じ、宇治田原→信楽→**伊賀を越え**（これが有名な、家康の伊賀越え）て伊勢・白子の港から船で無事、岡崎へと逃れた。

この家康の退避に尽力し忠誠を尽くしたのが、奈良屋市右衛門の先祖で、町年寄三家の中ではその能力・成果の点において抜きん出ており、中心的存在だった（天保五年、一八三四。栄誉の証として館の姓を与えられる）。

樽屋藤左衛門は家康と共に戦火を潜り抜けた間柄で、喜多村彦右衛門も家康の身近な忠誠者として認められ町年寄に就き、関八州の**連雀商人**の監理や長崎糸割符支配などにも就いた。

連雀商人とは、背中に荷を背負って売り歩く行商人、という解釈でいいだろう。冬の渡り鳥であるキレンジャクやヒレンジャクの背羽が荷を背負っているように見えることからこの名が付いたらしいが、著者にはよく判らない。首を傾げる。いずれにしろ行商人で、この行商人大勢が城下町に住みついた地が連雀町と称されているらしい。

「貴三や、作業の進み具合はどうだえ」

涼やかな澄んだ声がして、奥に続いている廊下と帳場――大崎一家では土間に面した広い板間を帳場と呼んでいる――との間を仕切っている長暖簾が白い手でそっと分けられ、小奈津姐さんのぞくりとする妖美の面が現われた。

「あ、姐さん。遅くなって申し訳ございやせん。地割図、ただいま仕上がりやしたのでお持ち致しやす」

　そう答えたのは貴三郎ではなく、地割の調整に没入していた居合いの与市であった。

「そうかい。なら与市や。今日はそれを親分に検てお貰いなさい」

「え……姐さん、どちらかへお出かけでござんすか」

「与市よ。姐さんが親分の所へ、と仰ってるんでい。ごちゃごちゃ御託を並べずに言われた通りにしろい」

　すかさず貴三郎が一喝し、「合点、兄貴」と与市が応じた。

　暖簾を分けて小奈津が、何か話があるような様子で貴三郎に近寄った。この貴三郎を小奈津は実の弟のように可愛がり信頼している。

　病気がちだった今は亡き弟の治療費のために、十六、七の頃から夜の巷で働き続けて誰彼に知られる売れっ妓『粋な茶羽織の小奈津姐さん』となった彼女だった。そこを泣く子も黙る大崎文助が、「この女こそ……」と見初めたのである。

　文助の「この女こそ……」という予感は物の見事に当たった。今や、文助の大勢の荒くれ配下に囲まれながら、圧倒的な存在となっている小奈津姐さんだった。

「貴三や……」

小奈津が囁いた。

「へい……」

と小声で応じた貴三郎は、姐さんの表情に翳りがあるのを見逃さなかった。

「昨夜、神楽坂の妓たちが例祭の祝いに祝儀を手に私を訪ねてきただろう」

「月美さん、芳奴さんたち五人でござんすね。姐さんのご指示通り、夜道は物騒だからと手練三人に神楽坂まで見送らせやしたが……」

「それはいいんだけどさ、その妓たちが居間から出る際に妙な噂を私の耳許に残していったのさ」

「妙な噂？……どのような噂でござんすか」

「浮世絵の宗次先生が大変な傷を負って、湯島三丁目の蘭方医柴野南州先生が懸命に治療なさっているらしい、と言うんだよ」

「なんですってい……」

貴三郎の顔から、たちまち血の気が失せていった。大崎一家と宗次はそれほど交誼が深かった。泣く子も黙る大崎文助ではあったが、文学芸術を愛する心ことのほか強く、そこを評価した宗次は文助のために無代で絵筆を振っていた。もう随分以前のことになる。

「そいつが単なる噂ではなく真の出来事なら姐さん、このままには出来ませんぜ。親分の耳へはもう、お入れなさいやしたか」

「噂か真か判らないうちに、親分の耳へ入れる訳にはいきませんよ。宗次先生のこととなっちゃあ、おそらく黙っていなさらないだろうからね。とにかく今は例祭の準備という大事な時なんだ。親分はここを動けないから、この私が動きますよ」

「動くって姐さん……」

「町年寄の奈良屋さんと、門前名主の太田屋さんへは、今から私が挨拶に出向きます。その足で湯島三丁目へ立ち寄ってみようと思うの」

「じゃあ、お供させて戴きやす」

「冗談言っちゃあいけないよ。お前はこの場を確りと仕切りなさい」

「ですが姐さん、例祭の市が立つ前ってえのは、何処其処一家の野郎共の気が荒くなるもんでござんす。この大崎一家を倒せば御山の大将になれると思っている底の浅い野郎は、私の知っているだけでも片手五本の指の数ほどもいやす」

「判っていますよ、そんなこと。茶羽織の小奈津姐さんが文助の女房になってから、どれ程の年月が経っていると思ってんだい。私ひとりで行きますよ」

「町年寄の奈良屋さんへは、親分が行く予定になっておりやしたが……」

「私が**門前名主**の太田屋さんへ出掛けた足で町年寄の奈良屋さんも片付けてきます、と親分に言っておきましたよ。それは助かる、と親分の納得も貰っているから、ともかく私ひとりで行ってきます」

「はあ……」

「大丈夫ですよ」

小奈津は笑顔で貴三郎の肩を軽く叩くと、しなやかな動きで土間へ下り立った。

出掛けて行く小奈津を、貴三郎は表にまで出て見送った。

「気丈夫だからなあ、敵（かな）わねえ……近頃の日本橋本町一丁目あたりは浪人が目立つというのによ」

心配そうに呟（つぶや）いて土間内へ戻る貴三郎であった。

江戸の町政運営の組織として町奉行の下に町年寄三家が存在することは既（すで）に述べたが、更にその町年寄三家の下に、おおむね数町の町政を運営する役割を負って**名主**が存在した。いささか苦しいが、**町長**という言葉が当て嵌（は）まるとしたら、この**名主**だろう。そしてこの**名主**の下に町政の補佐役の立場で**家主**がいたのである。

江戸の町政支配組織について正確・詳細に述べるには、地主や木戸番、自身番に至るまで触れねばならない。

が、大雑把に理解するためとして、町奉行（一部、寺社奉行）→町年寄三家→名主→家主、という縦の線を頭に入れておくだけで事足りるだろう。

小奈津姐さんの口から出た**門前名主**とは、その名の通り寺院・神社の**門前町の名主**を指しており、この名主に限っては寺社奉行、町奉行両者の支配を受ける。

寺院・神社の例祭で香具師の生業としての市を立てる大崎一家としては、門前名主との円満な関係が大切であった事は言うまでもない。

一一八

馴染みの早駕籠に頼って、町年寄と門前名主への挨拶を済ませた小奈津は、**永田町三辺坂**へ駕籠を向けて、山王門前町の鳥居前で下りた。

「すまないが、そこの蕎麦屋で、ちょいとの間、待っていておくれ」

小奈津は駕籠舁きに小粒を握らせると、目の前の鳥居をかつての『茶羽織の姐さん』らしい、しなやかな歩みで潜った。

ここは日枝神社（日吉山王権現社と呼ばれることも）の門前町であって、東側、北側、西側に大名家の巨邸が迫り、南側には日枝神社の後背を護るようにして、常明院、宝蔵院ほか多くの寺院が溜池に沿うかたちで並んでいた。

明らかに**神仏習合**の姿である（一八六八・三・二八日、明治新政府は**神仏判然令**を発布。これにより**廃仏毀釈運動**が起き、神仏習合思想は消滅した）。

かつて日枝神社は江戸城内・紅葉山にあったのだが、慶長十一、十二年の頃（一六〇六～一六〇七）、半蔵門外の元山王（今の国立劇場あたり）へ移された。

そこを未曾有の大火が襲いかかった。江戸城を含め市中一円を焼き尽くした『明暦の大火』（明暦三年、一六五七）である。

被災した日枝神社を『**現在の地**』へ遷座（神仏の座を他へ移す意）させたのは、現将軍（四代将軍）徳川家綱公で、万治二年（一六五九）四月のことであった。この年三月には江戸の辻番の規則が定まり、四月には福井で凄まじい大火が生じ、七月になって長崎で**貿易用銭**を鋳造することが許され、そして九月には新しい江戸城が竣工した（天守閣は廃止と決定）。

日枝神社門前町を東方向へ突き当たった辺りに、中二階が載っていると判る小綺麗な造りの十四、五軒程の長屋があった。

この中二階を載せた台所に三間付きの長屋の家主が、実は大崎文助であった。

主な住人は、大店の通い番頭、大工の棟梁、身持の確りとした売れっ女の女髪結、真正な手習いの師匠（子供向けの私塾経営）、仏師（仏像を彫る職人）、御用達、などといった職を生業とする家庭持ちだった。家庭持ちが必須の条件になっている。

少し毛色の変わったのが御用達で、これは大名・旗本家へ出入りして必要とする色色な品品を依頼され速やかにこれを納入することを生業としている者を指した。現代で言う**商社機能**を有した秀れ者で、単なる仲買人などでは決してなく**重い守秘義務**を負わされた算筆有能者である。したがって江戸市中さまざまな業者と強い信頼で結ばれていた。身分は町人ではない。二本差しだ。ここに知られざる特徴があった。

「ごめんなさい。いらっしゃいますか」

その中二階付き長屋の一番東の家の前で、小奈津は小声を掛けながら静かに格子戸を引いた。格子戸がカラカラと小さく鳴った。格子戸だから向こうが見えている。畳一枚半ほどの広さで縦に石畳が綺麗に敷かれていた。更にその向こうにも腰板を張った格子戸があって、この格子には障子紙が張られている。いわゆる腰高障子ではなく、腰高格子戸というやつだ。見るからに確りとした拵えと判るから、おそらく内側に錠前も付いているのだろう。

ここが玄関だった。

「はい、ただいま……」

腰高格子の向こうで、微かに声があった。

小奈津が格子戸の内へと入って石畳を踏み、玄関の腰高格子戸へと近付いたとき、その腰高格子戸が内側から穏やかに開けられた。ここはカラカラとは鳴らない。

現われたのは、お松の明るくやさしい笑顔だった。

「これは大崎の御新造様……」

大崎、と口から出したお松であったが、『大崎一家』のことを遠い田舎から出てきた彼女はまだ殆ど理解していない。

「お邪魔だったかしら？」

「いいえ。さ、どうぞお入り下さいませ」

「ううん、ここで立ち話でいいの。居心地はどうでござんすか？」

「とても助かってございます。気分も漸く落ち着きました。本当に有り難うございました」

「ご両親のお住居は、ここから近いのかしら？」

「……」

「矢張り答えられないのね。ま、いいけれど、ご両親へは必ず会いに行くと、私にお約束して頂戴」

そういう小奈津姐さんの口調には、お松に対する労りのような響きがあった。

「はい、必ず会いに参ります。また、会わねばなりませぬ」

「そう……何だか難しい事情があるような感じだけれど、困ったことがあれば私に早目に相談して頂戴。これもお約束して下さいましな」

「ええ、お約束いたします」

お松はこの住居がすっかり気に入ったのであろう。終始、柔和な表情であった。

「箪笥も水屋も竈の釜も付いているから不自由は少ないと思うけれど、何か欲しい備えがあれば遠慮なく言って下さいね」

「お気遣い痛み入ります。さ、どうぞ中へお入りになって下さいまし御新造様」

「これからどうしても行かなければならないところがあるの。改めてゆっくりと来ますから」

「左様でございましたか……」

「お互いにまだ充分と知り合ってはいないけれど、早くその日が訪れてほしいと思っていますよ」

「申し訳ございませぬ。お詫び申し上げます」

「べつに皮肉で言っているのではございませんよ。ただ心配しているだけ。あ、それからね、江戸住まいで何か判らないことがあれば、隣の仏師の奥さんに訊きなさると宜しいですよ」

「ぶっし、と申されましたでしょうか」

「そ、仏様を彫る仏師……」

「あ、判りました」

「この長屋には色色な仕事持ちが住んでいなさるけど、ま、慌てずに覚えていって下さいな」

「はい、そのように致します」

「それからお松さん、お前様が武家のお血筋であることは判りましたけれど、姓をまだ伺ってはおりませんね。家主として姓は知っておかねばなりません」

「………」

「そう……判りました。では、話して下さる気になったら、宜しくお願いしますよ。べつに慌てることはありません」

「申し訳ございませぬ。お許し下さいませ御新造様」

「なあに、いいってことですよ。心配なさらないで……」

小奈津はうなだれたお松の肩に軽く手を置くと、「じゃあ……」と表通りへ出ていった。

涙が滲んできたのであろうか、お松の白い指先がそっと目尻を拭った。

彼女は表口まで出て、次第に遠ざかってゆく小奈津の後ろ姿を、暫く見送った。

明るい日差しの降りかかる門前町は人の往き来で賑わっていた。

お松は小奈津の後ろ姿が、人の流れの中へ消えるのを待って、表口を入ろうとして振り向いた姿勢を、そのまま止めた。

隣——仏師の——家の前に五十過ぎぐらいに見える女性が立っていて、お松と視線が合うと、にっこりと微笑んで丁寧に腰を折った。

その物静かな、どことのう上品な腰の折り様から、(若しや仏師の御内儀では……)と思ったお松は、御辞儀を返し控え目な笑みを見せつつ自分から相手に近付いていった。少し足早になっていた。

「お松さんでいらっしゃいますね」

相手が先に、満面に笑みを浮かべて切り出した。辺りを憚るようにしてそっと切り出したという印象だった。

それがお松を安心させた。

「はい、田舎より出て参りました江戸の東も西も判らぬ者でございます。宜しくお付き合い下さいますよう御願い申し上げます」

「仏師良円の女房で農と申します。夫も私も鎌倉の寺で生まれ鎌倉で育ちました。江戸に落ち着いてもう二十年になります。江戸市中のことはかなり詳しくなりましたから、判らぬことがあれば遠慮のう訊いて下さい。大崎の御新造様からも、そのように言われております」

「大変心強く思います。宜しく御願い申し上げます。あのう……お目にかかったばかりでいきなり真に非礼ではありますけれど……」

「いえいえ、何なりと訊いて下さい」

「この江戸で、浮世絵を描く御方は大勢いらっしゃるのでしょうか」

「おや、浮世絵に興味をお持ちでございますか……」

仏師良円の女房農はにっこりとすると、お松との間を少し詰め穏やかな調子で言った。

「広い江戸のことですから浮世絵師と呼ばれている先生の数は決して少なくはありませんけれど、群を抜く存在としては矢張り**宗次先生**でございましょう」

「宗次先生……と仰る御方ですか」

お松はいきなり〝目の前に〟現われたその名前に、足元から衝撃が伝わってくるのを覚えた。

「ご存知ありませんか。宗次先生ほどの浮世絵師の御名前を……」

「は、はい。なにしろ江戸より遠い田舎に埋もれて生活しておりましたゆえ」

「宗次先生は京に招かれて御所様（天皇・上皇）にお目にかかった程の大変な先生で、したがって江戸のみならず京、大坂でもその名を知らぬ人はいないと言われています。画代は一尺平方の一枚画で二百両とも三百両とも噂されています」

「まあ、一尺平方の画代が二百両以上……それ程に有名な先生なら、大勢の御門弟に囲まれ豪勢な御屋敷で贅沢に住み暮らしていらっしゃるのでしょうね」

「とんでもないことです。あれ程の先生が何故、と首をひねりたくなるほど質素な生活をなさっていらっしゃいますよ。それに弱者、とくに女子供にとてもやさしい先生としても知られています。お住居は神田鎌倉河岸の八軒長屋という名の貧乏長屋。この溝板長屋を見たら、お松さんきっと、びっくりなさいますよ」

「その長屋、ここからは遠いのでしょうか」

「ここからだと御城を間に挟んで丁度、反対側の位置が神田鎌倉河岸。道で擦れ違う二、三人の人に、浮世絵師の宗次先生のお住居は何処でしょうか、と訊いている内に自然と着いていますよ……それよりもお松さん、浮世絵に興味がお有りなのですか」

「はい。江戸の本格的な浮世絵は一度、見てみたいと思っておりました」

「宗次先生は浮世絵だけではなく、仏画や花鳥風月画にもそれはそれは素晴らしい才能を発揮していらっしゃるようですよ」

農がそう言ったとき、「農や、ちょっと来てくれ。何処にいるんだ……」と野太い声が仏師の家の中から聞こえてきた。

お松は、思わず慌てた。

「申し訳ありません、お忙しいところを、お邪魔を致してしまいました」

「いいええ。何かあればまた、いつでも声をかけて下さいまし」

農はにっこりと言い置いて、格子戸の向こうへ急ぎ消えていった。

お松は、受けた衝撃が胸の内でまだ煮え立っているのを感じた。

「奴は……卑劣だ」「卑劣な……浮世絵師」「私を……幾度も罠に」「卑劣な宗次……」

臨終との闘ぎ合いの中、苦しい息の下から切れ切れに漏らした、**夫**廣澤和之進の『宗次憎し』の言葉と、仏師の女房農の話との違い過ぎる大きな開きに、お松が受けた衝撃は彼女を混乱の底へと突き落としていった。

一九

（あ……少し体が……温かくなってきたな）

遥かに遠い意識の中で、僅かに宗次は感じ出した。

それは、この朝のことであった。

宗次には、正面のずっと向こうに、小さな白い点が見えてもいた。

その点が次第に大きさを増しつつ、ゆっくりと、実にゆっくりとこちらに向かって近付いてくる。

そしてその白い点が、眩しいほどの明るさで、〝意識の上〟に被いかぶさった瞬間、宗次は瞼を開いていた。

彼は瞬時に、仰向けに寝かされている己れを認識し、視線の先——真上——に見覚えある棹縁天井を認めていた（棹縁天井は今日の住宅の和室にも見られる最も普遍的な天井）。

（そうか……また柴野南州先生の世話になっちまったんだ……）

宗次がそう思ったとき、右手からすうっと遠慮がちに、人の顔が目の前に重なってきた。

「宗次先生……」

「お、舞（まい）じゃねえか……」

予期せざる女性（ひと）の美しい顔を目の前に見て、宗次の表情にやや弱弱しい驚きが走った。

「話を致しますとお顔の傷にさわります。いま南州先生をお呼びして参ります」

「待て舞……いつから此処（ここ）にいたんだえ」

「今朝が二度目の朝でございます……本当に私（わたくし）……自分を見失ってしまう程に驚いてしまいました」

「すまぬ……」

「いま、南州先生に来て戴きます」

「うむ……」

仰向きの宗次の目の前から身を引いて立ち上がろうとした舞であったが、一粒の大きな涙が宗次の頬（ほお）の上に落ちた方が先だった。

そうとは気付かぬ舞は、部屋から出ていった。その後ろ姿に気丈さが出ているなと読んだ宗次ではあったが、彼女はうなだれて肩を落としていた。

柴野南州は医生と舞を従え、怖い顔つきで直ぐにやって来た。

南州は宗次の枕元に座ると、舞にチラリと視線を流して、「呼ぶまで縁側に控えていなされ。患者を裸にして体中の晒を取り除き、傷口の縫合具合を診たいのでな」と穏やかな口調で告げた。

「南州先生、私にも……この舞にも何かお手伝いさせて下さりませ」

「腕の良い医生が、ここにこうして控えている。心配せずとも宜しいから縁側で暫く待っていなされ。顔に始まって全身に及んでいる此度の傷口は、開口部が捲れ過ぎて縫合するのに随分と苦戦させられた。傷口が酷いので見ぬ方がよい」

「平気でございます。先生、どうか……」

「舞、気持は嬉しいが、南州先生が仰るように暫く縁側で待っていなさい。あとで二人でゆっくりと話そう。ゆっくりとな」

宗次が痛みが始まったのであろうか、くぐもった声で言うと、舞は黙って頷き縁側に出ていった。

医生が「失礼します」と舞の背に向かって告げながら、障子を静かに閉じた。

舞は宗次の病室の所からやや離れた位置に正座をした。庭に幾すじも拵えられた畝を豊かに覆っている青野菜の上を、二匹の蝶が戯れながら飛んでいる。

その二匹の蝶を眺めながら、舞のかたちよい上品な唇はぎゅっと引き締まっていた。

涼しく流れる二重の瞼は、またたき一つしない。

舞の右の手は、無意識の内に胸の懐剣に触れていた。

小さめだが鍔が、この懐剣には付いている。武家の女性の備えとはいえ、先ず有り得ない小鍔付きの懐剣だ。

これは、舞が小太刀剣法の達者であることを物語るものであった。

（一体何者が宗次先生をあのようなひどい目に……）

胸の内で声なく呟いた舞の切れ長な二重の双眸が、一瞬ではあったが鋭く光った。

（宗次先生のお怪我が治る迄は、私が先生のお体をお守りしなければ……父も母も承知して下さっているのですもの）

そう自分に言って聞かせつつ、舞は柴野南州診療所の広い敷地が、きちんとした塀の無い開放的な構えであることに今頃になって不安を覚えた。

表側には立派な兜門があって、太い角柱には『柴野南州診療所』と彫られた白文字の看板が掛かっているが、兜門の両袖――左右に伸びる高さ六尺ほどの板塀――は、どうしたことか僅か長さ五、六間くらい（十メートル前後）のところで止まっている。その部分には黒塗りの太い円柱が確りと立っているから、両袖は未完成なのではなく、これが南州先生の考え方なのであろう。診療所の敷地を高い塀で囲んでしまいたくはないという……。

その点が舞には今、不安になっているのであった。表門を入って——いや、入らなくとも——診療所の玄関を左右どちら方面へも回り込むようにして、野菜畑の庭に面した宗次の病室へ近付くことが出来る。

宗次に宛てがわれている病室は、実は南州が普段使っている寝間だった。このあたりに、宗次を決して当たり前の目では眺めていない、南州の姿勢があった。

南州は今、宗次の病室とは書庫を間に挟んで、書斎で寝起きしている。

宗次の診察が済んだのか、南州と医生が宗次の病室から出てきた。

「有り難うございます先生」

舞は深深と頭を下げた。自分と宗次先生との間柄について、全くうるさく訊ねない柴野南州の人柄に、舞は強い信頼感を抱き始めていた。

「縫い合わせたところは、しっかりとくっついておる。まったく彼の体力にはいつも驚かされる。安心していいよ舞殿」

南州は目を細めやさしい口調で舞に告げると、医生を従え忙しそうな足取りで離れていった。

舞は感謝の余り言葉が見つからず、黙って三つ指をつき、南州と医生の後ろ姿が診察室の方へ消えるまで動かなかった。

長い縁側には引き戸がある。

その引き戸がパタンと乾いた音を立てて閉まってから、舞は漸く頭を上げ、静かに立ち上がった。

広い畑を見まわしたが、怪し気な人物どころか、一人の人の姿も妙な光景も見当たらない。

青菜の葉がときどき、畑を撫でるかすかな風で小さく震える程度だ。

「舞でございます。入らせて下さりませ」

舞は小声で告げてから障子を静かに開けて、宗次の病室に入った。

こちらを見ている宗次と目を合わせて微笑み、舞は枕元へ寄ってゆき、しとやかに腰を下ろした。

「南州先生から伺いました。快方に向かっているとのこと、本当に宜しゅうございました」

「うむ……舞がこの診療所にいるということはよ、恐らく八軒長屋の母さんが動いてくれたのであろうな。違うかえ」

「母さん？……」

「屋根葺職人久平の女房チヨのことだ。私はよ、母さんと呼んだりすることが多いのさ」

「あ、はい。チヨ殿のお助けを戴き、春日町の平造親分殿が動いて下さいまして、宗次先生の身に降りかかった災難を知りました」

「そうか。町奉行所から**紫の房付十手**と共に、**いつ何時どこでも御免**の立ち入り権限（武家屋敷、寺社を除く）を授けられた平造親分なら、訳もなく私の居所を突き止められたことだろう」

「先生……」

「ん？」

「一体誰と争われたのでございますか。舞は是非にも知りたく思います」

「下らねえ私事さ。言いたくもねえやな。また舞が気にするほどのことではねえし、知る必要もねえ」

「でも……」

「今朝が二度目の朝になる、と舞は言ったが、ご両親は其方がここに居ることを承知なすっているのかえ」

「はい。承知してございます。宗次先生が傷を負われたことも存じております。父からは暫く確りと先生の身側に付いて差し上げるように、と強く言われましてございます」

「なんと……単に絵描きに過ぎねえ私を、書院番頭という要職にある旗本四千石のお父君、笠原加賀守房則様がそのように気遣って下さっていると？」

「父も母も、宗次先生は単なる浮世絵師ではない。天下無双の、いいえ、徳川の時代を代表する大芸術家であると申してございます」

「おい舞よ」

「はい」

「いま徳川の時代、という言い方をしたが、この宗次以外の他人様の前では、必ず徳川**様**の時代、と**様**を付すようにしなさい。いいな」

「ふふっ。心得てございます。それよりも宗次先生」

「なんだ？……」

「私は宗次先生のことを……」

舞はそう言うと、急に真顔となって、その端整すぎる彫りの深い顔をすうっと宗次の顔に近付けた。

「決して怒らないで聞いて下さいませ兄上様」

なんと舞が、はじめて宗次と市中を散策した時に用いた『兄上様』を、そっと漏らしたではないか。

「今は何を聞いても怒るほどの気力はねえよ舞」

「私は宗次先生、いいえ、兄上様のことを……若しや武士ではないかと疑い始めております」

「なにを馬鹿なことを……」

「兄上様と二人ではじめて永幸寺門前町の茶屋街通りを散策いたしましたとき、私は兄上様の男らしいべらんめえ調の話し言葉に、聞き惚れてございました。けれども此処では、ご体調不良のせいでございましょう。べらんめえ調の中に、明らかに侍言葉が混じっていると気付きました」

「……………」

「私にとっては、兄上様が侍であろうと、町人であろうと、どちらでもいいことでございます。でも、正直な気持を申し上げますと、兄上様の本当のお姿を是非とも知りたいと思っております」

「……………」

宗次は無言で応じたが、しかし（この大身旗本の姫君は何と素直に真っ直ぐ育っていることだろう）と、舞を改めて「いい娘だ……」と気持をほんのり温めるのであった。

「ご気分を害されたのではないでしょうか兄上様」

「いや、べつに……」

「でも、私の顔を射るような眼差しで見つめていらっしゃいます」

「それは誤解だ……気性の素晴らしい実に美しい妹を持てたものだと喜んでいる」

「本当でございますか」

「本当だ。この私にとって誰よりも大切な妹だと認めよう。これでどうだ」

「とても嬉しゅうございます。では、どうかお答え下さいませ。兄上様は武士でいらっしゃいますね」

「………」

「矢張り駄目でございますか」

「判ったよ舞。だが、私が何者であったとしても、時時は身近に居て話し相手になってくれると堅く約束してくれるか？」

「はい。お約束いたします。兄上様さえお許し下さるなら、毎日お傍へ通って参っても構いませぬ」

「お前は何故、それほど私に懐いてくれるのだ」

「兄上様が素晴らしい御人だからでございます」

涼やかに、そう言い切って、顔を赤らめもしない十九歳（今の満十八歳）の美しい舞であった。それは舞が心身共に、小さな一点の穢れも無いことの証であろう、と宗次は思った。

「そうか、舞にそのように思われているのなら、私も正直にならねばなるまい」

「兄上様が絵師の他に、どのような素顔をお持ちであろうとも、私は誰にも口外は致しませぬ。たとえ両親に対してであろうとも」

「内緒だぞ」

「はい。内緒でございます」

「指切りだ」

「ふふっ……」

掛け布団の中から出た宗次の手の小指に、自分の白い小指を絡めた舞は、目の前に大衝撃が迫りつつあることを、知る由もなかった。

宗次は小声で静かに語り出した。

「私はのう舞や……」

「はい」

「其方の言うように確かに武士の身分でありながら絵を生業に致しておる」

舞は、幼子のように微かに頷いた。まだ小指を絡めたままであることに気付いていない。

「先ず父の名を言おうか。大剣聖として知られる揚真流兵法の開祖で今は亡き梁伊対馬守隆房という人だ」

「えっ」

それは小太刀剣法をやる舞が知らぬ筈のない、余りにも高名な人物の名であった。予期せざる雲の上の人物の名を聞いて大きな衝撃を受け、漸く舞の小指は宗次から離れた。

「舞は知っておるのか。今は亡き我が父の名を……」

「存じあげております。私は、ほんの少しですけれど小太刀剣法の修行をして参りましたゆえ、大剣聖梁伊対馬守先生の御名は、誰彼より幾度となく伺ってございます。びっくり致しました」

「驚きを抑え、落ち着いた静かな気持で聞いてほしいのだ舞。指切りまでした仲ではないか」

「兄上様……」

「私は母を、すでに亡き母を知らぬのだ。名は判っていても顔を見たことがなければ、幼い頃に抱かれたという記憶もない」

「……」

「母だけではない。亡き祖母も曾祖母も名は知っているが顔は知らない。つまり、一度も会ったことがない」

「では、大剣聖と称されたお父上様のお顔しか、ご存知ではないのですね」

「その今は亡き父だが、実の父以上に尊敬し敬ってはいるが、血のつながっている父ではない。育ての父であると同時に、私の剣の師匠でもあった。私は揚真流兵法の二代目宗家の立場にある」

「……」

舞は、力みのない穏やかな宗次の一言一言から受ける大きな驚きを必死で抑え、平静を保とうと努めた。

だが、大衝撃を浴びる瞬間は次第に迫りつつあった。

「あの……兄上様。舞は亡き母上様の御名前を知りとう存じます」

「いや、ここまで打ち明けたのだ。曾祖母の代から打ち明けておこう。それを聞いて決して私を特別の目で眺め、距離を置かないでほしい。約束をしてくれるな」

「指切りを致しました」

「そうだったな」

宗次は掛け布団の中から出した自分の手の小指を、暫く見つめた。

そして、ポツリと言った。

「のう、舞や……」

「はい」

「近頃の私は仏画を極めたいという気持が強くなっておる」

「仏画を……」

「そこでだ。体調が回復したなら鎌倉の神社仏閣を見て回ろうかと考えておるのだ。どうだ、私の小さな旅、鎌倉旅の供をしてくれぬか。但し、ご両親がお許し下されたら、だが」

「はい、お供いたします」

「おいおい、大身旗本の若い姫君がそのように簡単に応じてよいものではないぞ……」

「父も母も兄上様の、いえ宗次先生の旅のお供ならば、反対はいたしません。それに私は、毎日でも兄上様のお傍に控えていてもよいと、申し上げてございます」

「うむ。ま、その小さな鎌倉旅で得た神社仏閣の印象とか知識は、いずれ笠原加賀守邸の襖絵として実現させたいと考えているので、旅の前に私の方から御両親をお訪ねすることにしようか……」

「まあ……それを聞けば父も母も大層喜ぶに相違ありませぬ。直ぐにでも両親に聞かせてあげたいと思いまする」

「いや、駄目だ。何もかも私の体調が元に戻ってからだ。手順というものを忘れてはならぬぞ」

「判りました。手順を大事にいたします」

「うむ、素直だ……」

「兄上様、お疲れではありませぬか。亡き母上様たちのお話は、ひと眠りなされてからでも宜しゅうございます。舞は広縁に控えておりますゆえ、ひと眠りなされませ」

「大丈夫だ。何もかも舞に知って貰っておいてから、ぐっすりと眠るとしよう。先ず曾祖母だが……」

舞の若く美しい表情が、すうっと堅くなっていった。

「曾祖母の名を**淀**という」

「よど？……過ぎし時代、関白であられた**豊臣秀吉**公の御側室で知られた**淀殿の淀**という字と同じでございますか？」

「その淀殿だ……」

「え？」

舞はほんのりと眉をひそめ、小首を傾げた。

「舞がいま言うたように過ぎし時代、関白として強大な権力を握った豊臣秀吉公の、側室として知られた**淀**殿が、私の曾祖母なのだ」

「な、なんと申されます」

驚く舞の表情から、血の気が失せていった。無理もなかった。

「取り敢えず判り易く家系的に話を進めさせてくれぬか。それらの話の要所要所で必要となる**事情**とか**理由**といったことについては、話のあとから詳しく付け足していく。それでよいな」

「はい。承りましてございます」

舞の応じ方が、一気に緊張を膨らませていた。

「いま申した曾祖母の淀殿だが……」

と、敢えて曾祖母の名に殿を付すことを止さぬ宗次であった。最早それほど遠い存在であったのだ、彼にとっては。

「曾祖母淀殿は、御三家筆頭六十一万九千五百石尾張藩の初代藩主、従二位権大納言**徳川義直**公と結ばれ、私の祖母に当たる**春姫**を産んだ」

ここでも宗次は、曾祖父の名に公を付した。殆ど曾祖父としての実感を抱いていない宗次であった。

美雪に劣らぬ美しさと知性に恵まれていた舞は肩を落とし、怯えたようにうなだれた。非現実的なほどの凄すぎる話に、兄上様と呼んでいた宗次を〝手の届かぬ遠い所の人〟と感じてしまったのであろうか。

「我が家系の悲劇はここから始まるのだよ、舞」

「悲劇……と申されましたか」

「うむ、悲劇と言うた。曾祖母の淀殿は私の祖母**春姫**を産むと、決然と自らの命を絶ってしまった」

「なんと……」

「悲劇は更に続いた。我が祖母に当たる春姫だが、三代将軍徳川家光公との間に我が母**咲姫**をもうけると、これも自ら命を絶ってしまった」

「そ、それはあまりな……それで……それで兄上様のお母上に当たる咲姫様は、如何(いかが)おなりあそばされたのでしょう」

そう言う舞の顔色はすでになかった。

「母だが……母の咲姫は尾張藩の現藩主（二代藩主）**徳川光友**(みつとも)と結ばれ、この宗次を産んだあと矢張り強い意志でもって自害した」

「余りにも……余りにも酷(むご)すぎまする」

「いま言うたように、私の曾祖父は尾張の初代藩主**徳川義直**であり、祖父は三代将軍**徳川家光**であり、そして父は、尾張の現藩主**徳川光友**なのだ。この世に生を受けた私は直ぐさま、稀代(きたい)の大剣客(だいけんかく)梁伊対馬守に預けられ、育てられた……これが私の素顔なのだよ舞」

「兄上様、お可哀想(かわいそう)……」

舞の両の瞳は潤(うる)んでいた。二重(ふたえ)の切れ長な瞼(まぶた)が微かに震えている。

「今の私は、尾張の現藩主を実の父とも思うておらぬし、会いたいとも思わない。私は私でしかないと思っている。つまり独(ひと)りであるということだ」

「けれども将軍のお血すじであることは疑いようもなく明らかでございます。好むと好まざるにかかわらず、若(も)し幕府や将軍家に何事かあればその大きなうねりは、兄上様の身傍にまで押し寄せて参りましょう」

「それは確かにな……舞や、少し疲れた。休ませておくれ」

「はい。お休みなされませ。舞は広縁に控えておりますゆえ……」

「笠原邸へ……ご両親の許へ戻りなさい。私は大丈夫だ」

「いいえ、兄上様のお傍に控えております。安心してお眠りなされませ」

「そうか……すまぬ」

宗次は目を閉じた。柴野南州によって晒を取り替えられた傷口が、疼き出していた。

舞は掛け布団の乱れを調えると、静かに座敷から出ていった。

一二〇

ほぼ同じ刻限。

神田鎌倉河岸を堀に沿って、八軒長屋の方へ視線を向けながらゆっくりと通り過ぎる、身形正しい若い女の姿があった。

お松である。綺麗な花模様の刺繍を散らした細長い布袋を左手に持っている。

長さは目見当でおよそ（曲尺で）十七、八寸（五五センチ弱）くらいか。ちょうど小刀の長さと見て取れなくもない。いや、見方によっては竹笛の袋にも見える。例を一つあげれば、槍の名手であったことから『槍の又左』と称された武闘派の前田又左衛門こと前田利家（加賀金沢藩主前田家の祖）の小刀雲龍蒔絵朱鞘は、全長およそ十九寸である（前田利家を祀る金沢市尾山神社蔵、重文）。

お松は堀に沿うかたちで少し先まで行くと、それが端からの計算であったかのように、迷いを見せることなく引き返し始めた。

折しも、八軒長屋の井戸端では長屋の女房たち五、六人が集まり、神妙な様子でヒソヒソ話の最中であった。が、その中にチヨの姿は見当たらない。

お松は、古い丸太ん棒が二本突っ立っているだけの貧乏長屋の〝門〟へ、静かな足取りで近付いていった。

女房たちが〝門〟の前で歩みを止めたお松に気付き、ヒソヒソ話が止んで皆の視線が一見して武家娘と判る身形のお松に集中した。しかし、さほど驚きも狼狽もしない女房たちであった。なぜならこの貧乏長屋へは舞に加えて、九千五百石の大旗本である西条山城守邸の美雪や奥付取締菊乃、そして家臣たちがしばしば出入りしているのだ。

つまり女房たちにしてみれば、『武家の人たち』にはかなり接し馴れしている。

「何か御用でございますか」

声を掛けながら〝門〟へ近付いていったのは、枝豆ほか色色な豆の行商をしている伝次の女房伊予だった。

豆類の行商は近頃大変調子がいいようで、伝次は「この際ひとつ店持ちを考えるか」と鼻息が荒い。そこを伊予が「行商だから売れているのさ。行商での馴染みのお客さんを大事にしなきゃあ」と、賢く抑えているらしい。

その伊予の後ろ姿を、女房たちは井戸端から動かず落ち着いて見守っていた。

お松が伊予に笑みを見せて小さく頭を下げてから、淑やかに訊ねた。

「あのう、こちらに浮世絵師の宗次先生がお住まいと聞いて訪ねて参りました、お松と申す者でございますが」

お松は名を偽ることなく告げた。遠い松坂から出てきた自分を知っている者は今の所いない、という確信があった。住居を世話してくれた親切な品川の小奈津姐さんの存在については、お松は殆ど不安を抱いてはいなかった。

なぜか？

小奈津姐さんの背後にある『大崎一家』という大きな組織について、お松は殆ど理解できていなかったし、また文助親分や小奈津姐さんが、宗次を大層かわいがり大事に思っていることについても知らない。

「お松様と仰いますか。宗次先生のことを、よくご存知の御方様ですね」

伊予は言葉を詰まらすことなく、すらすらと喋っていた。これも『武家の人たち』がこの長屋へしばしば訪れてくれるからこそであった。

「いいえ、私は宗次先生を存じ上げませぬ。ただ、先生の絵を一度拝見させていただきたくて訪ねて参りました」

「あ、絵の注文をお考えなのでございますね。申し訳ございません。宗次先生はただ今、体調を少し損ないまして、湯島三丁目の〝**白口髭の先生**〟のお世話になっているらしいのです」

「え？　白口髭の先生、でございますか？」

「失礼いたしました。正しくは柴野南州先生と仰いますオランダ医学の先生なのです」

「その先生の所へつまり、宗次先生は入院なさっているのでございましょうか」

「いま此処に集まっている者には余り詳しいことは判らないのです。宗次先生のことに関しては実の姉か母親のように知り尽くしている者が、この長屋にひとり居ますから、ただいま呼んで参りましょう」

「いえいえ結構でございます。それではまた出直して参りましょう」

「本当に宜しいのですか。井戸端の向こう右手五軒目の人ですから、直ぐに呼べますよ」

「今日のところは、これで失礼させて戴きます。どうもご親切に有り難うございました」

「そうですかあ……」

お松は長居は無用と思った。湯島三丁目の蘭医柴野南州、が確りと頭の中に入っていた。それだけで充分だった。

左手にした袋入りの小刀を強く握りしめ、「殺る……必ず」と呟いたお松の目が一瞬、凄みを覗かせた。歩みが少し急いでいる。

彼女が手にしている小刀は高河家に古くから伝わる**坂上安綱頼常**で、父文三郎からつい最近譲られたものであった。小刀としては、なかなかの物である。

その坂上安綱頼常を、松坂で古くから付き合いのある刀屋から、江戸は神田の刀屋宛てに『同業者間配送』で送って貰い、昨夕方漸く手にしたものであった。

お松は急がせている歩みを緩めずに、視線を下へ落として着ている着物を見た。

「医者の世話になっている者が相手とはいえ、このままでは闘えぬ。何か動き易いものに着替えなくては……」

と呟き、「どこかに古着屋はないものか……」と付け足した。

八軒長屋の女房たちは皆、表通りまで出て、次第に遠ざかってゆくお松の後ろ姿を見送った。

「チヨさんの耳に入れなくていいかねえ」

「宗次先生のことだからって、何でも彼でもチヨさんの耳に入れちゃあ負担になっちゃうよう。さあさあ、台所仕事、台所仕事」

女房たちは、そのようなことを言い合いながら、長屋門の中へと戻った。

一二

舞は宗次が夕餉をとるのを手伝った。

本来ならば医生がやるべきことを舞は生まれて初めて経験した。

舞の「是非とも私に手伝わせて下さい……」との熱心さに、南州先生が折れたのだ。

南州先生考案の『背椅子』なるものを宗次の背中に当て、半身を緩やかに斜めに起こしての夕餉だった。

診療所の夕餉はなかなかの馳走で、重傷の宗次の体力回復を重視した南州先生の配慮が充実していた。玉子焼、玉子を落とした若布たっぷりの味噌汁、鴨肉の醤油焼に蒸し馬鈴薯を添えたもの、湯豆腐、それに梅粥が付いていた。

馬鈴薯の日本伝来は諸説あるが、ジャカトラの港（現ジャカルタ）からオランダ船で江戸初期に、という説をとりたい。

ジャガタライモの名は言うまでもなく、ジャカトラに由来する。

宗次のためにと、舞の甲斐甲斐しく、だが物静かに動く様は、さすが大身旗本家の姫君として生まれ、そのうえ西条家九千五百石屋敷で作法教養に磨きをかけただけのことはあった。

彼女のために南州先生が用意した朱塗りの真魚箸を用いて、玉子焼や鴨肉などを、宗次が食し易いように切り分けたり、取り分けたりした。

こうして宗次は粥一粒残すことなく綺麗に食し終え、舞は役目をひとまず果たしたのだった。

その刻限は、この診療所で南州先生が医学的見地から定めている暮れ六つ頃（午後六時頃）。

「有り難う。すまなんだ。御蔭で大変美味しく食すことが出来た」

「暫く横にはならずに、そのままの姿勢がお宜しいかも知れませぬ」

「そうだな、そう致そうか」

と、すっかり侍の言葉になっている宗次だった。

「今宵もこの診療所へ泊まることになるのか、舞」

「はい、そのように南州先生にご配慮いただいてございます」

「明日は笠原邸へ戻りなさい。市井の者に過ぎぬ浮世絵師ひとりのために、由緒ある大身旗本家の姫君が屋敷を空けるというのはたとえ一日と雖も宜しくない。明日は必ず屋敷へ戻りなさい。よいな」

「すでに申し上げましたように、両親の了解を得た上のことでございます。それに湯島三丁目の柴野南州診療所と申さば武家の間でもよく知られた評判の医家でございます。父も母も私のことは少しも心配致しておりませぬ。それと先生、ご自身のことを、市井の者に過ぎぬ、というように眺めることは、お止し下さりませ。舞は悲しくなりまする」

「そうか……悲しくなるか」

「はい。宗次先生の真(まこと)のお姿を知った舞でございます。それゆえ余計に悲しくなりまする。どうか私(わたくし)の前では、お心を温かくゆったりと構えて下さりませ」

「耳に痛い言葉だのう」

「生意気なことを……いえ、失礼を申し上げましたでしょうか」

「いや、よく言うてくれた舞。有り難う」

「ほっと致しました」

「ところで舞。この診療所へは誰ぞ供の者を従えて参っておるのか」

「昨日の朝より、笠原家の念流(ねんりゅう)の手練(てだれ)ひとりが、診療所の玄関に近い応接室に詰めてございます。この者は私と屋敷との間をつなぐ者として、〝一日の報告事項〟を持って夜に入ってから屋敷へ戻り、翌朝早くに再び診療所へ現われます」

「南州先生は舞の寝間や食事など、きちんと調(ととの)えて下さっておるのか」

「今のお言葉、南州先生のお耳に入らば、ご気分を害されかねませぬ」

「ははは っ、これはすまぬ。それにしても、舞は素晴らしく素直だのう。十九歳であったな」

「女子(おなご)でございますゆえ、年齢(とし)は忘れましてございます」

「これもすまぬ。ははは っ、いや、参った。失礼をしたな」

「ふふっ」

それまでの美しい真顔を、舞は漸くのことやわらげ、目を細めた。

広縁を、足音が近付いてきた。

「舞様。夕餉の用意が調いましてございます。南州先生が一緒にと、お待ちしておられますが」

障子の向こうで宗次、舞ともに聞き馴れた医生の声がした。

舞は直ぐに「有り難うございます。ただいま参ります」と応じ、すっかり軽くなった宗次の夕餉の膳に手をやった。

「それでは私はこれで失礼いたします」

「世話をかけたな。あとは医生が面倒を見てくれようから、舞はゆっくりと体を休めなさい」

「はい……あのう、それから」

と、舞の声が低くなった。

「ん？」

「宗次先生の正しい御姓名を、まだ教えて戴いてはおりませぬ」

「あ、そうであったな……どうしても必要か？」

「是非にも……」

「徳川宗徳だ」

「承りましてございます」

舞は丁重に頭を下げると、空になった夕餉の膳を手に、座敷から出ていった。

入れ替わって、小さな平桶と薬箱のようなものを手にして、医生が入ってきた。

「食事、何一つ残さずにお済みでございましたね宗次先生」

「旨かったねい。おかわりを頼みたいくれえだよ」

「夕餉の食べ過ぎは、体に余り宜しくありません。ご辛抱を」

「ははは、判った」

「さ、食事で汚れた口中を綺麗にさせて下さい」

「自分で出来る。やらせておくんない」

「いいえ、明日辺りまでは私が致します。南州先生のお指図です。お顔の表皮をまだ不用意に動かしてはなりませんから」

「それほど深く切られていたのかえ」

「ええ、まあ……が、南州先生の治療に手抜かりはありません。ご安心を」

「そりゃあ、南州先生の腕は信頼してらあな」

医生は宗次の枕元近くの燭台を、更に手前へと引き寄せた。

「さ、口をそっとあけて下さい。何度も申してあるように、小さくそっとです」

「本当にすまねえ」

医生相手に、すっかりべらんめえ調を取り戻している宗次であった。

一二三

「宗次先生がお休みに入られました」

と、医生が舞のもとへ告げに来たのは、宵六ツ半頃（午後七時頃）であった。べつに、宗次付の当番は何時までが誰、と定まっていた訳ではなかったが、舞の宗次への接し方でひとつの流れが決まっていた。

そして南州はそれには口出しせず、認める立場を取っている。

舞は静まりかえった宗次の部屋の前——広縁——に行って姿勢美しく正座をした。

夜空では薄雲がゆったりと風に乗っていて、月星が隠れたり現われたりを繰り返している。

舞の背中側の障子は、燭台から有明行灯に切り替えられた薄明りで、ボウッと染まっていた。

舞は身じろぎ一つしない。

ただ、いつもの舞とは違う点が一つあった。帯に差し通した懐剣が柄袋を取り、小鍔を見せていたことだ。

(それにしても一体何者が、宗次先生に深手を負わせたのか……先生を徳川宗徳と知っての者であろうか)

うっすらと降っては止み、止んでは降る月明りの下で、舞は野菜がよく育っている何列もの畝が現われたり消えたりを繰り返しているのを眺めながら、胸の内で呟いた。

宗次が最も心許せる『友』としての位置に置きたいと考えていた式部蔵人光芳。幕府最高にして最強と噂されてきた隠密情報機関『白夜』の元長官であったこの人物こそが、宗次に深手を負わせたなど知る由も無い舞であった。

「あら……雨?」

舞のかたち良い唇の間から小声が漏れ、彼女は視線を夜空へと向けた。

ときおり輝く銀色の糸が、舞の頬を微かに撫でる風と戯れるようにして、ひっそりと落ちてくる。

と、月星が雲に隠され、これまでとは違った濃い闇が、舞の目の前に広がった。舞が小鍔付きの懐剣――やや長尺の――を取って、脇へ横たえた。用心のためであった。濃い闇というのは突然、何を運んで来るか知れない。

やや経って、月明りが戻った。心細い月明りではあったが、舞の眼前の光景にこれといった変化はなかった。天から降ってくる弱弱しい輝きの銀色の糸は、相変わらず夜風と戯れている。

舞の端整な表情は、穏やかに落ちついていた。身分素姓を知ってしまった宗次から鎌倉旅に誘われた彼女ではあったが、決して浮ついた気持にはなっていなかったし、浮き足立ってもいなかった。宗次に対してとても温かな気持を抱き始めている自分にむろん気付いてはいたが、それは宗次を兄上様と眺める自覚をほんの少し進めたあたりの感情だった。

それこそが十九歳（満十八歳）の舞の純真さの証といえば証なのであろう。あるいは大身旗本家の奥深くで姫君として大切に育てられてきたことから、異性への感情がまだ育ち切っていないのであろうか。

月が再び雲に隠されて、青菜が豊かに育った畝が闇に包まれた。

この夜、下働きの老夫婦、吾作とヨシが風呂場や台所の竈の火を消したのは、暮れ六つ半（午後七時）をかなり過ぎた頃だった。

診療所から一町半（百数十メートル）と間近い所に住む百姓の老夫婦、吾作とヨシは、百姓仕事の殆どを長男夫婦、次男夫婦に任せて半隠居の生活に入り、午前の一刻（二時間）と午後の一刻半（三時間）は診療所の雑用を手伝っていた。ヨシは台所仕事や診療所部分を含めた屋内の掃除。吾作は薪割り、庭の畑仕事、風呂焚き、などとなっている。

したがって体が汚れやすい吾作は、院内へは入らないように心がけていた。

「婆さん、台所の火、確りと落としたなあ」

「私のやることに心配なんぞありゃあせんよ。それよりも爺さんは風呂釜の火、大丈夫かや」

「ああ婆さん、心配なんぞありゃあせんよ。ありゃあせん」

「ほんじゃま、ぽつりぽつりと降って来たから、はよ帰ろ」

「そうじゃのう。お月さん、ぼんやりと見えとるのに、ぽつりぽつりじゃ婆さん」

「夜のお狐様の嫁入りじゃがね、夜のお狐様の」

老夫婦はいつも診療所の門内で落ち合い、火を確りと落としたことを確かめ合って仲良く連れ立って帰るのだった。

と言っても、茅葺屋根の割に大きな三世帯の百姓家は、月明りさえあれば直ぐ先と言ってもいいくらいの所に見えている。

吾作とヨシは診療所の門の外に出たが、ふっと訝し気に立ち止まった。

目の前のよく育った柳の木陰から現われた被衣をまとったひとりの女が、ぼんやりとした人影を引き摺るようにして小雨の中を近付いてきたからだった。

吾作もヨシもべつに驚かなかった。診療所の直ぐ前だし、相手は身形の悪くない若い女と判ったから。

「診察かいね。南州先生なら先ほど風呂からあがって、もう一杯やっていなさるわな。明日の朝にでも来なされ」

「これ爺さん。一杯やってる、は余計なことじゃ。ほんにもう……」

ヨシは吾作の腕をかなり強く叩くと、さっさとした足どりで亭主から離れた。

百姓仕事で鍛えられているのだろう。年齢の割には元気な足運びだ。

「な、明日の朝にしなされ。朝五ツ（午前八時）から診察じゃけん、早く診て貰いたいんなら、少しばかり早う来て待ってなはれ」

吾作はそう言い置いて、うっすらとした月明りの下を離れてゆく女房のあとを追った。

「有り難うございます。そのように致します」

柳の木陰から現われた身形の悪くない若い女は、吾作の背中に向かって丁重に腰を折った。

そして暫くその場に佇んでいた彼女であったが、穏やかに流れている雲が薄明りを降らす月を隠して闇の緞帳を大地に下ろす直前、彼女は診療所の門内へすうっと入っていった。迷っている様子は全く見られない。まるで予め計画していたかのように。

闇の緞帳を下ろした雲が流れ過ぎ、月が現われた。何かに追われているかのような、忙し気な現われ方だった。

薄雲に遮られていた弱弱しい月明りとは全く違って、眩しいばかりの光が大地一面にあふれ、女の素姓が明らかになった。

お松であった。今宵ここに訪れる迄に、既に用意周到な手を打っていた彼女である。明るい昼間の内に、診療所から出て帰宅する患者の幾人かにさわやかな笑顔で接触し、宗次の情報を得ていた。

宗次は菜畑の庭に面した南州先生の居間を病室として治療を受けている、と確り把握していている、お松であった。

彼女は診療所の建物に沿って、右まわりで静かに進んだ。

いま彼女が一番上にまとっているものは、月明りの下でも安物ではないと判る薄青い被衣である。

さて、被衣とは一体どのようなものか？

『源氏物語』の**紫式部**、『枕草子』の**清少納言**、そして『この世をばわが世とぞ思ふ望月のかけたることもなしと思へば』と己れの栄華を昂然美麗にうたった太政官機構の一大首班**藤原道長**（摂政、太政大臣など）たちを輩出した平安の中期。

この平安中期の数十年に亘ってうたわれた秀歌を編んだ私撰和歌集に『**玄玄集**』（玄々集とも）というのがあって、このなかで『被衣せむ袂は風にいかがせし』と登場する**それ**である。もっと判り易く言えば『満月の深夜、京の五条大橋に仁王立ちとなって刀狩りの獲物を待ち構えていた巨漢**武蔵坊弁慶**。その弁慶の眼前に横笛を吹き鳴らしつつ卒然と現われた白衣に白いかぶりもの（被衣）の美貌の若侍牛若丸。刀をよこせ、とばかり弁慶手にする大長刀で激しく斬りかかる。が、牛若丸かるく躱すや背腰まである白いかぶりもの（被衣）を川風にふわりと靡かせ、高高と躍るや欄干にすっくと立った……』

このとき牛若丸が、頭越しにかぶって額前で止め後ろ首から背中、腰あたりまで流したあでやかな**白い外套**が**それ**である。

お松は今、その被衣をかぶって、ひっそりと静まり返った診療所の板壁沿いに慎重に進んだ。

宗次を必ず「殺る……」という、強い決意を微塵も失っていない彼女だった。

宗次を殺り、中二階の長屋で待っている夫廣澤和之進の遺骨を納めた白木の箱に報告をし、両親に会うのはそれからだと思っている。

診療所の板壁が尽きたところまで来て、お松は（おや？……）と夜空を仰いだ。

ぽつりぽつりと降っていた小雨が、止んだようであった。

彼女は板壁の切れたところ（尽きたところ）を気持を引きしめて用心深く左へ折れた。

明るい月明りの下、四半町ほど先（二十数メートル先）に、青菜の畑がくっきりと浮かんで見えていた。

その畑の広さを、（三百坪くらいか……）と、お松は大雑把に読んだ。

その青菜畑の向こう側直ぐの所で、月を映してきらきらと輝いているひょうたん形の大鏡があった。

灌漑用水のための貯水池だった。

「きれいな輝きだこと……」

お松は自分の呟きで、ほんの少し気持が和らぐのを覚えて歩みを休めた。夫廣澤和之進の〝木刀振りの鍛錬〟でごつごつと固くなった掌が、純であった自分の肉体を執拗に撫で回した夜のことが思い出される。

「あなた……」

かたち良い口から漏らした呟きで、お松の気持が再び引きしまった。

彼女はこの夜のために買い揃えた安くはない草履を、細ひもを用いて足に確りと固定していた。静かに両足首を回すなどしてその細ひもに緩みの生じていないことを確かめたお松は、幅広の帯に潜ませるように差し通した小刀を鞘から滑らせて、月にかざした。

加賀前田家秘蔵の雲龍蒔絵朱鞘に似た拵えの、父高河文三郎から譲られた朱鞘の**坂上安綱頼常**であった。小形のつくりではあったが小刀であったから、懐剣よりはやや長尺でありむろん鍔付きである。

「死ぬがよい……宗次」

自身に誓うようにして告げた打貫流小太刀の名手お松は、坂上安綱頼常を鞘に戻した。

お松はもう一度、草履の細ひもに緩みがないかを確かめてから歩み出した。深手を負った書院番頭四千石で二天一流剣法の達者**笠原加賀守房則**の姫君**舞**が、宗次の病室を守っているとは、知る由も無いお松だ。

さらに付け加えれば十九歳の若き姫君**舞**。二天一流小太刀剣法の皆伝級の腕前である。

小太刀を取っては、武の者で知られた父親である笠原加賀守さえも烈しく押し込まれる。

舞とお松。守る者と攻める者。

宿命を背負う、その二人の距離が今、次第に狭まりつつあった。

お松の歩みが、そろりとなった。

青菜畑に向かっての診療所の板壁が、二、三間先で尽きていた。

その先を左に折れると、正面に宗次の病室が見える筈、との情報を既に得ているお松である。

彼女の全身で、殺気が軋み出した。

一二三

「舞……」

背中の障子の向こうから、ひそやかな声が聞こえてきた。

小雨が止んだあとの月を眺めていた舞は脇に横たえてあった懐剣を帯へ戻すと、月明りで障子に映す自身の影をふわりと振り向かせ、宗次の寝間に入った。

「縁側で何を致しておる」

「月を眺めておりました。小雨が止んだあとの月が余りにも美しゅうございましたから……眠れないのでございますか」

と言いながら障子を閉じ、宗次の枕元に近寄った舞だった。

「いや、眠いには眠い。が、舞や。其方……傷ついた体の、この私を守っている積もりなのか」

「はい」

舞は素直に頷くと、掛け布団の小乱れを宗次の胸もとで、そっと調えてみせた。

実際、深手を負った宗次の体は、この瞬間も心地良い眠りを強く求めていた。

彼は有明行灯の心細い明りの中で、目をやさしく細めて苦笑した。

「心配致すな舞。傷ついた私であっても自分の身くらいは自分で守れる。大身旗本家の姫が、町人絵師を守るような真似(まね)をするものではない。もう休みなさい」

「徳川宗徳様は、町人絵師ではございませぬ」

「これこれ舞や。徳川宗徳の名は二度と口から出してはならぬ。宗次でよい。約束してくれぬか」

「では、兄上様と呼び続けて宜しゅうございましょうか」

「ああ、構わぬ。その方が不思議に心が温(あたた)まるのだ」

「兄上様……という私(わたくし)の言葉によって心が、でございますか」

「その通りだ。私には両親もおらぬし、兄弟姉妹もおらぬ。天涯孤独だ。だからな……舞の〝兄上様〟に、本当の妹を感じるのだ。本当のな」

「嬉(うれ)しゅうございます。では一つ、お約束して下さりませ」

「約束？……なにかね」

「私(わたくし)の前でだけは、二人ではじめて永幸寺(えいこうじ)門前町の茶屋街通りを散策いたしました時のように、男らしいあざやかなべらんめえ調でお話し下さいませ。私(わたくし)、あの炎(ひ)のような調子が好きでございます」

「ふふっ……炎のような調子、か」

「駄目でございますか」

「其方は本当に素直で真っ直ぐな娘だのう……判った。体が癒えたならば、二人で小さなべらんめえ旅と洒落込もう。鎌倉へな」

「兄上様と手をつないでの旅、とても楽しみでございます。さ、もうお眠りなさいませ。舞もあと暫くで、休ませて戴きます」

「舞は少し小太刀をやるのだったな」

「はい」

「帯に潜ませた懐剣に鍔が付いているな。それに、懐剣にしては長尺の拵えと見た」

「はい。さすがは天下無双の浮世絵師、いえ、兄上様でございますね。仰せの通りでございます。二天一流の小太刀剣法にふさわしい、長尺の懐剣でございます」

「誰に教わったのだ」

「幼い頃から、波瀾の時代が訪れたとしても自分の身は自分で守れるように、と父から教わりました」

「ほう、そうか……」

「小太刀剣法をやるような女はお嫌いでございますか」

「いや、強い女は好きだな。うん、好きだ」

宗次が素直な気分で頷かざるを得ない、不思議な音色の舞の言葉であった。眠気が強まってもいた。

宗次は漸く安らかな表情で目を閉じ、舞が布団の上にそっと手を置いてから静かに立ち上がった。

宗次は安心したように気を緩めた自分の肉体が、勢いつけて眠りの中へ引き込まれていくのを感じ、舞は広縁に戻って月明りの中に座った。

左手に見える大きな溜め池が月を映して、小波ひとつ立てていない。

「……寝待ちの月の山の端出づるほどに、出でむとする気色あり。さらでもありぬべき夜かな、と思ふ気色や見えけむ、とまりぬべきことあれば、などと言へど、さしもおぼえねば……」

夜空の月を仰いで小声にもならぬ程の呟きで大好きな『蜻蛉日記』の一文を漏らした舞は、最後に胸の内で「兄上様……」と呟いて小さな溜息を吐いた。この美しく純な若い娘は自分の心と体がひっそりと宗次へ傾きつつあることに、未だ気付いていない。いずれ激しくなるのに。

夫**藤原兼家**（平安朝の摂政・関白）の烈しい求めに応じ身も心も許して妻となり愛する

我が子**藤原道綱**（平安期の中宮大夫）を得ましたなれど夫は**愛人**をつくり**子**を生ませ妻としての私の地獄の苦しみ儚さはいかばかりかと**般若寺**に救いを求めてこもりましたのに夫は家に戻りて愛人に生ませた子を**私の手で育てよ**などと酷いことを言う……。

右のように平安期の日記文学『蜻蛉日記』は**藤原道綱の母の作**であるが、まるで現在の時代の男女の乱れを映すかのように夫の**身勝手な非行**によって苦悩する妻としてのまた女としての悲嘆と絶望感を物語っている。

この『蜻蛉日記』をすらすらと口遊める程に読み切っている才媛なる美貌の舞であった。

書院番頭旗本四千石、笠原加賀守房則の姫舞は果たして幸せな人の妻となることが出来るのであろうか。大旗本である若年寄心得にして番衆総督九千五百石、西条山城守貞頼の姫美雪のように、人妻であった我が身に自信を失くして恋路の闇深くに踏み込み、自分を見失ってしまう恐れはないのであろうか。

いや、著者は余計なことを考え過ぎてはならぬ。先へ進もう。

パキ……。

音とは言えぬ程に微かな空気の乱れを、舞は不意に捉えた。

た。

（野良の犬か……それとも猫か）

と、舞は聴覚へ注意を集中させたが、その空気の小乱れは一度生じただけであった。

だが舞は、正座した美しい姿勢を崩すことなく、帯の懐剣へゆっくりと手をやり柄袋を取った。そして、それを袂に入れる。

その目配りの鋭さは、宗次に接していた時とは一変していた。

と、月が雲に隠れて、漆黒の緞帳が大地に降り下りた。

舞が、すうっと立ち上がる。

右の手が闇の中で、長尺の懐剣**上桜井正宗**の柄に触れていた。笠原家の家宝で、父親加賀守より舞に譲られたものだ。

「いる……」

間違いない、と舞は呟いた。父を相手として真刀で激しい鍛錬を積み重ねてきた経験を有する舞ではあったが、戦闘の経験だけはない。

（兄上様に深手を与えた下手人ならば……ただでは帰さぬ）

そう自身に向かって告げた舞であったが、さすがに全身は緊張で縛られていた。

月明りが戻り出した。まるで舞台の幕開きのような、ゆっくりとした戻り方であった。

　大地から夜空に向かって、次第に月明りが強まってゆく。

いた……。

　青菜の畝の中、真正面。被衣をかぶった美しい亡霊が身じろぎひとつせず皓皓たる月明りの中に立っていた。被衣が、やや顔を隠している。

　舞はその相手が幅広の綺麗な帯に小刀を潜ませていることを、見逃さなかった。

　そのため彼女の背に、ふるるっと小さな怯えが走ったが、直ぐに鎮まった。

　舞は広縁の端へ寄り、踏み石の上へ油断なく白足袋に包まれた足を下ろした。

　診療所の古草履の備えはあったが、履かなかった。

　このとき相手はかぶっていた被衣を、はらっと足元に脱ぎ落とした。

　月明りの中、美しい面立ちの相手であったが、むろん舞の見知らぬ女だった。

　そして、その相手の体に漲る烈烈たる殺気に気付いた舞は、**上桜井正宗**を抜き放った。

　相手——お松——がそれに応じるかのようにして、父譲りの**坂上安綱頼常**を穏やかに鞘から滑らせた。

　舞は踏み石から、地に足を下ろした。

地の冷たさが、たちまち足の裏から足首へと這い上がってくる。

「何者じゃ。名乗れ」

舞は、小声でひっそりと訊ねた。兄上様や南州先生の耳に入らぬように、という配慮が働いていた。が、夜の静寂の中、相手には確りと届いているという確信があった。

『必殺』の目的を持って診療所の敷地内へ踏み入ったお松にとって、舞の充分に抑えた小声は有り難かった。

「………」

お松は無言で応じ、十七、八間（三十メートル余）は空いている舞との間を僅かに一歩だけ詰めた。その草履の下で南州先生と、下男仕事を手伝っている百姓の吾作が丹精込めて育てた青菜が、無残に踏み潰された。

一方の舞は、踏み石から下りて五、六間ばかり（十メートル前後）を用心深く穏やかに進むと、青菜の畝の手前で動きを止めた。南州先生の畑を踏み荒らしてはならぬ、という気持は当然あった。畝の手前は何の植菜（植栽）も無く広広と空いている。

「此処を江戸では一、二と言われているオランダ医学の診療所と知った上で、刃を抜き放っているのか……答えなされ」

舞の小声が険しくなっていた。

「仰せの通り……」

お松が矢張り潜めた声で応じたが、舞の耳には届いていた。

「狙いは……目的を申しなされ」

「余計な詮索はなさいまするな」

「其方、武家の女子じゃな」

舞は心苦しかったが已む無く、青菜の畝に踏み入って相手との間を縮めた。

「この診療所内で刃物を振るうならば、容赦いたしませぬ」

「面白い……」

「なんと……」

「面白いと申したのじゃ。やれるならば、やってみなされ。受けてみせましょう」

「たとえ自分の身が傷ついても目的は果たす、と言いたいのじゃな」

「そこを退かねば、其方をも消さねばならぬ」

「狙いは、どうやら深手を負って入院なさっておられる浮世絵師の宗次先生か……」

「だったらどうなさる……」

「ここから先へは進めぬと思いなされ。それを押し通すと言うなら、其方を倒さねばならぬ」

舞は青菜の畝の中を、すすすっと相手に迫った。上桜井正宗は片手構えである。

お松は退かなかった。退かずに坂上安綱頼常を端整な顔の前で素早く斜めに構えた。両手構えである。左脚を引き、やや腰を落としている。

これに対し舞は、右脚を前に出して体を横に開き、切っ先の先端にお松の首を捉えた片手正眼であった。これこそ二天一流の小太刀業『落雁』であった。父親の**笠原加賀守**は、美しい我が娘のこの刀法を、『楊貴妃構え』と称したりしている。

ぎゅっと引きしめた口元に熱い殺気を漲らせたお松。

かたち良く流れる二重の目が次第に険しくなっていく舞。

流れる夜空の雲が月を隠して、再び地に下りてきた闇が対決する二人を呑み込んだ。

その闇の中で女二人の、攻・守の目が烈しく光った。

一二四

舞は切っ先の〝点〟と称してよい部分、つまり最先端で油断なくお松の首を捉えながら、小さな迷いを覚え始めていた。

まぎれもなく激しい殺気を放っている相手にもかかわらず、邪念(じゃねん)が全く伝わってこないからだった。

冷え切った清涼な殺気、舞は相手の殺気をそのように感じ出していたのだ。こちらへ放たれる殺気から、〝汚(けが)れ〟や〝邪(よこし)ま〟を読み取れないのだった。

実は、お松の方こそ、舞と同じような感じを覚え出していた。

「其方(そなた)、一体何者じゃ」

舞との間をぐいっと詰めて、お松が小声で問うた。

「私(わたくし)が何者であるかを知りたければ、其方(そなた)こそ名乗りなされ」

「それは出来ぬ相談」

舞も小声を返した。

「ならば大人しくこの場を去るか、私の剣でこの場で倒されるしかないのう」

「ふん、見事倒してみよ」

言葉が終わらぬうち、お松は一気に舞に迫ると、舞の下顎(したあご)を狙って刃を掬(すく)い上げた。女の命とも言える顔を、いきなり襲ったのだ。

舞は手にする長尺の懐剣(かいけん)**上桜井正宗**(かみさくらいまさむね)で、相手の鋭(するど)い一撃を受けなかった。やわらかく体を反らせて、お松の刃を空へ走らせた。

鋼と鋼が激突すれば、かなり甲高い音がするうえ火花も散る。

舞は、宗次先生の眠りを妨げてはならぬ、と咄嗟に判断し、お松の刃に空を切らせたのだった。

だが、お松はそれで鎮まらなかった。

返す刃で斬り下ろし、それも躱されると、なんと舞の耳へ閃光の如き速さで突きにかかった。

これは危ない、と感じた舞がはじめて、お松の刃を強く打ち払った。

青白い火花が散り、甲高い鋼の音が響いた。

「何をしておるか」

大きな声が夜陰に広がった。ぐっと腹の底に抑えた〝低い大声〟だった。

広縁に怒りの形相で柴野南州が仁王立ちとなっていた。両の拳を震わせている。

「此処をどこだと思っておるのか」

南州の低い大声が、更に野太くなって、医生や女中たちまでもが恐る恐る縁側に集まり出した。

こうなっては、お松も刃を引くしかない。

舞は懐剣を鞘(さや)に納めると、広縁の下まで戻って「申し訳ございませぬ」と南州に向かって正座をし、頭を下げた。

「いや、舞様は宜(よろ)しいのじゃ。おそらくあの女の侵入を防いだのであろう。さ、こちらへ上がって来なさい」

南州は舞を手招きながら、畑の上にまだ悔しそうな表情で立っているお松を睨(にら)みつけていた。

「消えろ。お役人を呼ぼうか」

医生のひとりが矢張(やは)り声を抑え気味に怒鳴った。

「絶対に諦(あきら)めませぬ」

お松は月明りのなか、眦(まなじり)を吊(つ)り上げて言うと、

「覚えておきなされ」

と、端整(たんせい)なその面(おも)立ちには不似合な捨(す)て台詞(ぜりふ)を残して、身を翻(ひるがえ)した。

「追いましょうか先生」

先程怒鳴った医生が、踏み石へ下りんばかりの勢いを見せたが、南州は首を横に振り、

「ほっとけばいい……」

と、宗次の寝間の障子へ視線を向けた。

よく眠っているとみえて、障子の向こうは静かであった。

「もういいじゃろう。皆消えなされ。舞様は、さ、こちらへ……」

縁の下で正座をしたままの舞に、南州は踏み石まで下りて手を差しのべた。

「大丈夫でございます先生」

舞は囁いて踏み石へ上がり、南州の視線を自分の背でしなやかに遮るようにして畑土で汚れた白足袋を脱いだ。

「風呂の残り湯がまだ温かかろう。足を清めてきなされ」

「はい、そうさせて戴きます」

「私は今しばらく此処に居ようからな」

「宜しく御願い致します」

広縁に上がった舞は南州の面前で正座をすると、まるで仕舞た屋育ちの町娘のようにつましく、まさにつましく両手をついて頭を下げた。

それまで厳しい表情であった南州が、このとき深く頷いてやさしく目を細めた。

一二五

お松は端整な顔に悔しさを漲らせて、柴野南州診療所をあとにした。

「必ず殺る……殺らねばならぬ」

自身に向かってそう呟くお松だった。お松は亡き夫廣澤和之進がいとおしかった。

我が身を〝女〟に芽生えさせてくれた夫がいとおしかった。

それだけに、夫の無念が判るのだった。

だが迂闊なことにお松は、夫から非常に大事な事を聞かされていないことに気付いていなかった。

確かに「宗次を斬ってくれ」と苦しい息の下から告げられ、「はい」と応じはした。けれども何故宗次を斬らねばならぬのか、その理由を具体的に告げられてはいなかった。つまり生死にかかわる深手を宗次に負わされた、とは一度もお松に対し明言してはいなかったのである。真の下手人が何者であるのか、ひと言もお松に対し明かしてはいないのだ。

廣澤和之進という男の最後の狡猾さによって、お松は〝純〟に、実に〝純〟に動かされていたのである。

診療所から一町ばかり離れたところの松の木の下まで来て、お松は歩みを止め、宗次を討てなかった情け無さに両腕で胸を掻き抱き、ウッ、ウッ……と嗚咽を漏らした。

悔しさよりも寂しさが膨らみ出していた。やり切れなかった。天涯孤独に陥ったような心細さが迫ってもきた。

お松に衝撃が襲い掛かったのは、このときだった。

「それほど、何としても討ちとうござんすか」

いきなり背後から声が掛かったのだ。

決して威圧的な響きの声ではなかったが、お松は殆ど反射的に四、五間ばかりを逃げるように走って振り返った。

お松はこのときにはもう、坂上安綱頼常を抜き放って身構えていた。すでに闘いの表情になっている。

目の前に殺らねばならぬ宗次が立っていた。

だが一度の面識もないお松には、目の前の相手が宗次だとは判らない。

はっきりしているのは月明りの中に立つその男が、寝間着のままであり明らかに傷身の者と判ることだけだ。それに邪念の感じられない、やさしい面立ちであると。

「何者じゃ」

お松は相手との間を用心深く詰めた。

むろん、相手から受ける印象で（ひょっとすると……）という気持になりかけていた。

「お前さんの小太刀業、障子をそっと細目に開けて見せて貰いやした」

穏やかにそう告げた宗次であった。

「な、なんと……それでは」

「私の名は宗次。江戸市中では浮世絵師の宗次、とか言われておりやす」

「お、おのれ、そなたが宗次……」

「どうか小太刀を鞘に納めて下さいやせんか。私は逃げも隠れも致しやせんし、それに深手を負っているこの体じゃあ、走って逃げることも出来やせん」

「ふん、もっともらしいその口ぶり……なるほど宗次と確かめられた」

「もっともらしい口ぶり？」

「卑劣で、口先うまく他人を罠に幾度となく突き落としても平然としている奴、そう聞いておるわ」

お松は夜陰に声が響きわたるのをおそれて、声を低く抑えつつ、更に宗次との間を詰めた。この機会を逃してはならぬ、という気持に炎が点き始めていた。

「誰から、そうと聞かれやした？」

「夫じゃ。夫が亡くなる直前、苦しい息の下から告げてくれた。善良なる人間というのは、亡くなる直前には嘘はつかぬ。おのれ宗次、絶対に許さぬ」

「はて？……話がもう一つ私にはよく見えやせんが……すまねえが、お前様の名を聞かせて下さいやせんか」

「お前のような卑劣男に名乗るような名は、持ち合わせてはおらぬ」

「では、亡くなられた御亭主殿の名を教えておくんない。私は先程言いましたように逃げも隠れも致しやせん。納得が出来れば、この場で討たれやしょう。約束いたしやす」

「まことか……」

「へい。誓って……」

「我が夫の名を明かさねば、なるほど仇討ちの道理が通りませぬな。亡くなった夫の名は……廣澤和之進じゃ」

「あ……」

「ふん、ようやく納得できたか。他人を傷つけ奈落の底に突き落としておいて平気な顔の卑劣男め」

「いま申されやした廣澤和之進、間違えなくお前様の御亭主殿のお名前でござんすね」

「無礼な……」

「若年寄心得で番衆総督という高い地位に就いておられる九千五百石の大身御旗本西条山城守様のご息女美雪様の、もと旦那様の御名を騙っているのではござんせんね」

「え……いま何と……」

「ですから、九千五百石の大身御旗本西条家の御息女美雪様の、もと旦那様も、廣澤和之進という名前であったということでござんすよ」

「も、もと旦那様とは、いかなることか……私を惑乱させる積もりならば無理というものじゃ」

「惑乱させる積もりなど、針の先ほどもござんせんよ。私にとっちゃあ何の意味も無えことでござんすから」

お松は自分でも気付かぬ内に、小太刀の切っ先を下げていた。

宗次が言った。穏やかな口調に変わりはなかった。

「お前様の旦那様ってえのは、亡くなったということでござんすが、病気でですかえ、それとも誰ぞの手に掛かって？……先に言っときやすが、私はこの体ですから、お前様の旦那様とてもじゃねえが取っ組み合いなど出来やせんやな」

「……」

月明りの下で、お松の表情は明らかに強張り出していた。

「それにお前様の旦那様ってえのは一体何処で亡くなりやしたので？……この江戸ですかえ。それとも江戸から遠い地方でですかえ。お前様が武家の娘らしいってことは、ほぼ間違えなさそうでござんすが、言葉にちょいとばかし地方訛がありやすね。何処から江戸へ来られやしたので？」

「……」

「もう一度言いやすが、私は逃げも隠れも致しやせん。あと暫くはこの診療所の世話になっておりやしょう。退院したならば鎌倉河岸の八軒長屋という貧乏長屋へ戻っておりやす。いつでも御出なさいやし」

「一つだけ正直に聞かせて貰いたい」

お松は、危うく涙声になりかけたのを、ぐっと堪えた。

「よござんす。但し、返答できねえ場合もござんすよ」

「其方はかなり深手を負っているように見えるが、誰にやられたのじゃ」

「はっきり言えることは、廣澤和之進という名の人物では絶対にねえってことです。許されるところまで明かすとすれば、幕府の上級幕僚（隠密情報機関『白夜』のもと長官・式部蔵人光芳）にやられた、ってとこ辺りまでかねい」

「絵師に過ぎぬ者が、幕府の上級幕僚と争ったり致すのか……」

「ほう。お前様、案外に差別の目を持っていやすね。絵師が嫌いでござんすかえ」

「夫廣澤和之進はその絵師を、宗次という絵師を毛嫌いし憎んでいたのじゃ。私が絵師を好きになれぬのは当然のこと」

「絵師宗次のことを再度慎重に調べ直してから出直してきなせえ。筋が通っていたなら、いつでも討たせてあげまさあ。だから気持を鎮めてよっく調べ直して参りなせえ」

「判った。姿を消す、などというような卑怯なことは致さぬな」

「そんな面倒臭えことはしねえ。安心しなせい」

明るい月明りの下で微笑む宗次の目は、やさしい感じでお松を見つめていた。すでに『廣澤和之進に騙された女』と理解しているのであろうか。

一二六

それから三日後の昼八ツ（午後二時）頃であった。

顔色のあまりすぐれない、どことのうやつれた印象のお松が、『旗本八万通』に面した西条山城守邸の表門の前に、茫然と立ち竦んでいた。

江戸入りして初めて目にする若年寄心得・旗本九千五百石邸の凄さであった。

堅く閉じられた両開きの**大扉**、その左右に設けられた**両潜り門**。そして両潜り門の横から表通りへ伸びるかたちで、**番所**が設けられている。まるで国持大名並の表門であった。

この表門には、日常的には門番は立っていない。左右の番所内で小太刀を帯び六尺棒を許された若党が、来訪者に気付かれぬよう目を光らせている。

お松はまる二日をかけて『浮世絵師宗次』について調べ直していた。

そして、自分の教養不足に気付かされ、衝撃を受けていたのだった。

宗次に関して、甘味処や食事処で訊いても、小間物屋や油問屋で問うても、悪い噂は一つも出てこなかった。それどころか、天下無双の浮世絵師、京の御所様に招かれる程の天才絵師、それでいて少しも偉ぶらず栄誉を求めたりしない、とか誉めちぎるばかりであった。

焦りに見舞われたお松が、こちらからわざと、悪い噂を捏造気味に持ち出したとしても、

『そいつは性質の良くねえ人間、ろくな育て方をされていねえ邪な人間が、誰ぞから大枚の金を袖の下で摑まされ（賄賂）、わざと撒き散らしていやがるのさ。つまり嫉みってえ奴よ。いやらし過ぎる嫉みってえ奴よ』

と、不快気に応えるだけだった。実に不快そうに。

それだけにお松の宗次に対する〝絶対殺る〟は、急速に萎え出していた。

それだけではない。

お松は、浮世絵師宗次という芸術家を、余りにも知らな過ぎた自分の教養・知識の低さに、絶望感すら抱き始めていた。

松坂城下においては、才女、と自覚していたというのに……。

そしていま目の前にしている、西条山城守の巨邸である。

彼女はうなだれて、表門の前から離れ出した。弱弱しい歩みだった。

西条邸の塀が尽きた所に、隣の屋敷と挟まれるかたちで、綺麗に敷かれた石畳の小

路があった。かつては無名の小路であったが、つい数日前に奉行所によってこの小路に名が付けられていた。俗称としてではない。正式の名としてである。井華塾小路、それが正式の小路名であった。美雪が創立した女性教育塾『井華塾』の開学がいよいよ近付いてきていることの証でもあった。

「美しい石畳の小路だこと……」

お松は力なく呟いて立ち止まり、しかし直ぐに疲れ切ったような足取りで、ごく僅かに下っている小路へと入っていった。

彼女にとって決定的な事態が次第に迫りつつあることに、気付く筈もない。

やがて……。

「まあ……」

と、お松の足は釘付けとなった。表通りに面した両番所付きの大きな門ほどではないにしろ、真新しく立派な**檜皮葺屋根の四脚門**——両開き扉の——が彼女を待ち構えていた。

その四脚門は**美しく組まれた基壇**の上に構築されていたから、五段の大階段の下から見上げるお松を圧倒した。華美な拵えで圧倒したのではない。質素に過ぎる拵えではあったが造りの見事さ、つまり**大工ほか職人たちの手腕**でお松を圧倒していた。

基壇に少し触れておこう。

重い構築物の下部――重量のかかる――に石を組んで（あるいは積み上げて）地面より高くなっている部分、これが**基壇**である。あるいは**石壇**とも言っている。

この基壇の拵え方次第で、構築物が美しさを増したり、あるいは威厳を増して見えたりするのだった。

いま四脚門の大扉は左右に開かれていた。

その門の太い柱に掲げられた流麗な書体の**井華塾**の看板に、お松は注目した。

彼女はその看板に惹かれるようにして、大階段を上がり出し、三段目で少しよろめいた。

お松の若若しい肉体は宗次の実像――江戸市中の人人から聞いた――に触れて大打撃を受けていた。いま彼女の心身は、耐え難いほど鉛色の疲労に包まれている。

大階段を上がり切ると、門内左手斜めに、新築成った**教育棟**が、日を浴びた寄棟造瓦葺の平降棟（大屋根）を鋭く輝かせていた。

その**教育棟**の入口前で、身形正しい奥女中風と紺の法被を着た大工の棟梁らしい白髪の男とが、笑顔で話し合っている。

その二人を視野に入れつつも、お松は半ば茫然の態で〝扉通り〟の内へと入っていった。

こちら向きに立っていた大工の棟梁らしいのが、お松に視線を向けたまま奥女中風に何事かを囁いたあと、「それでは私はこれで……」と丁重に頭を下げて表門の方へ去り出した。

お松を認めた奥女中風は表情を変えず、しかし用心深い歩み方を見せてお松に近付いた。

この奥女中風こそ、いまや西条家の奥の一切を、膳部方も含めて任されている菊乃であった。

「どちら様でいらっしゃいましょうかな」

物静かな口調で訊ねる菊乃ではあったが、胸の内ではすでに懐剣の柄に手を運んでいる。

「あのう……門に掛かっております井華塾とは一体……」

「どちら様ですか、とお訊ね致しているのです。お名乗りなされ」

「このお屋敷はあの……」

「お名乗りなされ」

一歩を詰めた菊乃の目が、穏やかな表情の中で光った。

一二七

お松は気圧されたように思わず一歩を退がってから、

「これは大変失礼を致しました。私は御家人の娘でお松と申しまする」

と、丁重に腰を折った。

「お松殿と申されますか。して、何用でこの屋敷の**奥御門**（西条家ではそう呼ばれている）を潜られましたのじゃ」

菊乃の表情が幾分やさしくなった。胸の内では用心深く懐剣の柄にのばした右の手も、下がっていた。

お松が面を上げて、咄嗟に口から出した。咄嗟であった。

「あのう、御門に掛かっております**井華塾**の看板について、お教え戴こうと思いまして、非礼なかたちで御門を潜ってしまいました。どうかお許し下さいませ」

そう言ってお松は再度、深深と頭を下げた。背中に冷や汗を覚えつつであった。

「おお左様でしたか。で、御家人の娘と申されたが、出来れば主殿の……お父上の御名をお聞かせ下され」

「父の名を出さねば、**井華塾**の看板について、お教え戴けないのでしょうか」

やや困惑気味に言ってしまったお松であったが、これはまずかった。若年寄心得で番衆総督という高い地位にある九千五百石の巨邸の**奥御門**を潜ったという認識が、お松にはいささか不足していた。しかも相手は、当家の**奥の一切**を取り仕切っている菊乃である。

彼女の目がまたしても厳しい光を帯び出した。

「お父上の御名を打ち明けられない事情でも、お有りなのですか」

「いいえ、そういう訳ではありませぬけれども……」

「私はいま多用で忙しく致しております。それゆえまた、出直して御出なされ。お宜しいですね」

菊乃がそう言い言いお松に背を向けようとするよりも先に、

「いかが致したのじゃ菊乃……」

と、澄んだ控え目な声が、菊乃の後方で生じた。

「あ、美雪様……」

そう応じて自分から離れてゆこうとする菊乃に、お松は体が震えるほどの衝撃を覚えた。菊乃に話を打ち切られてしまったからではない。菊乃の口から出た予想だにしていなかった「あ、美雪様……」に心中を激しく揺さぶられたのだった。

しかし、小柄とは言えない菊乃の背に遮られて、お松が立ち竦む位置からは〝美雪様〟の姿は見えなかった。

自分の足首のあたりがまるで何かを恐れるようにして細かく震えている、と捉えながらお松は自分の立ち位置を少し左へとずらした。

彼女は見た。ゆっくりと近寄って来る菊乃を物静かな笑みで待つ、名状し難い気品を漂わせている美貌の女性を。

（あの御方が……美雪様）

お松は自分の胸の内で、何かが大きな音を立てて崩壊するのを覚えた。

瞬時に、頭の中が真っ白になっていた。

それは――容姿とか知性教養とか人品において自信をなくした、と言うような生易しいものではなかった。言葉では言い表せない、もっと遥かに大きな**存在感**。その大きな**存在感**がとても近付けぬ程の気高さでひっそりと輝いているのを、お松は美雪に感じたのだった。

（これは……なんと恐れ多い美しさであることか）

泣きたくなる程の絶望感に襲われたお松は、踵を返して**奥御門**の外へ逃れ出ようとした。

「お待ちなされ」

菊乃が止め、真剣な表情で足早にお松に近付いた。

お松は自分の足元に視線を落とした。とても面（おもて）を上げる勇気はなかった。

「そなた……」

菊乃はそこで言葉を止め、離れたところに止（とど）まったままの美雪の方へ一度、視線を静かに振った。

美雪が小さく頷（うなず）いた。菊乃に対し先程の僅（わず）かな間に何事（なにごと）かを命じたのであろうか。

菊乃の視線がお松に戻った。胸元——懐剣を納めたあたり——にきつい眼差（まなざし）を注いでいた。

「そなた、はじめから何ぞ目的があって此処（ここ）へ参ったのであろう。違いますか」

「いいえ、そうではありませぬ」

「この**奥御門**は表御門の反対側に位置する、つまり単に表通りを往（ゆ）き来（き）するだけの者には目にとまりませぬぞ。その**奥御門**へ何故（なにゆえ）に近付いて参られ、しかも無断で御門を潜ったのじゃ」

「それは、あの……表通りから此処に続いておりまする石畳の小路（こみち）が余りに綺麗（きれい）に調えられておりましたもので……無意識の内についふらふらと」

「嘘が上手ではありませぬな。ま、嘘をつくのが下手な者には、さほど悪い者はおらぬと言うが、それは兎も角として、再度お訊きしましょう。其方、御家人の娘と申されたが主殿の……お父上の名を明かしなされ。この屋敷の**奥御門**を初めて、しかも無断で潜った以上、それが必須の作法であると心得るべきじゃ」

「……」

「矢張り答えられぬか。其方、若しや小太刀剣法をかなり遣るのではありませぬか。其方の胸元の懐剣、刺繍が美しい袋に包まれてはおるが、柄鎺のあたりの膨らみが大きいのう。これは打ち込んできた相手の剣を、鍔に代わって受けるための工夫が、その部分にあるためであろう。どうじゃ」

「仰せの通りでございます」

「つまり其方は、護身用ではなく**実戦用の懐剣**を胸元に秘めて、この屋敷の**奥御門**を無断で潜ったのじゃ。これはいささか見逃せませぬぞ。さあ、お父上の名を明かしなされ」

「もうよい菊乃……」

菊乃の後ろから近付いていた美雪が、そっと肩を並べて言った。

お松は一瞬くらっと、目眩を覚えた。これはとても近付けない、と思っていた女性が、一輪の白い花のようにふわりと目の前に立たれたのだ。

お松は泣き出したくなるのを懸命に堪えて、ひたすらうなだれた。

美雪が労るような口調で言った。

「さ、もうお帰りなされ。そろそろ**奥御門**の扉を閉めねばならぬ刻限ゆえ」

「あの……恐れ入りますけれど」

お松は必死になって言葉を口にした。それ以上は続けるのは、息苦しくて困難であった。

「え?……」

美雪がお松の顔をやさしく覗き込むような素振りを見せた。

花の香りが香り立つような、その美しい表情に、お松はまたしても打ちのめされた。

「真に……真に失礼なことを一点だけ、お訊ねさせて下さりませ」

「私に?……ええ、構いませぬ。何なりと」

落ち着いて、ひと揺れさえせぬ美雪の様子であった。控え目ではあったが『井華塾』の創立者という毅然さをその姿の中に漂わせている。辛い宗次との別れを乗りこえたことが、彼女の精神をひと回りもふた回りも大きく強くさせたのであろうか。

「御方様は、廣澤和之進という人物を御存知でございましょうか」

遂に切り出したお松の言葉に、菊乃の表情はさっと硬直したが、美雪の表情には全く変わりがなかった。

「廣澤和之進と申されましたのね。譜代四万石田賀藩の中老の地位にありました彼、廣澤和之進ならば、ある不条理を理由として私の方から縁を切らせて戴いた私の元夫でございますけれど……」

「し、失礼いたしました。お許し下されませ」

お松は言うなり身を翻した。豹変したかのような素早い動きだった。

「これ、お待ちなされ」

小慌てにお松の後を追いかけようと一、二歩を踏み出しかけた菊乃を、美雪が「もうよい菊乃……」と物静かな口調で抑えた。

奥御門を飛び出したお松の姿は、五段の石段を下りてたちまち見えなくなった。

菊乃の顔色は幾分青ざめていた。それはそうであろう。訪ねて来た一面識もない〝御家人の娘〟とかの口から、廣澤和之進の名が出たのであるから。

ところが、幾分青ざめている菊乃に比して、美雪の涼しく澄み切ったかのような端整な表情は殆ど変化を見せていなかった。

「美雪様。あの娘の素姓は明日にでも私が……」

「宜しいのです菊乃。廣澤和之進の名は、私にも西条家にも最早かかわりなきこと。そのままにしておきなさい」

「ですけれど美雪様……」

「実戦用の懐剣を胸元に秘めたあの〝御家人の娘〟とやらが、廣澤和之進とどのようなつながりがあるのか、それはあの女性の世界でのことじゃ。私どもがかかわってはなりませぬ。宜しいですね」

「は、はい。承知いたしました。いま、御門を閉めて参りましょう」

菊乃はそう言うと、小急ぎに**奥御門**に近寄って門扉を閉じようとした。

「あ、あ、菊乃様。そのようなことは、この爺が……」

教育棟の西側から竹箒を手にした白髪まじりの老爺が小慌てに現われ、菊乃によたよたと駆け寄った。下男頭の与一だった。西条家に奉公する年数だけを見れば菊乃よりも数年長く、したがって五人いる下男の頭を任されている。

が、この一、二年はさすがに、腰や膝の痛みを訴えるようになっていた。

「いいのですよ。御門の扉を閉めることぐらい……」

「いいえ、この爺の御役目でございますから……すみません。お庭の雑草抜きについ夢中になっておりまして」

そう言い言い与一は、菊乃と扉の間に強引に割って入り、扉を閉め閂を通した。

菊乃は苦笑しつつ、微笑んでいる美雪の前に戻った。

その美雪が与一の背に声をかけた。

「与一、その後、膝や腰の具合はどうじゃ」

「は、はい……」

と、振り向いて一礼をした与一が、腰を曲げたそのままの姿勢で、

「このところは随分と楽になりましてございまする。菊乃様に紹介して戴いた医者の薬がよく効いておりまして」

「左様か。無理はいけませぬよ。とくに重い物を持ったりはいけませぬ。辛い時は休み休み腰や膝を庇いつつのう。それを忘れぬように致しなされ」

「はい、勿体ないお言葉。有り難うございます」

与一が今にも泣き出しそうな顔つきになって深深と頭を下げた。

菊乃がここで美雪を促した。

「美雪様。お部屋へ戻りませぬか。お茶でも点てさせて下さりませ」

「のう、菊乃……いまごろ宗次先生は、如何なされておられるのでしょう」

二人は教育棟の前の石畳道を、よく育った木立の向こうに見え隠れしている殿舎の方へゆっくりと歩み出していた。

「矢張りご心配なのですね。宗次先生のことが……」

「高いご身分の御方の血を受け継いでおられるだけに、何処でどのような災厄が待ち構えているか判りませぬ」

「美雪様から明かされましたる宗次先生の真のお姿は、まぎれもなく将軍の座に就かれてもおかしくはないお血筋。そうはさせぬ、という勢力に狙われる心配は常にございましょうね」

「そうした宿命を背負うておられる宗次先生から、私は自分の考えや判断を一方的に先生に押し付けるかたちで、別離の道を選んでしまいました。そのような私に対して、先生は殆ど何も仰らなかった」

「美雪様。この菊乃に正直に胸の内をお聞かせ下さいませ。今でも宗次先生のことを忘れられない……いいえ、烈しくお慕いなされておられるのではありませぬか」

美雪は、こっくりと頷いた。

「ならば、まだ間に合いまする。この菊乃に全てをお任せ下さいませぬか」

「いいえ、菊乃。それはなりませぬ。私は宗次先生を大切に想う気持を糧としてこれからの生涯を独り身で通し、『井華塾』の仕事に打ち込む積もりでおります。どうかこの私のよき相談相手として付き従うて下され菊乃……頼みましたよ」

「美雪様、それほど宗次先生のことを想っていらっしゃいまするのに」

「先生に添い遂げる女は身清らかにして心澄みたる娘でなければなりませぬ。私が宗次先生のお傍近くにあったばかりに、廣澤和之進という騒動の種を先生に近付けてしまいました。これは悔やんでも悔やみ切れませぬ」

「どうか、そこまで思いつめなさいませぬよう……」

菊乃はそう言うと、そっと目頭を指先で押さえた。

木洩れ日の下を潜り抜けると、殿舎の広縁が目の前であった。

その広縁にいかにも凛凛しい印象の侍がこちらを向いて笑顔で立っていた。

「まあ、これは信綱様。いつお戻りに……」

菊乃の表情、振舞がたちどころに西条家の奥を任されている者に変わった。

広縁に立っていた侍は、美雪の兄で京都所司代次席の職にある**西条九郎信綱**であった。

宗次との付き合いも深い。

信綱がよく通る声で言った。

「たった今じゃ。老中会議へ報告を致さねばならぬ事案があってな。それにしても、この広縁に立って眺める『井華塾』の建物は実に美しいのう。大屋根の流れが見事だ。いよいよ開学が迫ってきたな美雪」

「今日は大工たちの手によって、教育棟の細部に至るまで最終点検を終えました。それにしても兄上様。父上のご加増とご昇進の際に江戸へ帰参なされてから、さほど日が経っておりませぬのに今日再びの帰参。京で何ぞ大事が生じたのでございまするか」

「いや、京都所司代内部の組織を機能を強化する目的で一部改めようと思うのでな、その原案について老中会議に諮って戴くために帰参致したのだ。大筋では既に了承を得ているのだがな」

「左様でございましたか。若年寄心得と番衆総督という二つの重い役職に就かれました父上はこのところ朝の早くから夜の遅くまで、大変な忙しさに陥っていらっしゃいます。この美雪とも、もう幾日も会話を交わしてはおりませぬ」

「若年寄心得に番衆総督と言えば、夜もゆっくりとは眠られぬ忙しさであろうのう。これ菊乃、父上の健康面での気配りひとつくれぐれも頼んだぞ」

「お任せ下さりませ信綱様。とは申しましても、奥の一切を預かっておりまするこの私でさえも、この数日は御殿様に二度しかお目にかかっていないのでござります」

「なに。それは少し行き過ぎた忙しさであるなあ。それはよくない」

「城中での会議や打合せが余りにも多いようでございます。朝餉に致しましても夕餉に致しましても、会議や打合せの刻限に合わせて城中の賄方に頼ることが増えてございます。滋養の面では心配ないとは思いますけれども……」

「そうか、判った。父上とはじっくり話をする時間を作るゆえ心配致すな。それよりも菊乃、今日の夕餉は何か旨い物を馳走してくれぬか。有能な配下の者二人を連れて参っておるのでな、今宵は歓待してやってくれ」

「畏まりました」

「美雪はあとで私の部屋へ来なさい。二人の配下に引き合わせよう」

「承知いたしました」

「二人のうち一人は算筆の能力や企画立案の能力に極めて秀れ、もう一人は和歌と筆墨に長じ且つ鹿島新當流剣術の免許皆伝だ。二人とも話題が豊富だし退屈するようなことはないだろう」

「はい。楽しみに致しまする」

「菊乃も夕餉は一緒に膳を囲もう。その積もりでな」

「有り難うございます」

「うむ……」

信綱は笑みを浮かべて頷くと、美雪と菊乃に背を向け、幅広い拵えの長い広縁をゆったりとした足取りで離れていった。

その後ろ姿に菊乃が、

「御殿様にそっくりになっていらっしゃいました。大層な貫禄でございますこと」

と呟いたが、美雪の反応はなかった。

一二八

お松は自分が何処をどう歩いて日枝神社門前町の住居に戻ってきたのか全く覚えていなかった。

気が付くと、白木の箱を載せた古い化粧台の前に、青ざめた顔で茫然と座り込んでいた。

古い化粧台はこの貸家に備え付けのものだ。他に釜や鍋と共に猫板を渡した長火鉢や小造りな箪笥や四脚付膳、有明行灯などが備わっている。どれもかなり古いが、お松にとっては欠かせぬ生活道具だった。

「あなた……私に嘘をつきましたね」

白木の箱を見つめて、力なく呟いたお松だった。

「はじめから計画的に私を騙した……そうなのですね」

呟いてお松は、大粒の涙をぽろりと一粒こぼした。

小庭との間を仕切っている障子いっぱいに日が差し込んで、踊り舞うようにして枝を広げている木が影をつくっている。

その枝から枝へと何羽もの雀の影が飛び移って、囀っていた。

「この幾日かの間にお目にかかった御人たちは皆、素晴らしく魅力的な御人たちばかりでございました。ですから私……決心いたしました……今日を限りにあなたとお別れ致します」

白木の箱に向かってそう告げたあとのお松は、見違えるばかりにてきぱきと動き出した。ただ、心がぶるぶると激しく震えているのが判った。自分の人生における最大にして最も見苦しい失敗であると思った。騙した男に身も心も与えてしまった事が余りにもくやしかった。廣澤和之進が若し生きていたなら、八つ裂にしてやりたいとも思った。

身支度を調えたあと古い化粧台の前に立って白木の箱を見下ろした彼女は、ひと言、

「おのれ……」

と呟いて再び大粒の涙をこぼすと、白木の箱をそのままに、借家を出た。

二度と戻って来ぬ積もりだった。

品川の大親分（香具師の大元締）大崎一家の**文助**の女房**小奈津**に対する書置は残さなかった。心が乱れ過ぎて、文章を書く気力を失っていた。

ただ、白木の箱に添えるようにして二両を置くことだけは忘れなかった。

それが小奈津に対する〝詫び〟のかたちだった。

お松は小荷物を背に、まるで逃げるようにして借家を出た。

何という見苦しい自分の姿であろうか、とまたしても大粒の涙だった。

この広い江戸で頼って行ける所と言えば、父と母のもとへ足を向けるほかない。

お松は急いだ。一刻も早く借家から、いや、白木の箱から遠く離れたかった。

あれほど晴れわたっていた空が、お松の気分をあらわすかのように翳り出していた。

そしてやがて、彼女の頬にぽつりと冷たいものが当たり出した。

「涙雨ね……」

思わず歩みを止めて空を仰いだお松は、今にも泣かんばかりの表情となって震える下唇を噛んだ。雨は幸い〝本降り〟ではなく、霧雨のようであった。

この日、紀州徳川家の江戸**藩邸筆頭目付**で**城付**の御役目をも兼務する六百石**高河文三郎**は、御側御用取次頭取**甲田貴四郎**より、

「三日間の休みを与える。江戸に着任後の家の中は未だ落ち着いておらぬであろうからの」

と告げられた赴任して初めての休みの日であった。日頃より妻の加津江が身を惜しむこと無くよく動き回るため、家の中は大方落ち着いていたので、高河文三郎にとっては真に有り難い休みだった。

城付の詰所は本丸『表』の**一之間**に接するかたちで廊下に面してあったが、文三郎はたったの一度しか詰めていなかった。なぜなら**先任の城付**（紀州藩の）たちがちゃんと詰めて御役目に当たっており、文三郎は藩侯**徳川光貞**（元禄三年、従二位権大納言に）が登城の日のみ詰所へ顔出しすればよいと判ったからだ。

それも、娘お松絡みの御傍雑用係ではあるまいか、と疑い始めている。

実は、たったの一度、詰所へ勤めに出向いたその日、さっそく**光貞公**から**松之大廊下**に沿うかたちである**紀州家御用部屋**へ呼び付けられ、

「どうじゃ。お松は江戸入りしたか文三郎」

と訊かれている。

文三郎が恐縮しつつ、

「いいえ。お松からは未だ何一つ連絡が届いてはおりませぬ」

と答えると、

「判った」

と光貞公は言葉短く答え、それでその日の本丸での〝御用〟は終わりで、目付の仕事に戻れ、と命じられていた。

ここで松之大廊下について、少し付け加えておこう。松之大廊下に沿っては**最高格式の大名たちの部屋**が並んでおり、この部屋のことを単に『**大廊下**』と称した。『大廊下』は**上の間**と**下の間**に大きく分けられ、**上の間は御三家**に、そして**下の間は加賀前田家**に割り当てられていた(下の間には、のちになって越前松平家が加わる)。

「いい休日だ。気が休まる。真に心地いい……」

白い大きな花を咲かせている庭木を眺めていた高河文三郎は、うっとりと目を細め手枕で広縁に横たわった。

庭は降り出した霧雨で、湿り出していた。

未だ江戸入りしないお松のことを気にしてはいる文三郎であったが、深刻には心配していなかった。深刻には、とは事故や事件に遭遇していないか、という意味であったが、なにしろお松の小太刀剣法の腕前が当たり前でないことを文三郎は熟知している。

ひとかどの侍でもお松の美しさに惹かれて無理に手出しをしようものなら、稲妻のような突き業で喉元を突かれ、それがたとえ鞘突きであったとしても下手をすれば命を落としかねない。

「降ってきましたね。お茶でもいかがですか」

妻の加津江が茶菓を古い盆にのせて、広縁にあらわれた。

「お、有り難い。飲みたかったところだ」

文三郎は機嫌の良い表情で、体を起こした。加津江がその隣に静かに腰を下ろす。

「休みはよいのう。気分が清清する」

「上屋敷内の**役付長屋**でございますよ。一番端の角地とは言え、もっと声を落としなさいまし」

「なに、構わぬ。御側御用取次頭取の甲田様より直直に告げられた、いわば公休じゃ。こんな時くらい神経を使い過ぎず、〝地の声〟で話したいわい」

「まあ……」

と苦笑した加津江の表情が、直ぐに真顔となった。

「それにしてもお松は一体、いつ江戸入りしてくれるのでしょう。何ぞあったのではないでしょうか」

「なあに、藤沢宿の打貫流道場へ立ち寄っておるのだ。お松のことゆえ十日や半月は学んでこよう。そろそろ江戸入りするのではと私は見ておる」

「そうだと宜しいのですけれど……」

「大丈夫、心配ない」

文三郎は自分の言葉に頷いて、静かに茶をすすった。

「ねえ、あなた。少しお訊ねしてもお宜しいですか」

「なんだ、改まって……」

文三郎は手にしていた湯呑みを、古い盆の上に戻して妻の顔を見た。

「あなた、六百石に御加増になりましたでしょう」

「ああ、なった。お前が家の一切をよく守ってくれている御蔭だと思っておるよ。お前が妻として女として立派であるから私は何の不安もなく、これまで御役目に全力で打ち込んでこられたのだ」

「まあ、嬉しい御言葉でございます。はじめて言って下さいました」

「なに、このようなことは男は滅多に口にしないものだ。心の中で思ってはいてもな」

「ふふっ……なんだか申し上げにくくなって参りましたわ」

「何を言おうとしていたのだ。少し訊ねたい、とか言っておったが……」

「六百石の高禄となりましても、お住居はこのままでございますの？」

「なんだ。そのようなことか。もっと広い住居に移りたいとでも言うのか」

「いいえ、そうではありませぬ。私、ここが大変気に入ってございます。庭もそこそこの広さがあって畑がつくれますし、よく育った柿と栗の樹があって、実成りが楽しみでございますもの。それに、内井戸であることも気に入っております。他所様に気がねすることなく自由に使えますから」

「そうか。ならば長屋替えを告げられても、現状のままでよいと主張させて貰うことにしよう。実は私もこの角地の住居がすこぶる気に入っておるのだ。部屋数にも満足しているしな」

文三郎がそう言った時であった。左脚に軽い不自由があるものの活き活きとよく働く下僕の畑造が、日焼けした六十に近い顔いっぱいに笑みを広げて、慌ただしく霧雨降る庭先に現われた。

「いかがしました畑造。傘もささずに……」

と、加津江が軽く腰を浮かした。

「旦那様、奥方様……」

高河家に長く奉公する畑造は、文三郎と加津江のことを、こう呼んでいる。

「お嬢様が、お松お嬢様が只今お着きになられましてございます」

畑造が玄関の方を指差して言った。

「なにっ……」

「おお、着きましたか……」

同時に言って敏捷に腰を上げた文三郎と加津江だった。矢張り親である。

二人は玄関の方へと、広縁から廊下に移って急いだ。文三郎の表情は真剣勝負にでも出かけるかの如く強張っている。つい先程「なあに、藤沢宿の打貫流道場へ立ち寄っておるのだ。お松のことゆえ十日や半月は学んでこよう……」などと大様な構えであったのに、表情は母親である加津江の方が、うんと落ち着いていた。

二人が玄関に出てみると、若い下女の**オウネ**に濡れた足袋を脱がせて貰い、手拭いで足首から下を清めて貰っていた。

もう一人、やさし気な顔立ちの白髪女が矢張り手拭いで、お松の肩や背を小まめに拭いている。

この白髪女、**お筆**と言って下僕畑造の女房だった。だからお松の幼い頃からをよく知っていて、高河家の**奥の雑用**も自分から進んでこなしている。

「お、ようやくの江戸入りだな」

文三郎が大様の態を取り戻して、にこやかに腕組をし、

「まあまあ、濡れたのですね。傘の備え無しだったの？」

加津江は女親らしく早速**オウネ**と**お筆**の間に割って入り、奉公人たちがお松から笑顔で離れた。お松を除いては、誰の顔も明るかった。

親子三人が居間に移ると、家来たち幾人かがお松に挨拶に訪れ、直ぐに下がっていった。

幕府直参旗本三百石の家来数を例にとると、奉公人も含めて九人前後が定数と推量されるが、現在は合戦なき平和な世で、かえって生活のやりくりが大変なため、六、

七人といったところが当たり前であろうか。

六百石に加増され筆頭目付に地位が上がったとは言え、和歌山藩という『器』の中のことゆえ、加増・昇進に見合う形振りを調えるにしても難しさがある。とりわけ『器』の中で家来の数を充足させるには困難がともなうであろうし、抜擢昇進という急な人事に対しては『妬み嫉みという敵』が付きまとい易い。

「あなた、お松の湿った着物を着替えさせます。すみませぬが急いで風呂を沸かすように、畑造にでも命じてきて下さりませ」

「うむ、そうだな。判った」

文三郎が座敷から出てゆき、庭に降っていた霧雨がすうっと止んで、一条の薄日が差し込んできた。

お松が座っていた位置から少し下がって、頭を下げた。

「お母様。江戸入りが大変遅くなってしまい、ご心配をおかけ致したことと思いまする。深くお詫び致します」

「私に対してよりも先ず、お父様に色色と御報告をし、お詫びする点があるようならば、隠すことなくお詫び申し上げなさい。私はずっと、我が娘であるあなたのことを信じていましたから……」

「お母様……」

「顔色があまり良くありませんね。お父様に御報告をし、お詫び致すにしても、私に色色と打ち明けるにしても、ゆっくりと風呂に入ってからになさい」

「はい。そうさせて戴きます」

そう答えて、危うく涙がこぼれそうになるのを、ぐっと堪えたお松だった。

「どうですかお松。この上屋敷、直ぐに判りましたか？」

「ええ。道筋を訊ねたのは二人だけで、迷うことなく着くことが出来ました。予想していたよりも遥かに大きな屋敷ゆえ、思わず御門前で息を呑んでしまって……」

「紀州徳川家は江戸において麹町に位置するこの上屋敷の他に、赤坂に中屋敷が、また芝と渋谷に下屋敷があって、蔵屋敷が浜町……あら、江戸入りしたばかりで西も東も判らぬあなたに、このような事を言ってもぴんとこないわね。さ、着物を取り替えなさい。手伝ってあげますから」

「いいえ、お母様、お風呂を先に終えさせて下さい。その方が落ち着きますので」

「そう……」

母親である加津江は、お松の表情に生気がないことに気付きはじめていた。けれどもそれは、旅の疲れによるものだろう、という想像の域を出てはいなかった。

またお松も、大変な事態が自分の身に、じりじりと迫りつつあることに気付いてはいなかった。大変な事態が……。

一二九

お松にとって、父文三郎の三日間の休日は、自身の傷ついた精神の痛みを癒す上でも真に有り難いものであった。一日目は両親と話すことは殆どなく、母の居間の隣に与えられた六畳に小さな床の間が付いた部屋で、日が沈むまで昏昏と眠った。

その間、日枝神社門前町の〃借家〃に残してきた白木の箱を思い出すことは、一度としてなかった。それほど亡き〃夫〃に対する想いは、急激に冷め切ってしまったのであろう。これはとても近付けない、と思い知らされた美雪の余りの美しさと圧倒的な屋敷構えは、確かにお松を打ちのめしていた。

それでも翌二日目の朝餉では両親と膳を囲んでよく話を交わし、午後からは父文三郎に連れられて、江戸留守居**和歌甚右衛門常善**、御側御用取次頭取**甲田貴四郎時行**の二人の住居へ挨拶に出向き、そして三日目が今日であった。

お松は母加津江と共に朝五ツ半頃(午前九時頃)、御重に馳走を詰めて役付長屋をあとにした。

母に「一人では心細いから、お松が江戸入りしたならば江戸のあちらこちらを歩いて覚えようと思っていたのですよ。一緒に歩いてくれるわね」と誘われたのであった。

白木の箱のことを早く忘れてしまいたいと思っていたお松であったから、母加津江の思いがけない誘いをむしろ有り難いと思った。

加津江は、藩邸目付の職にある夫文三郎が留守居和歌甚右衛門常善から手交された『江戸市中御役目絵図』の写しを持っていた。お松との江戸散歩に備えて、夫文三郎の許しを得て散策をしたい処を中心として写しを取っていたのだ。

語り合う母娘の歩みは、明るく元気で速かった。

「ね、お松、先ず何処へ参りましょうか」

藩邸を後にした加津江は上機嫌そのものだった。江戸入りしてからは、夫の御役目や役付長屋での生活が早く軌道に乗るよう、気配りを欠かさず懸命に動き回ってきた加津江だった。

今日は、はじめての解放された日である。しかも気遣いの要らない最愛の娘と一緒だ。日頃から、この母と娘は仲が良かった。

「なんだかとても嬉しそうねお母様」

　母の明るい上機嫌ぶりは、お松にとっては喜ばしい事であった。

「だって江戸入りして以来、毎日が大変だったのですよ。父上の供をして御役目筋へ挨拶に出向いたり、あるいは訪ねて来られる配下の御目付衆の応接に追われたりと……」

「お手伝い出来ないで申し訳ございませんでした。これからは楽をして戴くように私が動きますから」

「期待しておりますよ。それよりも、藤沢宿の打貫流白紀市郎兵衛先生の道場では、先生や奥様に御迷惑をお掛けせぬように努めていましたね」

「はい、大丈夫です」

　お松の脳裏に一瞬白木の箱が浮かんだが、満面に笑みを広げてこっくりと頷いてみせた。

「それならば宜しいが、旅の話を余りしてくれないので、実のところ少し心配していたのです」

「だってお母様、長い道程の女旅だったのですもの。父上と母上のもとに着けば、ほっとして気が緩んでしまいます」

「それはそうね。さて、一番に何処へ参りましょうか」

加津江がにこにことして胸元から取り出したのは、きちんと八つ折にした『江戸市中御役目絵図』の写しであった。藩邸を出てすでに四半刻(しはんとき)ほど（三十分ほど）が経った辺りにまで来ていた。

「まあ、お母様。いつの間にそのような絵図を？……」

加津江が八つ折の一部を開いて見せると、お松が驚いた。

「お父様の許しを得て写させて貰ったのですよ。と言っても、名所で知られた一部だけを写した大雑把(おおざっぱ)なものだけれど……」

「でも、お上手な地図ですこと。ところどころの小さな絵も可愛(かわい)くて素晴らしいわ。お母様にこのような御才能がお有りだったとは……これが有るのと無いのとでは散策が随分と違って参りますことよお母様」

「ふふっ。ありがとう。そこの稲荷(いなり)社に入って、地図全体を広げ訪ね歩く順を決める楽しみを味わいましょうか」

「そうですね。そうしましょう」

母娘(おやこ)は微笑み合いながら道の左手の直ぐ其処(そこ)にある小さな稲荷社へと入っていった。

奥の小さな社の手前に、これも小さな——大人の背丈ほどの——赤い鳥居があって、その脇に石材を彫り込んで造られたと判る床几があった。材料の石はよく磨き込まれて、ぴかぴかに輝いている。

足腰の弱い老親を持つ稲荷信仰に厚い何処ぞの篤志家が、備えたものなのであろうか。

置場所の点にしても、ぴかぴかに磨かれた石の床几である点にしても、どこか〝場違い〟な印象が否めない。

母娘は石の床几に並んで腰を下ろし、二人の膝を渡すようにして地図を広げた。

さんさんと降り注ぐ日差しが、仲睦まじい母娘を包んでいた。

紀州家の巨邸を出た二人は今、外濠を東西に切っている〝喰違見附〟を過ぎ、**紀尾井坂**を上がって山元町の手前の稲荷社に腰を落ち着けていた。

因に**紀尾井坂**であるが、坂道に接するかたちで**紀**州家中屋敷、**尾**張家中屋敷、**井**伊家（彦根藩）中屋敷の三巨邸が肩を寄せ合っているところから、**紀尾井坂**と称されている。著者の手元にあるかなり古い江戸地図（絵図）には紀尾井坂の名は見られないが、時代をかなり過ぎた地図（絵図）では認められる。

江戸期における坂道の名は、人人の日常生活において、歩く『目標地点』あるいは

『方角』として役に立っていた。

「おい熊公よ、玄助が引っ越しやがった此処よりもひでえ長屋ってえのは何処だえ」

「なんだ、聞いていなかったのかよ。**植木坂**を下り切って直ぐ、その先に見える古い植木屋の角を左へ折れたら、今にも潰れそうな貧乏長屋が見えらあ。其処よ」

「ああ、**植木坂**な。判った」

と、いう具合である。

ただ『江戸名物の坂道』の右で述べたような役割も、明治五年の町名制によって、たとえば紀尾井町と言った町名に取って替わられる。

話を加津江、お松母娘に戻さねばならない。

お松の白い指先が、絵図の一点を指した。⛩の印が付いている。

「先ずお母様、此処へ参ってみませぬか。さほど遠くなさそうですし」

「平川天神様ですね。行ってみましょう。お松も何事もなく無事に長旅を終え江戸入りしてくれたことだし、この際、家族や奉公人たちの無病息災をお祈り致しましょう」

「はい、お母様」

笑みをみせて頷いたお松であったが、胸の内がチクリと痛んだ。

白木の箱が、目の前を掠めて頬が思わず冷たくなるのを、お松は感じた。

「どうか致しましたか?」

お松の表情の、ほんの一瞬の翳りに気付きでもしたのか、加津江が怪訝な目で娘の横顔を見つめた。

「あ、いいえ、べつに……なぜそのようなことをお訊きなさいますの」

「あなたの表情が、ふっと曇ったように見えましたから……お松あなた、長の旅の間に何事かあったのではないでしょうね」

「何事もございません。このように元気に江戸入り致したではありませんか」

「確かに病んでいるようには見えませぬけれど……あなたのように若く美しい娘を持つと親としては何やかやと心配致すものですよ」

「けれどお母様、私は小太刀を取れば余程の剣達者な男にだって退けは取りませぬ。長の旅など怖くも何ともありませぬから……」

「それはそうね、判りました。心配のし過ぎは止しましょう。ではともかく平川天神様へお参りしましょうね」

加津江はそう言い言い自分で描き写した絵図を丁寧に元通り折り畳んで胸懐に納めた。

母娘は平川天神に向けて再び歩き出した。宗次の時代、平川天神への道の両側は武家の小屋敷が密集して立ち並んでいたが、時代の流れにしたがってこの界隈は広大な町家地域へと次第に様相を変えてゆく。ただ、平川天神の位置そのものは変わらない。

この平川天神は、江戸城と密接に関係していた。

たとえば江戸城の竣工を一期と二期の大区切りに分けて眺めてみるとしよう。

室町時代、鎌倉公方（関東公方とも）の上級補任役（人事発令本部長）の職である関東管領に世襲職として就いていた扇谷上杉家。その扇谷上杉家の家老の立場（家宰という）にあった**太田資長**（入道して道灌に）が長禄元年四月八日（一四五七）に竣工させた江戸城が第一期と言えよう。

太田資長（道灌）が江戸城の築城に集中したのは、二十五歳前後と伝えられていることから、彼は単に築城技術のみならず豊かな秀れた学問的知識に恵まれていたものと思われる。

さて、太田資長は築城の際に**川越の天満宮**を、本丸と二の丸を結ぶ坂道の途中・**梅林坂**へ遷座しており、これが江戸城の築城第一期にかかわる平川天神創祀であった（但し異説も根強く存在する）。

江戸城の築城第二期は、天下を統一し江戸幕府を開いた**徳川家康**（いえやす）によるものであり、彼は諸大名を総動員して**本格的な築城と拡張**を目指し、平川天神を**梅林坂から平河口**（ひらかわぐち）へ遷座した。さらにのち本丸大拡張の際に**麴町**（こうじまち）――いま加津江とお松が向かいつつある場所――へ遷座したのだった（なお、平川神社は明治五年〈一八七二〉に平河神社と改称し、昭和四十八年〈一九七三〉に再び平河天満宮と名を改めている）。

「見えてきましたよお松。木立の葉が日を浴びて輝いている、あの林が平川天神のようね」

「お母様。私、少し空腹を覚えております」

「それご覧なさい。いつになく朝餉を殆（ほとん）ど食（しょく）さなかったからですよ。どこか体の具合でも悪いのかと心配しましたよ」

「なんだか今朝は、余り食欲が無かったのです。でも、今はかなり空腹……」

「では平川天神をお参りしたあと、できれば宮司（ぐうじ）殿にお目にかかって、平川天神の由緒（ゆいしょ）などについてお教えを受けたあと、少し早いけれども木陰（こかげ）で御重を開きましょう」

「大賛成でございますわお母様……」

「まあ、この子ったら……」

母娘は微笑み合って平川天神の境内（けいだい）へと入っていった。

老若男女で適度に賑わっている境内の光景が、はじめて江戸の散策に出た母娘の気持を、少し浮足立たせていた。

一三〇

高河文三郎の休みが明けた。

今日の彼は朝五ツ半（午前九時）頃に本邸を出て、紀尾井坂向こうの中屋敷を配下の目付二人を伴い、はじめて訪ねることになっていた。

中屋敷に詰める主だった家臣たちと顔を合わせ、そのあと邸内を具に検て回ることになっている。

こうして、下屋敷、蔵屋敷と検て回るのも、文三郎の重要な役目なのだ。

折しも彼は、加津江に手伝わせて、出かける身形を調えているところだった。

脇差はすでに帯に通っている。

そこへ、実直に自発的に**奥の雑用**もこなしている下僕畑造の女房**お筆**が、

「旦那様、奥様……」

と慌ただしい様子で現われた。白髪が少し額に垂れているが気にもとめていない。

「どうしたのです、お筆……」

「只今、お留守居役和歌甚右衛門常善様の至急の言付けを持って、**和歌四郎次**（甚右衛門常善の甥）様と仰る若いお武家が訪ねて参られましてございます」

「なに、和歌四郎次殿がお留守居殿の至急の言付けを持ってか……加津江、刀だ」

「は、はい」

加津江が床の間の刀を取って夫に手渡し、文三郎はそれを帯に通した。

帯がヒュッと鳴る。

「このこと、お松の耳へも一応入れておきなさい。直ぐにだ」

「承知しました」

文三郎がそのまま加津江に背を向け玄関へ出向こうとするのを、

「あなた、お羽織を……」

と、加津江が衣桁にかかっていた羽織を素早く手にし、夫の肩にふわりとかぶせた。

「至急の言付けとは一体何事かのう……気になる」

文三郎はそう言い残すと、小急ぎに玄関へ向かった。

とは言っても役付長屋だ。長い廊下が続いている、という訳でもない。

文三郎が玄関に出てみると、小造りな式台の向こうに一刀流をかなりやるとかの青年武士、和歌四郎次が真剣な顔つきで立っていた。

二人の顔合わせは、和歌甚右衛門が間に立つかたちで既に了えている。

「や、これは四郎次殿……」

「高河様、今日は殿が予定外のご登城をなされます。本丸の**城付詰所**にて待機せよとのことです。伯父、いや、お留守居様よりこのことを急ぎ高河様にお伝えするよう言付かりましてございまする」

「お、左様か。承知いたしましたと、お留守居様にお伝え下され」

「それから、あの……」

「ん？」

「**城付詰所**へ登城なさる前に、殿が直直に高河様に申し付けたきご用があるそうでございます。これもお留守居様より言付かった事でございます」

「え、殿が直直に私に？」

「はい、よってこれより急ぎ殿舎内の**御広間**まで参るようにとのこと……」

「判りました」

「その時に、あのう必ず……」

「まだ何かございまするか。必ず……何でございましょうかな？」

「お嬢様……お松様を伴って参るようにと殿のご命令でございます」

「な、なんと」

「それではこれで、お留守居様の言付けを了えました。**大台所御門**で御側御用取次の頭取、甲田貴四郎様が待機なされます。段取りようお急ぎ下さるよう御願い申し上げまする」

「た、確かに承知致した」

青年武士和歌四郎次は身を翻(ひるがえ)すようにして、玄関式台から離れていった。

文三郎は自分の顔が青ざめているのを感じた。

彼はひとまず居間へ引き返したが、その途中の広縁で、お筆を従えた加津江に出会った。

なぜか加津江とお筆の顔色が良くない。

だが、家人二人の顔色を気にしている場合ではない、文三郎であった。

彼は、やや早口で言った。表情に強張(こわば)りがあった。

「今日は間(ま)もなく殿が予定外のご登城をなさるとのことだ……」

「まあ、それでは登城のための御着物に着替えなければなりませぬね。直ぐに調えましょう」

突然のことで、加津江の表情が小慌てとなった。

「その前に、お松に伝えてくれ」

「お松に？……」

「殿がご登城の前に、私は殿舎内の御広間へ参上いたさねばならぬ。むろん殿の御命令でな。しかも、お松を伴って参るように、とのことだ」

「まあっ」

加津江の顔色が、みるみる失せていった。

これは耳に入る近くに居てはならぬ、と判断したのであろう。お筆が黙って軽く頭を下げ、やや速足で離れていった。

「急いでお松に伝え、衣装を改めさせなさい。私の着替えは、自分でやる」

「あ、あなた……」

「急ぎなさい。どうしたのだ。その顔色の悪さは」

「お松の体調が、あのう……余りすぐれませぬが」

「なに？　すぐれない？……一体どのようにすぐれないのじゃ」

「少し戻したのでございますよ」

「戻した？……吐いたというのか」

「は、はい。ほんの少しでございますけれど」

「それで、ぐったり致しておるのだな」

「いいえ、ぐったりは致しておりませぬ。小太刀剣法で鍛えた体ですし、気は確りと致してございますけれど」

「だが、体調すぐれぬお松を、殿のご面前に連れて参る訳にはいかぬな」

「そのことが、これからあなたの御役目の差し障りとなりませぬでしょうか」

「かと言うて、体調すぐれぬと判っていながらお松を殿に会わせる方が、問題は大きいぞ。殿に対し失礼に当たる、というだけでは済まぬ。ここは正直に、お松の体調不良をお詫びするほかない。殿に対しても、お留守居和歌甚右衛門様に対してもな」

「どのように言い繕うお積もりですか」

「言い繕いはまずい。正直に、胃の腑の調子が悪くて少し嘔吐した、と打ち明ける他あるまい」

「そ、それは余りな……」

「余りな？……なぜ、余りな、なのじゃ。とにかく私がお松に会うてみる。御広間へ急がねばならぬのじゃから」

「判りました。お松も御広間へ参りますこと、当人はまだ知りませぬゆえ私から伝えてみましょう」

「そうか。うん、そうしてくれ。そしてな、長旅の疲れが原因の単に一過性のものならば、少し頑張って私に同道してほしいとな」

「ではあなた、お着物改めをお急ぎ下さいませ。私はともかくお松に……」

加津江が珍しく小慌ての様子で離れてゆく後ろ姿を、文三郎は首を傾げて眺めた。

一三

身形を調えた高河文三郎とお松の父娘は、落ち着いた足取りで**大台所御門**へと向かった。お松が案外に元気な様子で「心配いりませぬ父上。お伴させて戴きます」と笑みを見せて言ってくれたこともあって、いま文三郎の表情には、ホッとしたものがあった。

ただ、胸の内は激しく緊張していた。なにしろ文三郎は藩主徳川光貞公より直直に「お松を余の身傍に仕えさせたい」と言われているのだ。いや、それだけではない。光貞公は「あれ（お松）の子が欲しい」とまで文三郎に告げている。

間もなくである光貞公との、お松を伴っての謁見がとても〝無事〟には済みそうにないことを、判り過ぎるほど判っている文三郎だった。

お松は実に平静な様子を装ってはいたが然し、胸の内では父親がいま持っている不安とは別の心細さに見舞われていた。

それは今朝目覚めて二度あった嘔吐だった。女としての本能的なものが、若しや……という心細さを招いているのだった。

お松は父と肩を並べながら、廣澤和之進との燃え狂った幾度かに亘る快楽の夜のことを想い出していた。

彼も自分も剣術で鍛えて健全な肉体であるが故に、いずれは子に恵まれることを覚悟し、期待してもいた。和之進を愛していたからこそ。

だが今、その和之進が偽りで塗り固めた姿を持っていた、と知ってしまったのだ。

若しそのような偽りの人物の子を身籠もってしまっていたなら、と考えると無性に心細かった。

「大名屋敷にもな……」

役付長屋を出てから無言だった文三郎が、口を開いた。

お松は「え？……」という表情で、父の横顔を見た。

「大名屋敷もその内部の構造は、使用目的によって江戸城御本丸と同じように『表』『中奥』『奥』に分かれていることは知っておろうな」

「はい、勿論存じてございます」

「ただ大名屋敷の『奥』は決して『大奥』と称してはならぬのだ。『大奥』と呼べるのは江戸城御本丸の『大奥』だけ。これを忘れてはならぬぞ」

「忘れは致しませぬが、妙な父上でございますこと」

「何がじゃ……」

「だって今の私は『奥』にも『大奥』にも関係のない身分でございますもの。父上が真剣な表情で仰るのが少しおかしく見えまする」

「参考じゃ。参考までに申したに過ぎぬ。父が真面目に言っておる言葉尻を捉えて笑うものではない」

「はい、すみませぬ」

「**大台所御門**が見えてきた。表情の拵えを改めなさい」

「心得ております」

お松がそう言ったとき、半町ばかり先に見えている**大台所御門**から一人の武士が現われた。

御側御用取次の頭取、甲田貴四郎時行と判って、父娘は申し合わせたように歩みを止めて、深深と腰を折った。

半町ばかり先に見えている、との表現は大袈裟に聞こえるが、決してそうではない。紀州徳川家よりも規模の小さな大名屋敷を一例としてあげれば、福井藩上屋敷の殿舎部分だけでも、大雑把にいっておよそ九九間（約一八〇メートル）×六六間（約一二〇メートル）もあるのだ。

大名屋敷の敷地だけをとって例にあげても本郷の加賀前田家（一一九万石余）上屋敷で約一〇万四〇〇〇坪、小石川の水戸家（三五万石）上屋敷で約一〇万二〇〇〇坪である。

なお『大名屋敷』という表現は、大名の江戸屋敷を指していることを、ここで強調しておきたい。

文三郎とお松の父娘は、にこやかに待ってくれている甲田貴四郎時行の前で歩みを止めると、再び深深と頭を下げた。

「どうじゃな、お松。江戸の居心地は。松坂が恋しくはないか」

甲田の余りに優しいやわらかな言葉調子に、お松よりも文三郎の方が先に面を上げた。

「はい、江戸の空気も空も町もこれほど自分に合っていたとは、と驚くほど居心地良うございまする」

そう返し返しゆっくりと面を上げたお松もまた、端整な顔いっぱいに楽し気な笑みを広げていた。

お松のその様子に、文三郎は内心驚いた。予想だにしていなかった娘の余りに楽し気な様子に何故か裏切られたような気分だった。少し腹立たしくもあった。

「そうか。それは何よりだ。この江戸に生涯を預けるくらいの気持で、色色と見て触れて学んでいくがよい」

「はい。そうさせて戴きまする」

「うんうん、よい返事じゃ。其方の父から聞いておるのじゃが、小太刀剣法との付き合いは長いようじゃの」

「生涯の伴侶とすら思うてございまする。これからもこの江戸で業の修行に打ち込んでゆきたく考えてございます」

「結構じゃ。だが女性であることを忘れてはならぬぞ。小太刀剣法の他にも積極的に学ぶものを見つけて、お松という人間をぐんぐん大きくしてゆきなされ。よいかな」

「もとより、その積もりでございます」

「おお、よい返事じゃ。瞳も輝いておる。いい娘を持ったのう文三郎」

「恐れ入りましてございまする」

御側御用取次頭取と娘のやりとりを、冷や冷やした気分で聞いていた文三郎は幾分紅潮(こうちょう)した顔で、また丁重(ていちょう)に腰を折った。

「では**御広間**へ参ろうか。ついて来なされ」

「はっ」

文三郎はこちこちに硬くなった腰をまたしても折ったが、お松は、

「宜しくお願い申し上げます」

と、しとやかに返した。お松に**御広間**へ参上することを告げても一向に動じた様子はありませんでしたよ、と加津江から文三郎は聞かされている。

たったいま御側御用取次頭取へ返したお松の言葉と平静な態度に、(なんとまあ、この子は……)と思う文三郎だった。

お松は確かに、父が心配する程には緊張していなかった。

その原因はおそらく、松坂の打貫流道場で既に藩公徳川光貞と木刀を手に立ち合っているからだと、思われた。

一三二

「文三郎はこの**御広間**で殿に謁見する要領は既に心得ておろう。お松の面倒をきちんと頼むぞ。私は殿に其方達が参上したことを、お伝えしてくる」

「承知いたしました。あのう、甲田様も直ぐにこの場へお戻り下さいますのでございましょう」

「いや、殿は其方達だけと、つまり父娘だけと話を交わしたいそうじゃ」

「それはまた……甲田様が傍に居て下さいませぬと、いささか心細うございまするが」

「巨藩紀州家の江戸藩邸筆頭目付にして城付の高河文三郎が、なさけないことを申すな。ほれ、お松の口元に苦笑が漂うておるわ」

御側御用取次頭取の甲田貴四郎時行はそう言い残すと、さっさと**御広間**から出ていった。前回、文三郎がここ**御広間**へ案内された時と全く変わっていない甲田貴四郎の態度であった。

すでに述べてあるように藩邸殿舎内の**御広間**は『上段の間』『中段の間』『下段の

間』の『三間』から成っている。

この『三間』の三方（左右および手前）は控畳で囲まれていた。この控畳のことを一般に『椽』と称している。控畳が『三間』から見て東側に位置している場合は『東御椽』と呼び、南側に位置していれば『南御椽』となる。

また藩公の考えや好みによっては、この控畳の部分が板床である場合もある。

高河文三郎とお松父娘は今、『南御椽』の端の方に、全身を硬く小さくさせて畏まっていた。もっとも文三郎の方にその様子は顕著であって、お松は背すじを美しく伸ばして無表情に近い。

文三郎は、藩公がお松に対し何を言い出すか予想できているため、両の肩に重い岩を背負っているかの如く息苦しかった。それに、藩公の言葉に対し、お松の出方次第では「無礼者っ……」となりかねない。なにしろ、はっきりとした物言いをする我が娘、と知り尽くしているだけに。

「殿はしっかりとした足音を立てられる。その気配を捉えたなら平伏するのじゃ。よいな」

文三郎がお松に囁きかけると、お松は「はい」と応じて頷いた。

二人は待った。

しかし、それほど刻を要することなく、文三郎の口から「お見えなされた……」という囁きが漏れた。

二人は揃って平伏した。さすがにお松も緊張した。考えてみれば、父文三郎の娘である自分がなぜ、巨藩の藩公にお目にかからねばならぬのか、よく判らなかった。また、父文三郎からもその点については何も聞かされていない。

ただ、母加津江からは「おそらく小太刀剣法の達者として江戸入りしたことの挨拶を求められているのでしょう……」とは告げられている。

松坂の道場で藩公と立ち合った経験を有しているお松は、母のその言葉に特に違和感を覚えていなかった。

力強い足音が御広間に入ってきた。明らかに一人の足音、と平伏しつつ文三郎もお松も捉えた。つかつかと入ってきた、という印象だった。

（明確な意思表示をなさる気性の御方の足音……）

小太刀剣法をやるお松は、そう捉えもした。

足音は藩公の着座の間である『上段の間』で鎮まる様子をみせなかった。

文三郎もお松も（こちらへ向かってくる……）と感じ、文三郎は背中に汗が噴き出すのを覚えた。

そしてお松は、自分の髪に触れるほどの近さに、どっかと胡坐を組んだ膝頭の一部を、視野の上の方で捉えた。

「二人とも気楽に致せ。久し振りじゃのうお松。ようやく江戸入りしてくれたなあ」

聞き忘れる筈がない藩公徳川光貞の声に、お松は平伏を解かず、

「江戸へ向かいまする途中、藤沢宿の小太刀道場にて修行にとらわれ過ぎましたること、深くお詫び申し上げまする」

と、涼やかに返した。

我が娘の予想だにしていなかったその涼やかな態度……いや、涼やか過ぎる態度に、文三郎は平伏したまま仰天していた。

「面を上げよ、これお松。そう蟹のように平伏したままでは話が出来ぬ。さあ、面を上げて顔を見せてくれ」

「はい。それではお言葉に従い、失礼申し上げます」

お松は面を上げると、余りにも間近な藩公の目を確りと見つめた。

「うむ。変わっておらぬのう。松坂の道場で木刀を交わした時のままじゃ。お松、其方は真に美しくさわやかじゃのう。とても、小太刀を取れば大の男を叩き伏せる女性には見えぬぞ」

「恐れ入りまする」

「文三郎もいつ迄も畳に張り付いておらず、姿勢を改めよ。それにな、お松と二人だけで、ちと懐しい話などを交わしてみたい。其方は暫く座敷の外に出て控えておれ」

「廊下に出ておれ、と仰せでございましょうか」

　これはいよいよ大変な事になってきた、と思いつつ文三郎は強張った面を上げた。

「そうじゃ。ほんの暫くの間じゃ。不服だと言うか」

「とんでもございませぬ。畏まりましてございます。広縁に出て控えております。御用あらば、お声掛け下さいませ」

「うむ。早う、広縁で控えよ」

「はっ。ただ今……」

　高河文三郎は藩公の言葉の調子が少し険しくなったと捉え、小慌て気味に腰を上げ『御広間』から出た。

「これで二人切りで話せるのう、お松」

「失礼を承知でお殿様にお訊ね申し上げます。『御広間』から追い出されたるは、私にとって大事な実の父でございます。お殿様は父のことがお気に召さぬのでございましょうか。可愛がって育ててきた娘ひとりをこの場に残して広縁へ追い出された父の胸の内を思いまするると、私……」

「おお、これはすまぬ。文三郎のことを気に入っておらぬ訳ではない。実はお松と一対一で是非にも話し合いたいことがあってな……」

「私と一対一で……でございまするか？」

「余は回りくどい事は嫌いゆえ、言葉を飾らず率直に言わせて貰うぞ。どうじゃ、お松。明日よりこの徳川光貞に小太刀剣法を教えてくれぬか」

「え……」

「ふふっ、驚いたようじゃな。余は松坂の打貫流道場で其方に、いとも簡単に打ち負かされて以来、ずっとそのことを考えていたのじゃ」

「只今のお言葉、女だてらに剣法をやる者としては、いささか信じられぬ程に嬉しいお言葉でございまする。これまで若い女性が大の男を打ち負かして参ったことで、よいことなど一つたりともございませんでした。面と向かっては笑みを見せてくれましても、背に回ると白い目で後ろ指を差して……」

「はははっ。お松よ、それは仕方なきことと思え。余も其方から手厳しい一撃を喰らわされたとき、この女、と歯嚙み致したわ」

「左様でございましたか。お気持をお察し申し上げることも致しませず、失礼いたしました。お許し下さいませ」

「なに、いいのだ。だがな、お松。内緒だがこれを見よ。いいか、内緒だぞ」

藩公光貞はそう言うと、いきなり右腕の袖口を捲り上げた。

お松の色白な端整な表情が、思わず「あ……」となって、みるまに顔色が失せていった。

藩公光貞の手首から上、三、四寸のあたりが青黒くなっていた。

明らかに、内出血のあとと思われた。

お松の脳裏に殆ど即座に、松坂の打貫流道場における光景が甦った。

藩公の右手首の上に〝軽く〟打ち込んだ時の光景が。

光貞が袖口を下ろしながら、苦笑まじりに言った。

「其方に痛い一撃を打ち込まれたのは、いつであったかのう。忘れるほど遠い昔であったような気が致すのに、いまだ消えぬこの内出血のあとが、まるで昨日の敗戦であったかのように思われるのじゃ」

「敗戦などと、お殿様……私は軽く、寸止めに近いかたちで軽く木太刀の切っ先を触れさせて戴いただけでございますのに……」

「そこよ、そこ。それほど其方の実力は凄いということじゃ」

「申し訳ございませぬ、とお詫び申し上げても、お詫びしきれるものではございませぬ。どのような咎めでもお受け致しまする。いいえ、お殿様のお体に傷を与えたということは、死罪に相当致しまするゆえ……」

「おいおい、お松よ。何を言うておる。余はこれでも剣術に精進する身ぞ。道場に立って相手と向き合うた正しい修練においては、どちらが打ち込まれても、それこそが価値ある学びと申すものじゃ。そうではなかったか」

「は、はい。確かに左様でございますけれど……それに致しましても、いまだに内出血のあとが元に戻らぬと言うのは、宜しくございませぬ」

「ふふっ、実を言うとな。一度も藩医に診て貰うておらぬのだ。つまり全く手当てをしておらぬのだ。むしろ、誰にも気付かれぬよう大切に残していたと申してもよい。したがって風呂にもな、近習とか女中などは近付けぬようにして一人で入っておるのじゃ」

「まあ、お殿様。ご冗談を申されている場合ではございませぬ。私の罪は罪として厳しく……」

「おい待て待て。そう、罪罪と申すでない。どうじゃ、お松。余の腕の内出血のあとを、其方の手で治してはくれぬか。軟膏を塗ってくれたりとか、漢方の薬を煎じて飲ませてくれたりとか……どうじゃ、駄目か」

「それくらいの事ならば、お手伝い出来ますけれども……」

「そうか、うん。そしてな、時には温かな湯にひたした腕を、血の巡りが良くなるよう、軽く撫でたりしてくれ。さすれば内出血のあとは次第に改善されてゆこう」

「その程度のことを御手伝い申し上げるだけで、私の罪は許されるのでございましょうか」

「もう一度はっきりと言うておこう。其方には罪などはない。したがって二度とその言葉を口から出してはならぬ。よいな」

「恐れ多いことでございます。お殿様のお優しいお心配りに、このお松、心から感謝申し上げます」

「余の腕の内出血あとの面倒を見てくれるには、余の身傍に居てくれねばならぬ。それには其方を正式に奥付女中として召しかかえる必要がある。これについては理解できような」

「私のような浅学にして非才なる女が、徳川御三家の一、紀州徳川家の奥付となる資格がございますのでしょうか。お殿様のお腕の内出血あとに触れさせて戴く御役目ならば、目立たぬただの下女の立場でも充分に出来まする」

「馬鹿を申すでない。其方は素晴らしく魅力的な女じゃ。それに下女の立場などでは、口うるさい老臣や奥付の老女たちが、其方を余の身傍へ近付けようとは致さぬわ。余は其方を奥付女中として、しかも余の体の養生（健康管理）専任の奥付女中として召しかかえる。これはもう決定じゃ。覚悟いたせお松……よいな」

藩公光貞は上体を曲げてお松に顔を近付け、やさしく目を細めた。

お松は藩公と確り目を合わせてから、三つ指をついて静かに頭を下げた。

「お殿様がただいま仰せの御役目、このお松、有り難く嬉しく確かにお受け致しまする。なにとぞ宜しくお導き下さいますよう伏してお願い申し上げます」

「うん……よし……めでたい」

めでたい、という言葉を強めて言った藩公光貞は、お松の肩に軽く手を置いたあと、用は済んだと言わんばかりに、さっさと御広間から出ていった。

「文三郎、これより登城じゃ。駕籠付（正しくは乗物付）を命じるゆえ、玄関で待機致せ」

「はっ、畏まりましてございまする」

広縁での藩公光貞と文三郎との遣り取りを耳にしながら、お松はまだ平伏していた。大障子の閉じられる音を耳にしていなかったからだ。藩公がチラリとこちらへ視線を走らせる光景などが、脳裏に生じていた。

そして大障子が静かに閉まる音。シンとしたおごそかさが『御広間』に戻った。

お松はゆっくりと姿勢を戻しつつ、胸の内で言い放った。まさに、言い放った。

（あなた……いいえ、廣澤和之進殿……永久の、さらばでござります）

姿勢を美しく元に改めても、お松は暫くの間、身じろぎもせずに座り続けていた。

やがて……自分の腹部に手を触れると、

「必ず幸せを摑んでみせる……この宿りし子のために」

と呟き、まるで労るように腹部を二度撫でして、宙の一点をキッと見据え穏やかに立ち上がった。

それはお松が、女の性を賭して決意した空恐ろしい哀しみの一瞬だった。

一三三

宗次にとって、さわやかな回復への日日が過ぎていった。

彼が柴野南州の強い勧めで、八軒長屋からそれほど離れていない浄土宗安乗寺の庫裏へ移ったのは、柴野診療所へ入院して幾日目の事であったろうか。

安乗寺の住職楽安と南州は昵懇の間柄であり、楽安と宗次もまた付き合いが長かった。それにこの寺には、八軒長屋の住人たちが大事に飼っていた、もと野良犬シロの墓がある。楽安の好意と優しさによる寺はじめての犬の墓だった。

したがって、八軒長屋の住人たちも、しばしばシロの墓へ参りに訪れる。

このように八軒長屋と安乗寺との絆も、かなり強いのだった。

それゆえに南州は、回復間近な体の宗次に、安乗寺での静養を勧めたのである。

おそらく、八軒長屋の自宅を静養の場にすれば、長屋の住民たちに何やかやの負担が掛かるという配慮もあったのだろう。そのことに気付かぬ筈がない宗次であったから、安乗寺を静養の場として勧める南州の考えを素直に受けたのだった。

この日、安乗寺の日当たりの良い庫裏の一室を与えられたばかりの宗次は、住職楽安に伴われて一番に先ずシロの墓に詣でた。

「シロや。今日から幾日か楽安和尚のお世話を戴く身となった。その間、毎日訪ねて来てやるぞ」

べらんめえ調を封印して語りかけながら、シロの小さな墓石を素手で拭き磨く宗次を、楽安は傍に立ってにこにこと見守った。

「余り自由にさせまするとな。またどのような騒ぎに立ち向かってゆくか知れませぬのでな、ひとつ適当に厳しく面倒を見てやって下され和尚」

付き合い長く深い柴野南州から、そう頼まれている楽安だった。

「南州先生は、天下一の名（めい）浮世絵師がこの寺で静養することを、八軒長屋の者はまだ誰も知らぬと言うていた。また、教える積もりもないとな。じゃがシロの墓があるゆえ、直ぐにバレてしまうのう。ほっほっほ……」

和尚が楽しそうに言った。宗次がこの寺で静養することが内心、うれしいのであった。南州から宗次が重い傷を負ったことを聞かされたとき楽安は仰天したが、静養の場について相談を持ちかけられると寧（むし）ろ、自分の方から積極的となった。幾人かいる若い僧や小僧たちも含めて。

「さて和尚、もう一つ、お参りさせて下され」

「体はどうじゃ。痛みとか疲れとかは出ておらぬかな」

「大丈夫です。明日あたりから薪割（まきわり）などを手伝わせて戴きます」

「これこれ宗次先生や、何を言うていなさるのじゃ。いかんいかん。ここでは儂（わし）の言う通りにせにゃあ、いかん。宜しいな」

「は、はあ……では、もう一か所お参りを」

「うん、判っておる。ついて来なされ」

前に立って歩き出した和尚の後に、チラリと苦笑を覗かせて従う宗次だった。

早春には黄色い花を咲かせるシモクレン大樹の手前を右へ折れて直ぐの墓前で、和尚の歩みは止まった。その表情が改まっていた。

それは〝**駿河大納言**〟の名で世に知られた、従二位権大納言徳川**忠長**の墓であった。

『大逆無道に走った不届者』として三代将軍徳川家光の烈しい弾劾を浴び、寛永十年（一六三三）十二月六日厳寒の日、上州高崎にて自刃し、したがって本墓は高崎の大信寺に在る。

徳川**忠長**を自刃へと追い込んだ三代将軍徳川**家光**は、**忠長の実弟**に当たるからまさに「ああ無情……」と言う他ない。

この〝駿河大納言〟徳川忠長の忘れ形見こそ、剣を取っては互角かと言われている宗次の盟友**松平長七郎長頼**（家光の甥に当たる）である。

宗次は、忠長の墓に腰低くしてかなり長く手を合わせてから、静かに立ち上がり、もう一度頭を下げた。

将軍になれたかも知れない兄が、実の弟に追い込まれて無念の自刃をした気持が判らぬではない宗次であった。貧乏長屋に住む宗次もまた、御三家筆頭尾張家の直系である。若し将軍継嗣問題が勃発したなら、巻き込まれかねない立場なのだ。

「そろそろ昼餉の芋粥が出来ている頃じゃろ。寺の小僧たちがわいわいがやがやと作る芋粥は旨いぞ。宗次先生のお口に合うじゃろ。さ、行きましょうかな」

「それは楽しみな。遠慮のう御馳走になります」

「腹いっぱい食して、早う良くなりなされ」

「はい、そう致します」

二人は肩を並べて、墓地の出口へ足を向けた。

「一昨日のことでしたかな宗次先生。長七郎長頼殿が花を手に墓参なされてのう。遠くから眺めておったのじゃが、その姿がいつになく寂しそうだったので声を掛けず仕舞じゃった」

「左様でしたか。長頼様も自らを孤独の中へと没してしまう御方ゆえ、私の体調が戻りましたなら、一度訪ねてみましょう」

「そうしてあげなされ。それにしても宗次先生、長七郎長頼殿ほどの御人が、半歩さがって接するほどのお前様は一体何者……あ、いや、これは迂闊に口に出してはならんのじゃった。南州先生からも、これ迄に幾度も、そう釘を刺されておる。只者ではない、との見当はついておるがの。ほっほっほ……」

楽安は目を細めて、楽しそうに笑った。

「申し訳ありませぬ」

「なに。学問とか芸術とか武術に人一倍長じておる人には、訳の判らん者が多いものじゃ。この儂とて自分のことがよく判っとらん。だから世の中面白い」

「まことに……」

「じゃがのう。これからは自分の体というものを、もう少し大事にしなされや。南州先生がこぼしておった。宗次先生の体を何度縫い合わせたか覚えられん程じゃと……」

「はい、お約束いたします。争い事からは逃げると……ですが和尚」

「ですが……どうなされたな」

「苦境に追い込まれている人を目の前に置いては、見て見ぬ振りは出来ませぬ」

「それは……そうじゃのう。うん」

境内の林を抜けて、二人が庫裏へと入っていった時だった。三門の方から竹箒を手に息急き切って走ってきた小僧二人が、「和尚様、和尚様……」と庫裏に飛び込んできた。

「三門の外に立派な乗り物（駕籠）と大勢のお侍が……」

「はて、昼時じゃと言うのに、一体何処のお武家の墓参かのう」

小首を傾げた和尚の耳に、宗次は「私は部屋に戻っておりますから」と小声で告げ、雪駄を脱いで板間に上がった。

一三四

宗次には八畳と六畳の二間続きの部屋が宛行われていた。奥の六畳の間が寝所になっている。

畳も天井も柱も古い座敷ではあったが、明るく広い庭に面していて気持の良い二間続きだった。

八畳の間に入った宗次は、障子紙がすっかり日焼けしている腰高障子を開け放って姿勢正しく座り、枝葉を旺盛に張っている二本のタブノキ（常緑高木）を眺めた。

日を浴びた楕円形の葉の輝きが清涼な印象のタブノキは、楠（樟とも）科に属して、古くから仏像などを彫る材として用いられてきた。

粘性に富む樹皮を細かく砕いて練り込んだものは打撲や捻挫などの湿布薬となり、

稽古熱心な剣士たちに有り難がられてきた。

また香りが特有なその樹皮は線香の原料として使われ、時代が下がってからは衣類の防虫用としても盛んに用いられた。

「いい庭だ。この静けさは何よりの妙薬……」

呟いて宗次は、新鮮な空気をゆっくりと思い切り吸い込んだ。

と、庫裏の玄関口の方から、控え目な賑やかさが伝わってきた。

先程、小僧が慌て気味に楽安和尚に伝えた〝立派な乗り物（駕籠）の人〟とかが、別の座敷で茶の接待でも受けるのだろう、と宗次は気にもしなかった。ここ安乗寺は大寺院ではなかったが、大身旗本家の墓所が少なくないのだった。

「いささか腹が空いてきたのう……」

宗次は腹まわりを軽くひと撫でして呟き、思わず苦笑を漏らした。

が、次の瞬間、その苦笑を漏らした表情が止まっていた。

庫裏の玄関口で生じた控え目な賑やかさ、そして小僧たちの明らかに抑えた声が次第にこちらへ近付いてきたからだ。

「はて？……」

と小首を傾げた宗次であったが、何に気付いたのかハッとなって片膝を立てた。かすかに漂いくる、実にかすかに漂いくるその高貴な香りに彼の五感が触れたのだ。

宗次は立ち上がったが、広縁へ出るのには慎重だった。若し立派な乗り物の大身旗本家が、広縁に沿う形でいくつもある座敷の内の一つに案内されつつあるならば、ヌッと現われた宗次に一瞬にしろ驚くに相違ない。相手によっては「無礼な奴……」と、捉えられかねない。

しかし、鍛え抜かれた宗次の五覚がまぎれもなく捉えたその高貴な香り――ほんのりと甘い――は、次第に確実さを増してこちらへ近付いてくる。

「間違いない……」

ぽつりと漏らして宗次は、ゆっくりとした歩みで広縁に出、庫裏玄関口の方へ姿勢を改めた。

とたん、その顔に驚きが広がった。宗次ほどの男の顔に驚きが……。

宗次に静かに歩み寄って、丁寧に美しく腰を折ったのは、なんと若年寄心得および番衆総督の地位にある西条山城守の娘、美雪ではないか。しかも後ろに舞を従え、更にそのあとに小荷物を手にした若い女中風が控えていた。

楽安和尚の姿はなぜか無い。

「お体のお具合宜しくないこと、此処に控えてございます舞殿より聞き及び、お見舞に伺わせて戴きましてございます」

面を上げて確りと宗次の目を見た美雪の表情は、凛と冴え返っていた。まさに女性教育塾『井華塾』の創立者の如き……であった。

顔を見合わせる二人の横を、厚い座布団を抱えた小僧が「どうぞお入り下さい」などと告げながら、宗次の静養室へと入ってゆく。

「これはまた、よく訪ねてくれました。実にお久し振りです。さ、どうぞ……」

と、宗次も小僧の言葉のあとを継いで促した。

だが、美雪はひっそりと首を横に振った。

「お元気そうなご様子に安堵いたしました。長居を致しまして回復に向かうご体調に差し障りが生じてはなりませぬゆえ、これで失礼させて戴きます。あの、お昼(昼餉)はもうお済みでございましょうか」

「いや、これから小僧たちの拵えた芋粥を馳走になるところです……そうだ、一緒に食しませぬか」

「いいえ……」

と、小さく頭を振った美雪の端整な面に漸く、微かな笑みが浮かんで消えた。

彼女が何かを求める様子で、後ろを振り返ると、舞が若い女中風から紫の風呂敷に包んだものを受け取り、それを美雪に手渡した。

美雪はそれを手に小幅に三歩を進んで宗次との間を詰め、その風呂敷に包んだものを差し出した。

「傷めたお体には滋養が何より大切と、私と母とで御重を拵えて参りました。お昼がまだとのこと、ちょうど宜しゅうございました。五重に拵えましたゆえ、和尚様とともにお召し上がりになって下さいませ」

「それは有り難い。和尚もお喜びになりましょう。お気遣い戴いて真に申し訳ない。お母上にくれぐれも宜しく御伝え下さい。それよりも、どうです。これより一緒に食しませせぬか」

「このあと私は母の用で立ち寄らねばならぬところがございます。お訪ね致して直ぐに身を翻すようで非礼かも知れませぬが、これで失礼させて下さりませ」

「そうですか。そういうことなら残念ですが……そのうちまた、お目にかかりましょう」

「はい。機会がございましたならば……」

と、事務的とも取れる口調で言った美雪は、

「舞殿……」

と、背後を振り向き、舞が「はい……」と応じて美雪と肩を並べた。

どちらが、どちら、とも言えぬ美し過ぎる二人の大身家の姫を目の前にして、宗次の視線は然り気なく庭先へと逸れた。

その目に曇りと憂いの漂いがあることを、美しい二人の姫君は気付いていなかった。

美雪が物静かに言った。

「舞殿は此処に残って宗次先生の昼餉のお相伴をつとめて下さるのでしたね」

「はい、その積もりでございます」

「では、私はこれで下がらせて戴きますゆえ、宗次先生のお身回りのことなど宜しくお願い致しますね」

「どうぞお任せ下さいませ」

頷いた美雪は、

「それでは宗次先生、私はこれにて……」

と囁くかのように漏らし、宗次の庭先に逸れていた視線が戻るよりも先に、背を向けていた。

「お気を付けて……」

と、宗次が美雪の背に声を掛けると、「はい」と短く返ってきただけであった。

宗次が離れてゆく美雪の背を目で追いながら、舞にやや早口で訊(たず)ねた。

「西条家の供侍(ともざむらい)は？」

「屈強の者を充分に揃えてございます。心配ないと存じまする」

「そうか……」

それまで部屋の中に控えていた座布団を運んできた小僧が、「失礼いたします」と小さく体を縮めて宗次と舞の脇をすり抜け、美雪の背を追うようにして離れていった。

美雪は庫裏の玄関に近い板床の部屋の前までくると、部屋の中にいた楽安に向かって正座をし、三つ指をついて深く頭を下げた。

「突然に訪ねて参りまして誠に無作法でございました。宗次先生のこと、何とぞ宜しく御願い申し上げまする」

「おや、もうお帰りですかな。あと暫(しばら)くもせぬ内にこの寺自慢の芋粥などを御出し致す積もりでおりましたのじゃが」

「有り難うございます。これより立ち寄る所も控えておりまするることから、私はこれで失礼させて戴きます。宗次先生のこと、どうかくれぐれも……」

「はい、承りました。任せておいて下され。大丈夫です」

「安堵いたしましてございます。それではこれで……」

「はい。お見送りは致しませぬが……」

美雪は立ち上がって、楽安和尚の前から離れ、庫裏の外へと出た。

快晴の空であった。

三門の内・外と、境内の随所に供侍の姿があった。

美雪は眩し気に、雲ひとつない青く広がった空を見上げて、ひとり囁いた。

「宗次先生……いいえ……あなた。これにて永久の御暇を戴きまする。私の我が儘をお許し下さりませ」

ひとすじの涙が、美雪の頬を濡らした。最期の決意を固めた〝おわりの涙〟であった。

誰かの手で葬られたとかの廣澤和之進のことなどは、もはや微塵も思い出さなかった。

楽安和尚は庫裏の玄関の暗がりに、身を潜ませるように立ち竦んで美雪の後ろ姿を熟っと眺めていた。

楽安は不意に訪れた美雪や舞の素姓について訊ねるようなことはしなかった。ひと目で大身武家の姫君と判る美しい二人であったから、こちら側からは訊ねないことが作法であると咄嗟に判断していた。その楽安の心中を推し量るかのように、二人の美しい女性は作法調った挨拶を丁重に致しはしたが、身分素姓の部分には触れなかった。

美雪は頬の涙を然り気なく指先で拭うと、待機している屈強の家臣たちの方へ、ゆっくりと歩み出した。

一三五

ほぼ同じ刻限。

譜代四万石**田賀藩**の江戸上屋敷では、一つの苦苦しい決断が今まさに下されようとしていた。

奥書院に入って正面、一段高くなった上座に従四位下右京大夫**高柳藤四郎常光**が険しい表情で座し、一段下がった控えの位置右側に家老**横道武一郎**が、彼と向き合った位置に次席家老**佐倉勘左衛門**が、やはり藩主常光と同じように深刻な表情で座していた。

三人の間にはいささかの重苦しい沈黙が続いていたのだが、その沈黙を藩主常光が深く息を吸い込んで破った。

「廣澤和之進暗殺の下手人を確定できる調べは、相変わらず進んでいないと申すのだな。大勢の家臣を使っているのに」

目を血走らせ如何にも不満そうな表情の常光であった。

家老の**横道**が即座に、しかし丁重な口調で応じた。

「いいえ、殿。注意警戒を要する**一点**を残しては、虱潰しに当たって調べたと申し上げても言い過ぎではありませぬ。あとはその残した**一点**に対し調べを大胆に集中させるかどうかでございまする。殿が、やれ、とお命じになりましたならば動く態勢は調えてございます」

「あ、いや……」

小慌て気味に口を出したのは、次席家老**佐倉**であった。

「殿。私はその残した**一点**、つまり駿岡藩に対して動きを起こすことには反対でございまする。下手をすれば双方火蓋を切るという事態に陥りかねませぬ。それでなくとも領国改役で次席家老心得の北条一心斎正頼を突然に殺害された駿岡藩は、我等を下手人と睨んでいるに相違ありませぬから」

「残した一点たる駿岡藩の刺客が、廣澤和之進を殺害したと確信的に疑ったとしても、いま手は出すのは拙いと言うのじゃな佐倉」

「左様にござりまする殿。駿岡藩は有能な北条一心斎を失い、我が田賀藩も殿を心底より尊敬し職務に熱心な廣澤和之進を失くしましてございます。向こうはこちらを暗殺下手人と睨み、我等もまた心中では駿岡藩こそ確信的に怪しい、と捉えてございます。一対一、五分と五分ではございませぬか殿」

「それはどういう意味で言うておるのじゃ佐倉。言葉を繕わずに、はっきりと申してみよ」

「藩の面子をかけた廣澤和之進暗殺の下手人探しは、この辺りで止しに致してはどうかということでござります」

「ふむ……横道、その方は家老の立場でどう思う？」

「はい。『確信的な下手人』を突き止める隠密作業は有能な家臣たちを本来の御役目から遠ざけ、またちょっとした気の緩みから、我らの隠密作業が幕府の目にとまる危険もござります。そうなる前に、下手人探しに幕を下ろした方が賢明かと存じまするが」

「そうか……幕府が年に二度編纂（へんさん）する『全国藩制武鑑（ぶかん）大全』の今期の藩人事資料提出の締切はいつであったか横道」

「来月の一日でございます。我が藩の職位別人事名鑑は、廣澤和之進の扱いをどうするか殿がお決め下されば、明日にも幕府事務方へ最新の人事名鑑として提出する準備は調うてございます」

「佐倉。我が藩の職位別人事名鑑のまとめは、その方の役目であったな。その方は藩の要職にあった廣澤が消えた現実をどう扱えばよいと思うか」

「あれこれと考え過ぎるよりも、病死、で宜しいのではありませぬか。剣修行の長（なが）の旅に出ていたことは事実でありまするから、もし幕府から問い合わせがあれば『厳しい剣修行の旅の途上での病死』で押し通せると思いまする」

「なるほど……よし、病死で廣澤和之進を抹消（まっしょう）致せ。それでよい。どうかな横道?」

「異存ございませぬ。若（も）し幕府が、前回提出の藩臣名鑑と今回提出の藩臣名鑑の相違に気付いたとしても、病死、で押し通せましょう。幕府との窓口であるこの家老横道にお任せ下さりませ」

「うん。決まりじゃ。病死で決まりじゃ佐倉」

「畏まりましてございまする」

次席家老佐倉が軽く、しかし丁重に頭を下げた。

それは既に亡き廣澤和之進が、藩から最終的な「さらば……」を突きつけられて、藩の公式人事名鑑から事実上『消滅』させられた一瞬であった。まさに永久の〝さらば〟だった。

一三六

大老酒井雅楽頭忠清の忠臣で、酒井家の家老格近習の地位にある**太田猪兵衛芳正**が、ひとりの供侍も従えずに霧雨降る駿府城下へ騎馬で入ったのは、昼四ツ半頃（午前十一時頃）であった。

「明日より私の勝手なる判断にて密かに長の旅に出まする。これは殿の、いいえ、酒井家の与り知らぬ事でございます。そうお含み下さいませ」

酒井家を立つ前日、雅楽頭忠清を前にしてそう言い置いた太田猪兵衛芳正である。

これに対し雅楽頭忠清は、

「お前の忠心を嬉しく思う。江戸へ戻ってきた暁には、正規の家老として酒井家の家政を担ってくれ」

と告げることを忘れなかった。

猪兵衛は駿府城を右手方向に認めつつ、江戸を立つときに調べ終えてある信用のおける旅籠(はたご)を目指して、霧雨のなか馬を進めた。

猪兵衛は若い頃から、馬術を得意とした。雅楽頭忠清の家老格近習に取り立てられたのも、抜きん出た馬術の腕を認められてのことだった。

ただ、剣術は全く駄目であった。猪兵衛は確かに馬術にはすぐれていたが、その心身は生まれながらにしてと言ってもいいほど、武官ではなく文官であった。それも極めて有能な。

馬上の猪兵衛の様子は、右手方向に見えている駿府城に全く関心を示してはいなかった。

およそ六、七十年もの昔、駿府城には徳川家康の**『隠居政権』**（駿府政権と言う）が存在して、息子（秀忠(ひでただ)）に預けた江戸城へも全国の諸大名へも**『睨み』**を利(き)かせていたが、宗次時代のいま、老中支配下の駿府城代という役職者に差配されている駿府城は、過去の厳しい役割を捨てたかの如く小雨降る中で静かに佇(たたず)んでいた。

「どう……」

馬上の猪兵衛が手綱(たづな)を軽く引いた。

彼は目を細めて、霧雨で煙るさほど離れてはいない彼方を見た。そこに聳えている幾本もの大公孫樹の陰から卒然と現われた徒侍と見られる一団が、城門へと斜めに通じている小道を黙念と早足で進んでゆく。

馬上の猪兵衛へは、チラリとも関心を示す様子がない。笠も蓑も纏っていない自分たちの身がやや強くなり出した霧雨で濡れることの方が大変、と言わんばかりの急ぎようだった。

猪兵衛は「いやはや……」と苦笑して首を小さく振り、馬腹を「さ、ゆけ……」と鐙で軽く打った。

戦の厳しさも、日常的警戒もすっかり忘れたかのような、のほほんとした光景を、ここ駿府へ着くまでのあちらこちらの城下で目撃してきた猪兵衛だった。

今は亡き神君家康公の『隠居城』として名高かった駿府城も、寛永十二年（一六三五）十一月二十九日に生じた駿府市中の大火災を浴びて天守閣、殿舎、櫓などを焼失してからは、天守閣を再建しないままに既に数十年を経ている。

猪兵衛が四半刻ばかり尚も馬を進めると、調った広大な田畑の広がりを背後に置いて、余りにも古く見え過ぎる武家屋敷がまるで忘れ去られたかのような印象で現われた。そう、まさに忘れ去られたかのような印象で現われたのだ。その寂し気な様子は、猪兵衛が思わず「はて？……」と辺りを見回した程であった。何かが原因しているのか、と。

かと言って、その武家屋敷が貧相な構えであった訳ではない。

むしろ、表門を中央に置いて左右に延びる白壁の土塀は、ずっしりとして重重しく威厳を放っていた。

但し白壁の土塀はそこかしこで剝げ落ち、土塀の頂きにかぶせられた黒瓦は、多くが落下して見苦しく割れ、散乱していた。

「あれだな……ようやく着いたか」

馬首をその古屋敷へと進める猪兵衛の口から、ぽつりと呟きが漏れた。

「それにしても、これが本郷一族を統括する屋敷とは……」

騎乗の猪兵衛は不満気に呟き呟き、古屋敷の番所付き表門の前をゆっくりと過ぎ、荒れた土塀に沿って広大な敷地をひと回りし出した。

屋敷の裏手から眺める霧雨降る中の田畑の展がりは絵を眺めるかのように美しかった。しかも笠と蓑を纏った百姓たちが立ち働いている光景が、その絵のような美しさを深めていた。

「うむ……まさに百姓あっての世の中じゃなあ……」

猪兵衛は暫く馬を休ませ、その光景を馬上から眺めていた。

彼は、美しい光景に対する感動というものを、もう長く忘れていた自分に改めて気付かされた。くる日もくる日も、主君である酒井雅楽頭忠清に忠誠を尽くしてきた家老格近習の猪兵衛だった。とくに主君が宮将軍招聘を幕閣内で画策して以来、酒井家に批判の矢弾が烈しく集中し、その防戦に全身を張ってきたのが太田猪兵衛芳正だった。

その自己犠牲的献身は、主君酒井が極めて有能な政治家であると確信していたからこそ、出来たのである。

そして今も尚、主君である酒井雅楽頭忠清が抜きん出て秀れた政治家であることを信じて疑わぬ猪兵衛だった。

「政治権力には争いはつきもの……」

呟いて「ふう……」とひと息吐いた猪兵衛は、ツンと手綱を振った。

馬は再び歩み出し、小さな竹林を抜けて、古屋敷の番所付き表門の前に戻った。

猪兵衛は穏やかな動きで馬上から下りた。長時間に亘る騎馬でさすがに臀部に鈍痛を覚えていた。

年齢じゃな、と苦笑した彼は、馬を残して石組の三段の階段を上がり、傷みひどい表門へと近付いていった。

その表門は傍でよく見ると、武家屋敷には珍しい二重門（二階門）であったので、猪兵衛の顔がちょっと驚いた。

目立たぬよう二階を低くして載せてあるのだが、まぎれもなく二重門だった。しかも二階には通りに向かって、矩形で小形の格子窓が幾つも横に並んでいた。明らかに弓矢、鉄砲などの射撃窓だ。まるで戦国時代から現われた屋敷だ。

「これは……実に珍しいものを見せてもらった」

と、猪兵衛の表情が驚きから感心へと変わっていった。

彼の目の前にある古く傷みひどい二重門は、目立たぬよう低く載せられた二階の部分に屋根があった。この拵えは二重門の一形態には相違ないが、しかしこれは厳密には『楼門』と称する拵えに近かった。

二重門とは正しくは、一階の部分にも二階の部分にも屋根が付いている『二重屋根の門』を指して言う場合が多い。

数ある門の中で最も権威・格式のある門が、実は二重門であった。浄土宗や禅宗の大寺院の三門で見られることが多く、法隆寺中門の近寄り難いほど堂堂たるその姿は、二重門の代表的なものと言えよう。

猪兵衛の背後で、馬が低く嘶いた。

振り向いた猪兵衛が口元に笑みをみせて、「待っていろ……」と囁く。

馬が首を縦に二度振った。賢いものだ。

猪兵衛は潜り門の脇から通り方向へと突き出た拵えの、番所に寄っていった。

無人ではないか、と疑いたくなるほど、壊れの目立つ番所だった。窓の格子はところどころが折れたり外れたりしている。

その番所窓の内側の障子は黄色く日焼けして、小破れの穴が目立っていた。

「もし……」

猪兵衛は、番所窓へ声を掛けた。

「御門番の方がおられるようなら、お答え下さい。私は……」

丁寧な口調で言って、猪兵衛は懐に手を入れた。懐には大老酒井家が発行した身分を証する手形が入っていた。

一三七

猪兵衛は驚嘆が容易に鎮まらぬ気分のまま、黒光りする板床の部屋の上座に座して座敷の床板、天井、柱などを幾度も眺め回し、そして開放された大障子の向こうの庭の手入れの美しさに目を奪われたりした。

彼の体の下に、座布団は与えられていなかった。

折しも霧雨が止んで、庭に薄日が差しかけていたところだった。

（これほどの拵えとは、荒れ果てた外見の表門や土塀などからは、とうてい予想出来ぬ……まるで要塞じゃな）

猪兵衛は胸の内で、ぶつぶつと声なく呟いた。

尻が痛くなり出していた。

磨き抜かれて黒光りする三十畳大はありそうなこの古い『板座敷』に案内されて、かなりの刻が経っていた。表門の脇門（潜り戸）を開けてくれたのは日焼けした顔の目つき鋭い門衛であったが、玄関式台からこの『板座敷』へ案内してくれたのは美しい奥女中風だった。美しかったが女にしては背丈に恵まれ、しかも確りとした体つきに見えて、目つきがどことのう怜悧に過ぎていた。

（この女、若しや武芸をかなりやるのでは？……）

猪兵衛が、思わずそう思ったほどだった。

「待たせるのう……」

呟いて猪兵衛は、古いが故に黒光りしている床を拳でそっと打った。軽い音ではなく、ゴッという鈍い音が返ってきた。床板が相当に厚い証拠だ。玄関からこの『板座敷』に至る長い廊下を案内された猪兵衛だったが、彼の足裏は足元の床材の異様な厚さ頑丈さを捉えていたし、事実、微かな軋み音ひとつ立てなかった。

『板座敷』の柱も梁も巨木の丸太をそのまま用いている。きちんと製材された框の厚さも飛び抜けていた。どれ程の激震に見舞われても、びくともしない印象だった。

と、猪兵衛の表情が不意に改まって、背すじが伸びた。

廊下を、こちらへ近付いてくる足音を捉えたからだ。

ひとりではなかった。四、五人……いや、それ以上の足音であろうか。

剣術に自信のない猪兵衛であったが、脇に横たえてあった大刀を思わず傍へ引き寄せた。

開け放たれた大障子に腰の曲がった年寄りと判る人影が映った。続いて、二人目、三人目と……全て女だと判った。

（はて？……）

と猪兵衛が小首を傾げるのと、身形正しい白髪の老女に従えられるようにして、華やかな奥女中風が『板座敷』に入って来るのとが、同時であった。

身形整った白髪の老女がジロリと猪兵衛を睨つけて言った。嗄れ声だった。

「これこれ、そこは儂の席じゃ。下座へ移りなされ」

「あ、これは失礼……」

美しい奥女中風にこの『板座敷』へ案内されたとき、言葉少なに「どうぞ……」とだけ言った彼女の言葉に従うようにして、無意識に上座へ座っていた猪兵衛だった。幕政の中心にある大老酒井家の**家老格近習**という藩重役の地位が、我れ気付かぬ内に上座へと座らせたのだ。

猪兵衛は下座へ移された。座布団はやはり無い。

奥女中風の一人が素早い身のこなしで『板座敷』の床の間にあった厚い座布団を上座に敷き、白髪の老女はその上に胡坐を組んだ。

正座ではなく、胡坐を組んだのだ。

この時になって猪兵衛は、老女の胸元にも、奥女中風の胸元にも、（少し長いな……）と判る懐剣が息を潜めていることに気付いた。

皆揃えの金色の生地の柄袋をかぶせてはいたが、鎺のあたりが膨らんでいるため、（鍔付きの懐剣か……）と見当がついた。

剣術を殆どやらぬ猪兵衛ではあっても、（小太刀剣法をやるのか……）と想像できた。

「調べにいささか手間取ったが、どうやら本物のようじゃな」

老女はにこりともしないで言い、傍に控えていた奥女中風に少し顎の先を振ってみせた。

「はい」

と応じた奥女中風が、猪兵衛の脇に進み出て、手にしていた封書を黙って差し出した。極めて〝事務的〟な表情だ。

それは猪兵衛が玄関式台まで出迎えてくれた奥女中風に差し出した、大老酒井家が発行の身分手形だった。当たり前なら天下の何処へ出向こうとも、相手を恐縮させることのできる身分手形である。

猪兵衛は、一枚の紙切れのように差し出した相手の様子に、一瞬ムッとなりながらも穏やかな表情で受け取り懐に納めた。

「で、この本郷家を訪ねて参られた御用は何じゃな」

老女はそう言いながら、何かを求めるかのようにして右腕を横へ伸ばし、掌をひらひらと泳がせた。

猪兵衛は返答するよりも、次に何が生じるのか見守った。

老女の傍に控えていた奥女中風が、ひらりと身軽に動いて床の間の隅に飾るかのようにして置いてあった達磨形の小型火鉢を、老女の前に持ってきた。

間近に見るそれはひと目で、火鉢というよりは煙草の灰を受けるためのものと判る。

その証拠に件の奥女中風は袂から煙管と煙草を取り出した。

別の奥女中風が待っていたかのように、煙管を口にくわえた同僚にふわりとした動きで近付く。

そして手にしていた厚さ薄い一寸四方ほどの香箱の蓋を開けた。

いや、それは『香道』に不可欠な香箱ではなかった。

鋼製の種火箱であった。

その空恐ろしい程の用意周到さに、猪兵衛は背すじを寒くさせた。

煙管の先を種火箱に近付けて煙草に火をつけた奥女中風が、懐紙で煙管の吸い口を軽く拭ってから老女にうやうやしい態度で手渡した。

老女はさも旨そうに深深と一服して青いけむりを吐き出すと、

「で……何の用で参られた」

と促すかのようにして猪兵衛と目を合わせた。まったく感情を覗かせていない目色だ、と猪兵衛は思った。そして、切り出した。

「改めて名乗らせて戴く。某は……」

が、この切り出し方は、まずかった。大老酒井家の重臣、という明らかに〝上から目線〟の言葉であった。

案の定、白髪の老女は渋面を拵え、顔の前で煙管を横に振った。

「お前様が何処の誰かということは、身分手形で既に承知しておる。何の用で見えたのか率直に結論だけを申せば宜しい」

「こ、これはどうも……では結論から申し上げます」

と、猪兵衛は言葉の調子をやわらげ、次に一気に語り出した。

「過ぐること七十幾年かの昔、**神君家康公**（徳川家康）は嗣子**秀忠**様に将軍の座（二代目）をお譲りになり、ご自身はここ駿府へ隠居なされました。しかしながら当地は大御所様（家康公）による事実上の**幕政地**となり、二代将軍秀忠様を置く江戸に対し決して政治的自由を与えず、また全国諸大名に対しても**駿府権力**を浸透させてゆかれました。そのための『**目**』となり『**手**』となり『**足**』となる強力な組織として家康公は**隠密情報機関**『**葵**』を創設なされたのですが、その組織は今や事実上姿を消し去っております。この『**葵**』を**本郷一族の力で復活**させて戴きたい。それが私が訪ねて参った用件です」

語り終えて猪兵衛は深く息を吸い込んで吐き、両の肩に漲っていた力みを解いていった。

白髪の老女はジロリと猪兵衛を一瞥したあと、猪兵衛の後ろに半円を描いて整然として座している奥女中風たちを一人一人眺めていったあと、物静かにこう言った。

「この男がいま申したことについて、確かめたきこと、訊いておきたきことなどがあれば自由に申してよい。富士はどうじゃ」

老女の視線が、一番身傍に座っていた奥女中風で止まった。

富士とは、おそらく彼女の名なのであろう。二十六、七というところか。

頷いた彼女が優し気な眼差を猪兵衛に向けて、口を開いた。

「其方……」

と、先ず上から目線の言葉を用いた美しい女は、そこで言葉を切った。

大老酒井家の重臣であることを自認している猪兵衛であったが、ここは耐えるしかなかった。

富士が流れるように言葉を続けた。

「其方。神君家康公が過ぐること七十幾年かの昔に、ここ駿府で創設なされた**隠密情**

報機関『葵』が、我ら本郷家によって差配されていたことを承知で、訪ねて参ったのであろうな」

「むろんです。ならばこそ訪ねて参ったる次第」

「では、その『葵』をこの駿府より強引に引き剝がすようにして江戸へ移したのが、酒井雅楽頭忠清であることについても承知いたしておるのだな」

「承知いたしております。それにはきちんとした戦略的目的がござって……」

「余計なことは喋られるな。私の問いに答えるだけでよい」

「いいえ、これだけは言わせて下され。で、あらばこそ我が主君雅楽頭様は**江戸本郷家**を極めて重視して参った。**江戸本郷家**の甲斐守清輝様を老中格の将軍御側衆筆頭に推挙し実現させたのは、我が主君でござる。また甲斐守清輝様のご嫡男**清継**様を**江戸『葵』**の長官として置いたのも、我が主君でござる」

「世迷いごとを申すでないわ。雅楽頭が重視したという**江戸本郷家**は今や消滅して一片さえも残っておらぬではないか」

「それは我が主君の所為ではござらぬ。傲慢不遜なある人物の謀略が原因でござる。この人物を是非とも**駿府本郷家**の力で人知れず静かに消して戴きたい。その御願いでこの太田猪兵衛芳正、こうして訪ねて参った」

「して、その傲慢不遜な人物の名は？」

「今や天下一の浮世絵師として京(みやこ)の御所様（天皇）の覚え（信頼、信用、信任などの意）がめでたい宗次なる人物でござる。この人物、その絶大なる人気を武器として将軍家に接近致し、幕府政治を私(わたくし)せんと致しております。**駿府本郷家**の力でなにとぞ消して下され」

「ふん、浮世絵師ごとき、大老酒井家の力で消せぬのか」

「既にこの宗次なる男、余りにも将軍家深くに接近し過ぎておりますため、大老、老中、若年寄と雖(いえど)も迂闊(うかつ)に手が出せませぬ。どうかお力をお貸し下され」

猪兵衛は両手をついて、神妙な面持(おもも)ちで軽く頭を下げ、そして戻した。

「して、報酬は？」

「**駿府本郷家**の直系男衆に、**江戸本郷家**を完全に復活して戴くこと。つまり、**老中格の将軍御側衆筆頭**の復活および**江戸『葵』長官**の復活。この二つでござる」

「足らぬ」

「足りませぬか」

「あと一つ、**駿府本郷家**の直系男衆に、若年寄あるいは若年寄心得の地位を確約しなされ」

「権限の無い私の立場で確約のご返事は致しかねます。但し、若年寄心得ならば我が主君の判断次第で実現できるのでは、と推量できます」

「では、実現に向かって動かれたい」

「という事は、私の願いを引き受けて下されたと承知して宜しいのか」

ここで白髪の老女が口を挟んだ。

「お前様は大老酒井家の重臣として己れの判断に基づきこの屋敷を訪れたのか、それとも大老酒井雅楽頭忠清殿の明確な指示に基づいてこの屋敷を訪れたのか、どちらじゃ」

「それは申し上げられませぬ」

「なぜ言えぬ」

「私の行動が、つまり**駿府本郷家**を訪ねて参った**目的**が成功するかどうか判らぬからでござる」

「なるほど……自分の動きが主君に害を及ぼすかも知れぬことを恐れているという訳じゃな」

「…………」

「ふん、忠臣であることを貫こうと言うか。ま、よい。では、この婆の名を覚えて置きなされ。儂は駿府本郷家の頭領、相模守義信佐家の女房高尾じゃ。相模守が四職大夫（修理大夫、左京大夫、右京大夫、大膳大夫）に匹敵する位であることは存じておろうな」

「存じてござる」

「相模守義信佐家は世襲じゃ。神君家康公がそう決めなされた。佐家の家は家康公が我が子に下された、家康の家じゃ」

「我が子？」

一瞬いぶかし気に眉に皺を刻んだ猪兵衛だった。

「義信佐家の興りは、七十幾年か前に家康公が駿府本郷家の娘にお手を付けなされたことによって誕生した第一子より始まった」

「な、なんと……」

猪兵衛は驚愕の余り、反射的に片膝を立てていた。

「これ、慌てなさるな。駿府本郷家は厳格な神君家康公の秘密機関としての一門なのじゃ。したがって世に知られておらぬ秘密など、山ほども抱えておる」

「な、なれど……」

と、猪兵衛は立てた片膝を不安気に元に鎮めた。

「駿府本郷家は秘密機関、隠密機関としての一門に徹し、徳川の血すじ云云を絶対に表に出してはならぬ、と言うのが家康公の御遺言でのう」

「宜しいのか。そのような空恐ろしい秘密を大老家の家臣である拙者に打ち明けて」

「いいや、心配ござらぬ。この秘密を知りたる者は、生きてはおれぬゆえ」

「なにっ」

猪兵衛が傍の大刀に手を伸ばそうとするよりも、遥かに速く周囲の奥女中風たちが背後より彼に襲い掛かり、あっという間に『板座敷』から引き摺り出されていった。

主を失った大刀が、ぽつんと残された。

「これ、**富士**や……」

「はい」

と、**富士**が老女**高尾**との間を詰めた。共に、何事もなかったかのような、清清しい様子だった。

「江戸へ遣わした者たちからの情報は、確りと届いておるのじゃな」

「大丈夫でございます。幾つも情報が交錯いたしておりまするため、ただいま私の手で細部を分析し調えて、明日にでもまとめて婆様に御報告いたす積もりでございました」

「分析調えが終わっていなくともよい。情報の確実な部分だけでも、いま聞かせてくりゃれ」

「判りました。実は婆様（ばばさま）。**江戸本郷家**を潰滅（かいめつ）させた浮世絵師宗次こと徳川宗徳（むねのり）は、婚約が内定していたかに思えた若年寄心得にて番衆総督の西条山城守の娘と絶縁になったようでございます」

「なんと……真（まこと）か」

「幾つかの情報を突き合わせてみて、間違いないと確信できてございます」

「少し驚いたのう。間違いなく結ばれる、と思うておったのじゃが。で、どちらかに、好きな男とか女子（おなご）とかが出来た様子なのかな」

「いいえ、それはありませぬ。西条家の娘の方は、開学が迫った女性教育塾の準備に全力を注いでいるようでございます」

「では宗次、いや、徳川宗徳の方は？」

「これが思いがけないことになってございます」

「思いがけないこと？」

「誰と闘ったのかまだ突き止められてはおりませぬが、かなりの重傷を負って高名な蘭医のもとに入院してございます。かなりひどい様子です」

「あの剣の達者が重傷を？……これは驚いた」

老女**高尾**が首をひねったところへ、猪兵衛を引き摺り出していった女たちが何くわぬ顔で戻ってきた。

「終わったのかえ？」

老女に問われて、女たちは黙って頷いた。

高尾が呟いた。

「あの酒井家の太田猪兵衛とやら、この駿府の本郷家を一体何処と思って訪ねて参ったのじゃ。馬鹿が……酒井家ごときに手を差しのべられなくとも、こちらは既にその遥か先に調べを打って立ち上がりかけておるわ」

呟き終えた暗い瞳の奥で、凄みが蠢いていた。

「では……いよいよじゃな……そろそろ行動に移る準備をしておきなされ**富士**や」

老女が豹変したかのようにやさしく目を細めて、**富士**に命じた。労るような口調ではあったが、その中にはっきりと命令の響きがあった。

「畏まりました婆様。では今宵より行動の策を具体的に練るように致しまする」

富士の言葉に、老中**高尾**は深深と頷いた。

一三八

女性の能力再開発を目的とした『井華塾』の開学が十六日後に迫ってきて、美雪の毎日はいよいよ充実し多忙となってきた。

同時に、美雪を補佐する西条家奥取締の菊乃にも、日常的役目に加え、開学の事務的負担が伸し掛かってきていた。

今朝も美雪は供の侍に警護され、諸課程の教授の立場を引き受けてくれている著名な諸家へ挨拶に出向き、菊乃は教育棟の事務室で、**課程教授名簿**の内容一頁一頁に誤りがないかどうか、慎重に目を通していた。

開学式の当日、この課程教授名簿は、教授や塾生の全員に配布される。

芸術課程『俵屋宗達』**論**の頁まできて、菊乃の表情が止まった。

その頁は、空欄であった。ひと文字も書かれてはいない。

本来ならばこの頁に、浮世絵師宗次の名と教育方針、そしてこれまでの業績について書かれている筈だった。

いや、正しくは、既に詳細にわたって書かれていたのである。その内容を白紙の頁と差し替えたのは美雪の意思によるものだった。

白紙の頁を差し替えられはしたが、**芸術課程『俵屋宗達』**論の九文字だけは、抹消されずに生きていた。この表現だけは恐らく、美雪は残しておきたかったのであろう。

それは美雪の宗次に対する、苦しく烈しい慕情のあらわれとも受け取れた。容易に断ち切れぬ慕情のあらわれであると……。

「あの男（廣澤和之進）さえ美雪様の前に現われていなければ……」

空白のその頁に目を注ぎながら、悲し気に呟いて『俵屋宗達』論の文字をそっと撫でる菊乃だった。

美雪がこの頁に誰か代役の名を書き込むことは先ず無い、と菊乃は確信している。若しかすると美雪にとっては、**『俵屋宗達』**の名こそが、今や宗次そのものなのだろうか。

宗次が『井華塾』の講義に用いようとしていた、この**俵屋宗達**に少し触れておこう。

江戸初期の人と位置付けできる余りにも高名な画家**俵屋宗達**は、京の大変裕福な唐織商一族の血すじに生まれたようだが、生没年はもうひとつはっきりしていない。

一六四三年頃(寛永二十年頃)に没したとする説は存在するらしいが、あくまでらしいで確証は存在しない。

ただ**俵屋**という屋号で**扇面画**や**源氏絵**などを『**俵屋絵**』として売り出す工房制作を興し、同時に血すじの良さを前面に出して、**本阿弥光悦**、**千少庵**(茶人、千宗淳)、**烏丸光広**(公卿で歌人)といった上流文化人との交流を積極的に深めていったことが、芸術家としての彼をぐんぐん伸し上げていった。とりわけ**京の三長者**(茶屋四郎次郎、角倉了以、後藤四郎兵衛)に匹敵する程の富豪で大芸術家・漆芸家として名高い本阿弥光悦との交流は、画家**俵屋宗達**の地位を次第に不動のものとしていき、更に後水尾天皇へと近寄せられていくのだった。

宗次の絵の中で特に花鳥風月画は**骨法**という思想を大事にする場合が少なくない。骨法とは絵の骨格を大切にする、とやさしく理解したい。付け加えれば、絵の骨格とは**線描**である、という捉え方でいいのではないだろうか。

宗達もまた古土佐の骨法を学び得て、尾形光琳(江戸中期の大漆芸家・画家)の先駆となる独自の様式美を創造していった。

宗次が『井華塾』の講義に『俵屋宗達』論を用いようとしたのは、宗達の思想や技法に学ぶ点が多くある、と考えたからではないだろうか。

菊乃は、課程教授名簿を閉じて、ふうっと小さな溜息を吐いた。

「いよいよ開学が迫ってきたのう、菊」

不意に背後から声を掛けられ、菊乃は反射的に振り返っていた。

野太いその声と、菊乃を菊と呼んでくれるその呼び方で、瞬時に主人の西条山城守と判っていた。

「これは気付きませんで失礼を致しました」

菊乃は三つ指をついて立ったままの相手に丁寧に頭を下げた。

「美雪の姿が朝から見当たらぬが、何処ぞへ参ったのか？」

「今日は高家筆頭**吉良上野介**様はじめ、『井華塾』運営の要となって下さいます方方をお訪ねして、開学式の詰めの打ち合わせをなされます。朝餉も摂らずに早くに御出かけなされました」

「そうか。供の侍は充分に従えてだな？」

「はい、その点は心配ございませぬ」

「菊、ひとつ美雪のこと頼む。色色と力になってやってくれ」

「常に親が子を想う立場に立って接するよう心掛けてございます。その意味では命を賭してございます」

「よう言うてくれた。すまぬ……」

若年寄心得と番衆総督の地位にある山城守ほどの人物が、菊乃に対して軽く頭を下げ、部屋から出ていった。

美雪のことについては近頃、誰彼に対しすっかり言葉少なになっている山城守ではあった。むろん、大和国へ帰った御祖母様多鶴から、美雪が苦悩のうちに宗次から離れたことを聞かされ承知している。

以来、美雪と二人きりで父娘の会話をする機会も、めっきり少なくなっていた。

書院へ戻った山城守は、座敷内へは入らず広縁に泰然と正座をして腕組をし、広い池泉庭園を眺めた。番衆五番勢力二千数百名をひと声で動かせる、と言われている彼の目は今、深い悲しみの色を見せていた。

娘が不憫であった。そしてまた、その画才天下一と評されている宗次も哀れに思えて仕方がなかった。

宗次の徒ならぬ**血すじ**については既に充分承知している山城守であったから、若い彼のこれからの人生が幕府とのかかわり方次第では危険を増すとも思っている。

事実、幕府の権力がその素顔を〝闇の色〟で覆い隠して、宗次暗殺に動いたことを把握している山城守だった。

山城守は自分の地位の重み・凄さをよく心得ている賢者であった。それゆえ自分が若し刀の柄に手を掛けて本気で動こうとすれば、幕府という巨大組織が激しく震撼することになると思っている。それゆえ、軽軽しく動けないのであった。常に冷静に自分を抑えている。

「だが……いざという時は彼を、いや、徳川宗徳様を全力で護ってさしあげねば……」

呟いて山城守は深い溜息をついた。

宗次が瀕死の重傷を負っていま回復途上にあることについては、山城守は美雪から知らされていない。美雪が父に対して打ち明けぬことを、菊乃が勝手に口を挟む筈もなかった。

山城守の視線が、目の前の池泉庭園から広縁の右手方向、玄関の方角へとゆっくり移動した。

小急ぎの足音が次第に近付いてきて、広縁の向こう角に年若い腰元が姿を現わした。行儀見習いと教養を身に付ける目的で西条家に住み込んでいる、不忍池そばの酒味噌醤油問屋『伏見屋』のひとり娘、玉代であった。近頃では菊乃のこまやかな指示を受けて美雪の身の回りの世話を担っている。

近寄ってくる玉代に、表情を和らげた山城守の方から口を開いた。

「どうした……顔色をそのように焦らせるのは、まだ修業が足らぬ証拠ぞ」

「申し訳ございませぬ。ただいま石秀流茶道のお家元侶庵先生と浄善寺の御住職利園和尚が揃ってお見えでございます」

「なに、お二人揃ってとはまた珍しい。で、私を訪ねて参られたのか」

「はい。お二人とも御殿様にお目に掛かりたいと申しておられます。それにあのう、御両人ともなにやら硬い表情でいらっしゃいます」

「そうか、わかった。ではこの書院へ丁重に御案内しなさい。そのあとで『井華塾』の事務室にいる菊乃へも、お二人が訪れたことを伝えておくように」

「畏まりました」

山城守は玉代が離れてゆくと書院へ移り、自らの手で床の間を背にした上座へ座布団を二枚並べ、自分は下座へ座布団無しで正座をした。このあたり真に〝文武の人〟であった。

しかし二人が、美雪の茶道修業の師匠の立場にあることを、山城守は疎かにはしなかった。地位や格は山城守の方が訪ねて来た二人よりも遥かに上である。茶の道に深く傾倒する利園が住職の浄善寺には、見事な霞桜の木があってしばしば石秀流の茶会が開かれる。宗次と美雪はこの浄善寺で衝撃の出会いをしたのだった。

その日から、美雪の宗次に対する純な烈しい想いは始まった。

石秀流茶道の家元で美雪の直接の師匠である侶庵は、茶人の衣を取れば、二千石大身旗本家の英邁な隠居だ。

三人のものと判る足音が近付いてきたので、山城守は腰を上げて待った。

万石大名に近い九千五百石大身旗本の、それも若年寄心得で番衆総督の地位にある屋敷の主人が、客よりも先に部屋で待機するというのは作法として異例であった。たいていは客に暫く待たせた後、現われるものである。が、山城守は一向に気にする様子がない。

玉代に案内されて、二人の客が山城守の前に姿を見せた。

「やあ、これはようこそ御出下されました侶庵先生に利園和尚。お久し振りでございますな」

満面に笑みを広げて、侶庵と利園和尚を迎えた山城守であった。

「こちらこそ長らく御無音にうち過ぎ真に申し訳ありませぬ。また今日は御都合を事前にお訊ねせず突然に訪ねて参りました非礼を深くお詫び致しまする」

二千石大身旗本家の隠居にして石秀流茶道宗家の侶庵がすらすらと述べて腰を深く

折り、背後に控える利園和尚もそれを見習った。

「まあまあ堅苦しい挨拶は抜きにして、先(ま)ずはさあ、お座りなされ」

山城守に然(さ)り気(げ)なく上座の座布団に座るよう促(うなが)されて、侶庵も利園和尚も素直にそれに従った。いや上座などはとんでもない、と遠慮したところで聞き入れない山城守の性格を二人ともよく知っていた。

山城守は二人と向き合って、座布団を敷かぬまま正座をした。

そこへ奥の取締を任されている菊乃が、小急ぎの様子を笑顔に包んで現われた。そして微塵(みじん)のそつも無く三つ指をつく。

「これはこれは侶庵先生に利園和尚様、お出迎えも致しませず大変失礼を致しました」

「いやいや、こちらこそ二人揃って不意にお訪ねした非礼をお詫び致します。直(す)ぐに引き揚げまするから、何もお気遣い下さいますな菊乃殿」

それまで口上(こうじょう)を侶庵に任せていた利園和尚が、今度は代わって口を開いた。

面(おもて)を上げた菊乃に山城守が寸陰(すんいん)を惜(お)しむかのようにして告げた。が、口調はやわらかであった。

「菊乃、改めて呼ぶまでは茶菓は止(よ)い。書院へは誰も来させぬように」

「畏まりました」

菊乃が下がっていき、山城守が表情を改めて二人に向き直った。

「西条家と深くお付き合い下さっているお二人だから申し上げるが、このところ上様のご体調すぐれず、いつ急の呼び出しが掛かるか判りませぬ」

「はい。上様のお体の件、旗本の隠居の身である私の耳にも届いてございます」

侶庵が頷いて抑え気味の声で応じた。

利園和尚がすかさず切り出した。侶庵も利園も硬い表情であった。

「この利園も侶庵先生も共に『井華塾』の講座を受け持たせて戴くことから、美雪様とは幾度か打ち合わせの会を持ちましたのじゃが……」

そこで言葉を休めた利園和尚は、促すようにして隣に座っている侶庵の横顔を見た。

利園和尚の言葉のあとを引き受けるようにして、侶庵が口を開いた。

「一昨日のこと、『発展史にみる仏教』『千利休と聚楽第』という二つの重要な教科に関しまして、美雪様を中心に七、八人が浄善寺の茶室霜夕庵に集まり最終的な打ち合わせが行なわれましてございます。この二つの重要な教科は、他の講師が担う教科、たとえば『仏教と説話』や『仏教と美術』などと内容の一部に重なる部分もございます。重なること自体は宜しいのですが、その重なり方や論じ方に大きな齟齬（くい違い）があり過ぎてはならぬ、という美雪様の厳格なお考え方のもと、詰めが行なわれたのでございます」

侶庵の淀みのない言葉に、山城守は黙って頷きを返した。

「充分に論じ合っての詰めを了えたのは昼八ツ頃（午後二時頃）でございましたか。講師のかたがたが引き揚げられ、残った美雪様と利園和尚、それに私侶庵の三人は、茶を点て議論の疲れを癒したのでございます」

山城守は再び小さな頷きだけで応じた。

「しばらくの間は『井華塾』の将来について話に花が咲いていたのでございますが、私が浮世絵師宗次先生の教科『俵屋宗達』論を何気なく持ち出したあたりから座の空気が凍り付いたようになってしまいまして……」

山城守の眉が微かにぴくりと動いたのはこの時であったが、侶庵も利園和尚もそれに気付かなかった。

山城守が物静かな口調で返した。

「要するに侶庵先生も利園和尚も、その時の美雪の不自然に過ぎる様子に徒ならぬものを感じ、心配の余りこうして訪ねて参られた……ということでございますな」

「いかにも左様でございまする。美雪様が茶道石秀流において欠くべからざる有為の人材であることは、我が流派の第一高弟の立場におられる利園和尚も認めるところであります。したがいまして……」

「あ、いや、侶庵先生、娘のことで心配をお掛け致し申し訳ありませぬ。日頃より殊の外わが娘のことを可愛がって下さっているお二人のことゆえ、言葉を飾らず打ち明けさせて戴かねばなりませぬ。但し、絶対に口外せぬことをお約束下され」

山城守ほどの人物の口から〝打ち明け〟という予期せざる言葉が出たこと、そして目配りが険しさを表わしたことで、侶庵と利園和尚は思わず顔を見合わせた。

一三九

宗次の回復は並はずれた体力が手伝って、極めて順調に進み遂に「明日には八軒長屋に戻ってもいいでしょう」という柴野南州の許しが出た。南州は毎日のように浄土宗安乗寺へ、宗次の診察に訪れていた。

もう一人、安乗寺への日参を欠かさぬ人がいた。書院番頭旗本四千石、笠原加賀守房則の十九歳の姫、舞である。

舞は宗次の昼餉(ひるげ)のために母の手を借りて自分で拵(こしら)えた御重や弁当を、一日も欠かすことなく持参していた。また二日に一度くらいは、寺の台所に立って宗次の夕餉を拵えたりもした。

舞は町娘ではない。四千石の旗本家といえば大身も大身、上級旗本家の中でも尚(なお)、上位に入る。舞がその大身家の大事な姫君であることを充分以上に承知している宗次であったから、安乗寺への日参は止しなさい、と二、三度は言ってきたのだが、舞はにっこりと明るい笑みを返すだけで応じなかった。

「長(なげ)えこと済まなかったねい舞や。南州先生が予想なさっていたよりも幾日も早く安乗寺を出れるってえのは、舞が作ってくれた毎日の御馳走(ごちそう)の御蔭(おかげ)だあな。ありがとうよ……それにしても御重や弁当の献立(こんだて)を考えるので毎日が忙しかったんじゃねえのか」

安乗寺を出る明日という日を控えて、宗次と舞は昼餉のあとの茶を、射し込む日差しで明るい広縁で楽しんだ。

「宗次先生との鎌倉(かまくら)旅が楽しみでございますゆえ、御重やお弁当づくりのむつかしさは苦にはなりませぬ」

兄上様ではなく、いつの間にか宗次先生と言い方を変えている舞だった。

どうやら自分でも気付いていないな、と宗次は感じている。もっとも、自分が舞にどのように呼ばれようが、気持を乱すような宗次ではなかった。

「舞との鎌倉旅は私も楽しみだい。だからよ、早え内に笠原邸をお訪ねして、丁重に御両親の了承を戴かねばならねえ」

「その、両親の了承ですけれど先生……」

舞はそこで言葉を切ると、涼しい眼差で宗次を見つめつつ、手にしていた湯呑みを膝前の盆にそっと置いた。

「どうしたい。いやに深刻な表情に見えるぜい。その表情を見ると、とてもじゃねえが、御両親の了承を得られそうにねえわな。この浮世絵師宗次は鎌倉で、**仏陀と女神**という課題に挑み、新しい境地を開きてえんだが……」

「まあ、**仏陀と女神**……でございますか。なんだか近寄り難い尊さが烈しいかたちで迫ってくるような予感がして、恐ろしささえ感じます」

「なあに、とてつもなく難しい**神**とか**仏**とかの真理を追究する野心なんぞは微塵もねえよ。私が求めてえのは、あくまで絵の奥義よ。自分の持てる能力で、**仏陀と女神**をどこまで絵の中にあらわす事が出来るか、その絵を観た人人がはたしてどの程度まで身震いしてくれるか、それに挑みてえのさ。鎌倉の神社仏閣の深い歴史に触れながらよ」

「その鎌倉旅ですけれど先生。明日、八軒長屋へお戻りなさる前に、恐れながら我が屋敷へお越し下さいまして父と母にお会い戴く訳には参りませぬでしょうか。父と母が是非にも宗次先生にお目に掛かりたいと申しておりますものですから……」

「なんでえ。それを言い出そうとして深刻な表情に陥っていたのかえ」

「はい。若しかして、お断わりなさるのではないかと不安で……」

「明日訪ねるのは一向に構わねえ。むしろ、そうさせて戴きてえよ。舞との鎌倉旅を切り出せるからねい」

「父も母も内装を新しく致しました書斎として使っている離れ座敷襖に宗次先生の絵を望んでいるのでございます」

「以前はどのような絵柄でござんした?」

「六枚の襖に、日の出直前、日の出、朝、午後、夕焼け、日没直前、の順で富士の山が描かれてございました」

「ほう……六枚の襖の全てが富士の山となると、水墨で絵の一つ一つの違いや特徴を出すのはなかなか難しいんじゃねえかな」

「絵は色彩画でございましたけれども、六枚の襖絵の一つ一つに特徴を見出すのが難(むつか)しゅうございました。絵具の質が悪かったのでございましょう。どれも色が薄く、くすんでしまって……」

「色彩画は絵具の質が悪いと、そうなりかねねえやな。笠原邸は建てられてからかなり古いのでござんすかえ」

「拝領屋敷でございまして、以前、長くお住みであった高位の幕僚の御方が栄転でお屋敷替えとなり、そのあとに笠原家が入ったものでございます」

「では離れの書斎の襖絵ってえのはその当時から変わらねえままに？」

「左様でございます。屋敷移りの際、どの部屋も自由に普請(ふしん)してよし、のお許しがあったようでございますけれども、父は面倒だからと、殆(ほとん)ど手直しをせずに移転を済ませたものでございます」

「なるほど。で、その富士の襖絵六点は、処分しちまったのかな」

「いいえ。六枚の襖そのものが古く軋(きし)みがひどかったり、滑りが余りにも悪かったので、しっかりとした板襖(いたぶすま)にそっくり取り替えたのでございます。富士が描かれた襖は土蔵に保管されてございます」

「取り替えた新しい板襖ってえのは、舞から見てどうだえ」

「とても立派な拵えでございます。確(しっか)りとした重さがありまするのに滑りがよく、また出入りの表具師の手で張られた真っ白な無地の表装紙も宗次先生にご満足いただけるものと存じます」

「判った。じゃあ明日、ともかく御屋敷を訪ね、ご両親にお目に掛からせて戴きやしょう。私に対する舞の熱心な介護についても心から御礼と御詫びを申し上げなきゃあならねえ。それによ舞、その六枚の板襖の表裏ともこの宗次が描かせて貰おうかねい」

「えっ、真でございますか」

舞が表情を、ぱっと輝かせて続けた。

「ですけれど先生。先生の襖絵を十二点ともなりますと、笠原家の財力で即座にお支払いできますかどうか。いささか不安になって参ります。だって先生の画料は今や……」

「舞や……」

「はい」

「其方、本当にいい娘であるなあ。私はもう舞を相手として、べらんめえ調で話をするのを止すことに致そう」

「え……なぜでございますか」

「其方の素晴らしい人柄に対し、べらんめえ調が大変失礼に当たるような気がしてきたのだ。舞の人柄の素晴らしさが実に自然に、私に反省を求めているような気がしてきたのだ。非礼な話し言葉に気を付けよ、とな。確かに其方は、書院番頭四千石大身旗本家の、美しい姫君なのだ」

「まあ……でも先生、私は一向にべらんめえ調で構いませぬ。先生のべらんめえ調は軽快で聞いていてとても楽しゅうございますもの」

「舞のその心の寛さが、私に反省を求めておるのだ。これからは、いささか堅苦しくなるかも知れねえが、おっと、知れぬが、侍言葉に付き合っておくんない、いけねえ、付き合って貰いたい……だ」

「ふふふ……はい」

「あははっ。暫くは侍言葉とべらんめえ調とが、ややこしく入り交じるかも知れぬな。八軒長屋へ戻れば、自分で気付かぬ内にべらんめえ調になっていようからな」

「気楽に自然のままでいて下されませ。先生は何もかもが素敵でございますもの。それと先生、画料のことでござ……」

「いらねえよ、画料など……端っから戴く積もりなどねえ」

即座に強めなべらんめえ調で、画料を否定した宗次であった。

「では明日、我が屋敷へ先生がお訪ね下さるについて、供の侍を今から知らせに走らせまする」

「走らせるって舞よ、お前さんが今日、屋敷へ戻ってから御両親に打ち明けることで充分に間に合うじゃあねえか」

　舞の前ではべらんめえ調は使わない、と言っておきながら、早くも〝忘れている〟宗次であった。

「いいえ、私は明朝先生とご一緒させて戴いて、屋敷へ帰ります」

「明朝って舞……まさかお前さん」

「はい。今宵はこの安乗寺の庫裏に泊めて戴きます。すでに楽安和尚様の内諾を得てございますので」

「なんとまあ……」

　宗次は思わず目を細めて苦笑いをしたあと、小さく「うん」と漏らして頷いてみせた。いつも凛とした様子で自分の〝思い〟を表にあらわす舞であることを、充分に承知している宗次であった。すでに楽安和尚の内諾を得ている、と言っている以上は、今宵この寺に泊まる意思は固い、と理解してやる他なかった。

一四〇

夜が静かに更けていった。

舞は宗次の部屋に隣接する十畳の床の間付き座敷を、楽安和尚から与えられた。浄土宗の関東本山から訪れる諸僧のための客間に使われている座敷とかであった。ときには尼僧も茶道と和歌に長じる楽安に会うため訪れることもあるという。

舞の安乗寺への往き来を警護する手練の供侍たちは、庫裏玄関脇の『板座敷』を寝所としていた。

寝床に身を横たえている舞であったが、眠ってはいなかった。衣装も解いてはいなかった。楽安より「よければこれを……」と勧められた尼僧のための夜着は、枕元の竹編み籠の中にきちんと折りたたまれたままになっている。

舞はいま大身旗本家の姫ではなく、小太刀剣法に打ち込んできた剣客の注意・警戒の力を、四方へ放っていた。

宗次暗殺のために南州診療所へ現われたお松の〝凄み〟を、忘れられない舞であった。負けるとは思わないまでも、正面からぶつかり合っていたなら、おそらく相打ちは避けられなかったであろう、と思っている。

宗次の部屋との仕切り壁は、板壁になっていた。

板壁の割には、コトリとした音も漏れ伝わってこないことに舞は、相当に厚い部材が用いられている、と読んでいた。

が、実は宗次の部屋との仕切り壁は確りとした厚い土壁で、その土壁を厚い檜（ひのき）の板で両側から挟んだかたちになっているのだった。

腕のいい宮大工の仕事だ。小さな音ひとつ、漏れ伝わる筈もない。

（もう夜九ツ半頃（午前一時頃）かしら……）

舞が胸の内でひとり呟いて、何気なく体を起こしたその時であった。

彼女の端整（たんせい）な表情が、小作りな遠州行灯（えんしゅうあんどん）の薄明りの中で何かに触れたようにぴたりと止まった。

遠州行灯とは、茶人・**小堀遠州**（こぼりえんしゅう）（遠州流茶道の祖）が茶室にふさわしいものとして考案したと伝えられている行灯である。**遠州**は**通称**でそれは確かにすぐれた茶人として知られた名であるが、従五位下遠江守（じゅごいのげとおとうみのかみ）**小堀政一**（こぼりまさかず）という正式な表の名が**武将**としてあった。

作庭や**茶器**の**鑑定**に非常にすぐれ、彼の手による**大徳寺**（だいとくじ）**龍光院**（りょうこういん）の**密庵**（みつあん）、あるいは

南禅寺金地院八窓の席などは、彼独自の作風いわゆる**『綺麗さび』**を浮きあがらせ観る者は息を呑み体をひと揺れさせることさえ忘れてしまうという。

交誼を深めた人人の顔ぶれを見れば絢爛にして芸術文化の精神と知性に富み、**江月宗玩**（臨済宗禅宗、大徳寺第一五六世。茶道、書道、詩文に秀れる）、**木下長嘯子**（もと若狭小浜城主にして右近衛権少将。豊臣秀吉の室・北政所〈高台院〉の甥。歌人）、**清水道閑**（茶人。古田織部の秀れた門弟。伊達政宗に五〇〇石で召し抱えられた茶道家臣）、**八条宮智仁親王**（陽光太上天皇の第六皇子。桂離宮の造営に深く関与。書に長じた好学の士）、など錚錚たる文化芸術の人たちが遠州の身近に居並んだ。

物語を本筋へ戻そう。

寝床の上に体を起こした舞は、育ちの良さからであろう姿勢正しく正座に改めると、何かに集中するような様子を見せ身じろぎひとつしなかった。

が、それは大して長くは要さなかった。

舞はゆっくりと立ち上がると、予め備えてあったのであろう、袂から細紐を取り出し手早く襷掛をした。そして懐剣の柄袋を取って袂に納めると、足音を忍ばせるようにして広縁に出る。

宗次が休んでいる部屋の明りは、消えていた。急速に回復へと向かっているせいかこの四、五日はとくによく眠れる、と舞に昼餉の時に告げていた宗次であった。深い眠りが鍛え抜かれた肉体の内側を、どんどん調えつつあるのだろう。

舞は、墨を流したように暗い庭に目を凝らした。

が、これといって不審な気配は感じない。

深夜の空には、月も星も無かった。どうやら厚い雲で覆われているようだ。

舞は踏石の上に揃えられている履き馴れた草履の位置を、濃い闇の中で辛うじて確かめると、そっと足を下ろした。

月星が出ていない江戸の夜というのは、とにかく真っ暗である。

大身の武家屋敷ならば、庭のところどころで石灯籠などが常夜の明りを点している。不寝番の下僕が、石灯籠の油切れを見回ったりもする。

が、ここは鬱蒼とした木立や竹林に囲まれた、さほど小さくはないが、かといって大きくもない寺院だ。常夜の明りを点し続ける石灯籠などという贅沢な備えは無い。

舞は漆黒の闇の中を、用心深く慎重に歩を進めた。明るい昼間の内に幾度となく境内を散策を兼ね見回ってきたから、堂宇の位置、小道、太道の様子は確りと頭の中に入っている。

このあたり、まさに小太刀業に秀れる者の感性（直感的瞬発的な精神の働き）という他ない。

では何故、舞はこの刻限、思い立ったように寝所をそっと抜け出たのか。

それは、やや近いか、と捉えていた犬——おそらく野良犬——の吠え声が不自然に止んだからだった。キバを剝いて激しく吠えていたのに、いい匂いの餌を投げ与えられて、吠え声を途中で休めた。

そのような不自然さを、舞は覚えたのである。

お松が柴野南州診療所へ侵入してきたことに対処した経験が、明らかに舞の警戒心を強めていた。

（あの女性は並はずれた小太刀業を心得ていると見た……一体何者であったのかしら）

舞は今も尚、その〝侵入女〟に強い関心を抱いていた。いずれ、真正面から対決する機会が訪れるのではないか、という予感さえも。

お松が既に、御三家の一、巨藩紀州家の領主徳川光貞の『**強い招き**』を承知して、藩邸の**奥女中**へと進むことになったとは、さすがに知るよしもない舞であった。

領主の『**強い招き**』で**奥女中**に進み出るということは、お松の近い将来の姿はもう半ば決まったようなものだ。四千石大身旗本家の姫舞と雖も、簡単には近寄れないような〝姿〟にお松はなるかも知れない。おそらく……。

もっとも、舞の身傍には、御三家筆頭、尾張公の直系宗次こと徳川宗徳が付いてはいるのだが。そしてまた、美貌の舞もまた、宗次に鎌倉旅を誘われている。

風は、それほど強く吹いてはいないのに、ザアザアと鳴っている所へ、舞はきていた。

庫裏を右手後方に置き、高床式金堂を左にした位置に立っている、と舞は闇の中で自分を捉えていたから、ザアザアと鳴る風音が、日があれば目の前に見える竹林のせいだと理解できていた。

（犬の吠え声は確か……竹林の向こうの方角……）

舞がそう思ったとき、頭上で音を発することもなく、稲妻が走った。

ほんの一瞬、地上の何もかもが、真昼のような眩しさの中に浮き上がって、闇へと戻った。

ひと呼吸にもならぬその一瞬の眩しさの中で、舞の右の手は懐剣の柄に掛かり、四、五歩ばかりも素早く退がっていた。

またしても二度目、三度目の音無き稲妻が矢のように走って、地上に炎の明るさが広がって消えた。

舞は見た。その刹那のまばゆい明るさの中で、立ち並んでいる葵色の装束三名の二本差しを。目窓の他は、全身を葵色の装束で覆っている。

舞は長尺の懐剣を抜き放ち、右足を下げて左足膝を〝くの字〟に折って身構えた。刃は鼻すじの直前に、切っ先を天に向けて垂直に立てた。

二天一流の小太刀業『天下』の構えである。

舞が得意とする実戦構えであったが、なれど相手の姿、気配を針の先ほども舞は捉えることが出来ていなかった。目の前に広がるのは、重い闇一色。

恐怖が、舞の背すじを流れた。掌に汗が噴き出してくる。

（落ち着かねば……）

舞は自身を叱った。怯えが生じると、次に襲い掛かってくるのは混乱と判っていた。混乱に取り付かれたなら、それこそ業も身構えもなくなってしまう。

（退がってはならぬ……）

舞は自身に命じ、地を這うようにしてジリジリと左へ――金堂の方へ――体を寄せていった。

左肩の先に、硬い物が当たった。

舞にはそれが、高床式金堂の縁を囲むように取り付けられている高欄のどこか、あるいは縁の端（はし）と想像できたから、なおも用心深く姿勢を低めた。

自分の草履裏が、それ迄（まで）とは違った地面の微妙なざらつきから、湿った感じの地面へ移った、と舞は察した。

この捉え方の鋭さは、矢張（やは）り小太刀剣法に烈しく打ち込んできたことによるものなのであろう。

舞は真っ暗な中、金堂の高床の下に潜り込んでいた。

とはいえ舞の背すじに張り付いた恐怖は、膨（ふく）らむばかりだった。

彼女は高床の下を、大胆にも進んだ。つまり、まばゆい光の下に一瞬認めた葵色の装束三名との間を詰めていったのだ。

それがどれほど危険かよりも、葵色の装束（以下、葵装束）の三名を倒す、という烈しい思いの方が先行していた。それは、漸（よう）く回復に至りかけている「宗次先生を自分の手で守る……」という烈しい意思そのものだった。

葵装束の三名は間違いなく、あの〝侵入女（お松）の手先〟、そう読んで揺るがぬ舞である。

舞、十九歳。矢張り若かった。

（この辺りに相違ない……）

舞は、そう思って動きを止め、呼吸をも抑えた。

金堂高床の外側、目の前すぐの所に葵装束の三人が居並んでいるという確信があった。

舞は鍔付きの懐剣の柄を確りと握り締め、飛び出す一瞬の時を待った。

その一瞬の時とは、次の稲妻が走った時だ。

と、間近な頭上で天地を震わせる雷鳴が轟いて、権現造の金堂がびりびりと震え、それが舞の体にまで伝わった。

この轟音で熟睡なさっている宗次先生が目を醒まされるのではないか、と舞は気遣った。飛び出す呼吸を両の脚に集中させた彼女の身構えは、すでに男勝りとなっていた。

鍔付きの長尺懐剣は逆手持ではなく、片手で保持してはいるが切っ先を的へ向けたいわゆる順手持――大小刀構え――だ。女ながらの〝自信構え〟である。

どろどろどろと長く尾を引くかたちで、雷鳴が止んだ。

舞は息を呑んだ。来る、という予感が頭の中で騒いでいた。

次の刹那、天から突き刺さるように降った一条の稲妻が、真昼の明るさを撒き散らして庫裏そばの巨木に落下。大音響を発した。

瞬時に舞は地を蹴って、高床の下から地面すれすれに飛び出していた。

三人の葵装束がまだ抜刀していないのを、一瞬の明るさの中で捉えている。

一番手前の葵装束の脇腹に見当をつけて、舞は迷わず鍔付き懐剣を振るった。渾身の力で。

「ぐわっ」

と絶叫してのけ反る相手の姿を、続いて落下した稲妻の閃光の中で舞は見逃さなかった。

其奴に頭から突っ込むかたちで左の肩を烈しく激突させた舞は、その隣――三人の中央――の葵装束に斬りかかる。

またしても雷鳴、そして稲妻。

舞がその刹那的明るさの中で、抜刀した相手の切っ先が眼前に迫るのを捉える。

反射的に相手を斬るという意思を抑えた舞は、懐剣の鍔で葵装束の切っ先を受けた。

ガチンという鈍い音。飛び散る青い火花。

その火花を狙うようにして相手が二撃、三撃と攻め立てた。手練だ。

刃と刃の衝突によって生じる火花を見逃さずにそれを的として攻撃を痛烈に連続さ

せる刀法を、舞は初めて受身として味わった。

舞は退がった。退がって相手の剛力でよろめいた。

ひときわ凄まじい雷鳴と閃光。続いて再び雷鳴と閃光そして雨。

舞は頭上から真っ直ぐに降り下りてくる葵装束の刃に、（やられる……）と目を閉じた。

が、「あうっ」という異様な悲鳴があって、舞は自分の頭に叩きつけられる筈の敵の刃が、途中で止まったことに気付いた。それこそ、反射的な判断だった。

（斬る……）

舞は自分に対し攻撃的に命じるや、一歩を踏み込んで長尺懐剣を下から上へと掬い上げるように走らせた。

ゴツッという鈍い確かな手応え。

相手の顎を深く割った、と舞は確信し、最後の――三人目の――相手に舞は雨降る闇の中で備えた。

が、その三人目の気配が消えている、と舞はすぐに気付いた。このあたり、舞の剣士としての五感の発達は、なかなかのものと言えた。

「もう大丈夫だ舞。残った一人は、速い動きで戦列から離れていった」

闇を通して不意に聞こえてきた声に舞は「え……」と衝撃を受けた。

何ということか。宗次先生の声であった。しかし舞は、油断しなかった。

声が聞こえてきた方へ切っ先を向け、左脚を引いた。

「心配せずともよい。正真正銘の私だ。構えを解いても大丈夫」

と、宗次先生の声は、もう間際まで近付いてきた。

それでも尚、舞は雨に打たれ、構えを崩さない。

剣をやるものにとって最大の敵は、油断であることを舞は知っている。

猫が喉を鳴らすような鎮まりゆく遠雷があって、終わりを迎えたような弱弱しい稲妻が遥かに高い空で走った。

その一瞬の薄明りの中で舞は、見紛うことのない宗次先生の姿を認め、思わずふらりとよろめいた。

それを、ぐっと踏み止まり、舞は長尺の鍔付き懐剣を鞘に納めた。

激しい震えが舞に訪れたのは、その直後だった。恐怖の震えと自分でも判っていた。

近寄ってきた宗次が「よしよし……」と舞の体を抱き寄せる。

舞は嗚咽がこみ上げてくるのと闘った。剣士であることを自覚していたから宗次先生に見苦しさは見せられぬ、と懸命にこみ上げてくる嗚咽を胸の内に止めた。

「刺客の大小刀は部屋へ持ち帰ろう。びしょ濡れだが着替えの備えはあるのかね」

舞は宗次先生の穏やかな言葉に、黙って頷いた。

すると宗次先生は舞の体から離れ、濃い闇で舞にはその先生の姿が全く見えなくなかった。

ただ、先生が刺客の刀を鞘に納める微かな音や、刺客の腰の脇差を抜き取ったらしいと判る気配を、舞は捉えた。

（この真っ暗闇の中で宗次先生は、まわりの光景の何もかもが見えていらっしゃる……）

凄い、と思った途端、舞は大きな安堵に見舞われ再び足元をよろめかせた。

一四一

舞は着替えを済ませて、宗次先生の部屋を半ばオズオズと訪ねた。

外はまだ漆黒の闇夜と雨が続いている。

安乗寺は静まり返り、舞の「今宵は皆ぐっすりと休むがよい……」の命に従って、彼女の供侍たちも深い眠りの中にある。

が、宗次は部屋に入ってきた舞をチラリとも見ず、膝前に置いた葵色の鞘の四本の大小刀を険しい目でじっと眺めていた。

次の間（寝所）から持ってきたのであろう遠州行灯が、一つ増え二灯になっている。その明りの中で舞は三つ指をつき、黙って頭（こうべ）を下げた。むろん、詫びている積りであった。宗次に一言も告げることなく、勝手な判断で刺客（しかく）に立ち向かったことを。

「もうよい……面（おもて）を上げなさい」

葵色の鞘の大小刀から舞へ視線を移した宗次が、辺りを憚（はばか）るようにして静かに言った。が、舞を見る目はいささか厳しい。

「勝手なことを致してしまいました。思い上がった自分の愚（おろ）かな動きを恥ずかしく思います。お許し下さいませ」

面（おもて）を上げたあと、うなだれて舞は言った。

「もうよい、と言うておる……もう少し私の近くへ寄りなさい」

「はい」

舞は素直に宗次先生との間を詰めた。彼女は今、親に叱られる幼子（おさなご）のような気持に陥っている自分に気付いていた。

「舞に申しておこう。其方は先程の闘いに敗れていた。それに気付いていたかね」

「え……」

舞は思わず息を吞み、宗次先生は物静かな口調で言った。

「舞の剣は確かに一人目の刺客は倒した。しかし、私が二人目の刺客の顔面に対し石礫を投げつけていなければ、其奴の刃は確実に舞の眉間に打ち込まれていた」

「……」

聞いて舞は鳥肌立ち、呼吸が止まってしまった。言われてみれば、思い当たる節はあった。

「この際だから舞に言っておこう。私は争いが嫌いだ。闘うことを恐れはしないが、刀を手にしての命の遣り取りは好まぬ。だから、私の身傍にいる限りにおいては、自分勝手に争いの場へ身を投じるようなことは止めて貰いたい。それが出来ぬというなら、私は舞との付き合いを絶つ」

「どうか……お許し下さい」

宗次先生の口から出た〝付き合いを絶つ〟は、舞に大衝撃を与えていた。予期せざる宗次先生の厳しい言葉であった。頭の中が真っ白になってしまった。

「どうか……お許し下さい」

舞は繰り返して言った。同じ言葉しか見つからなかった。心が震え、動揺し、大粒の涙が自分の意思とは殆ど無関係に頰(ほお)を伝い落ちた。

「その涙、私が今言ったことを確りと理解した証の涙、そう思ってよいのか舞」

舞は、こっくりと頷いた。

「そうか、判った。信じよう。さて、いま少し私との間を詰めなさい」

宗次先生はそう言うと、膝前に横たえた刺客の四本の大小刀に、「手に取って、よく見てごらん」と顎の先を小さく振ってみせた。

が、手に取るまでもなく、大小刀を注視した舞の顔に驚きが走った。

白柄の大刀二本、小刀二本の**葵色の鞘**に、小さいが見誤ることのない**銀色の紋**が付いていることに気付いたのだ。

なんと徳川将軍家の家紋『**葵の紋**』ではないか。

半ば茫然(ぼうぜん)としている舞に、宗次が言った。

「私も驚いた。其方が倒した刺客どもが、選(よ)りに選(よ)ってこの大小刀を帯びていたとは……」

「私は、将軍家が遣(つか)わした刺客と剣を交えたのでございましょうか」

さほど充分とは言えぬ遠州行灯二灯の明りの中で、舞の顔が血の色を失っているのがはっきりと判った。

「いや、それは違う。舞が不安に思うことはない。この『葵の紋』を付けた大小刀を帯びる刺客はおそらく、神君家康公が駿府へ隠棲なされた際に創設なされた総勢十八の組から成る強力な隠密情報機関『葵』と正統的につながる者たちであろう。狙いは……間違いなくこの私だ」

「神君家康公が創設なされた十八もの組から成る強力な隠密情報機関『葵』……」

「うむ。神君家康公の耳目となって機能したこの秀れた隠密機関は、家康公亡きあと、時代の流れと共にその存在は、好むと好まざるとにかかわらず次第次第に**江戸勢力下**に組み入れられるようになってしもうた。つまり大老酒井様の強力な勢力下にな」

「まあ……そのような大事が、表の世界の反対側でなされてございましたのですか……恐ろしいこと」

「その、大老酒井様の権力に擁された『葵』をな。長い刻を要してだが潰滅させた男が現われた……それが私だ」

「な、なんと申されます……先生が」

「まぎれもなく、私が『葵』を潰滅させた。政治権力の正しい姿を踏み外した暴力機関の様相を強め出したのでな……しかし、どうやら『葵』の力は、まだ充分に残っていたと見える。私は計算を誤ったのだ」

「その充分に残っていた『葵』の力が、先生への仕返し、道理から外れたみにくい仕返しを開始した、ということでございましょうか」

「充分に残っていたと考えられる『葵』の力は、江戸ではなく、駿府で息を潜めていたのであろう。駿府が『葵』の本来の根拠地であるのでな」

「それにしても、『葵』の者たちが、将軍家の家紋を鞘に印していたとは驚きでございます」

「覚えておきなさい舞。この刀は多分、今より六十幾年か昔、徳川家康公が隠密情報機関『葵』の一層の充実を目的として、越前の刀匠**下坂市之丞**に命じてつくらせたものではないかと推量される」

「越前の刀匠**下坂市之丞**でございますか……」

「うむ。柄を取って茎を見れば、間違いなく銘が刻まれていよう。『**葵康継**』もしくは『**御紋康継**』とな」

「え?……」

宗次の口から出た耳馴れぬ名に、舞はちょっと小首を傾げた。

宗次は構わず続けた。

「私が今は亡き父（大剣聖。梁伊対馬守隆房）から聞いた話なのだが、下坂市之丞はな。近江国坂田郡下坂郷で生まれ越前国へと移住した人物らしいのだ。この刀匠の技倆と人柄を徳川家康公は余程に気に入ったらしく、そのため下坂市之丞は隔年に江戸へ出仕し、家康公に忠義を尽くしたと伝えられている」

「きっと、技倆、人物ともに相当秀れていたのでございましょうね」

「父の話だと、刀匠としての下坂市之丞が家康公に召されて江戸で仕事をするようになったのは、慶長年間（一五九六〜一六一五）の頃ではないかというのだ」

「慶長年間……」

「そうだ。おそらく一生懸命に家康公に忠義を尽くしたに相違ない下坂市之丞に対して、家康公は褒美として、**『葵の紋』**と**『家康の康の字』**を継いで良し、として与えられた」

「まあ、思い切った凄いご褒美でございますこと。それは確かな歴史的事実と捉えて宜しゅうございましょうか」

「確かな歴史的事実だ。以来、下坂市之丞は刀工たちの間で**『葵康継』**もしくは**『御**

紋康継』と称されるようになったのだよ」

「私が相手を致しました刺客たちが一様に『葵康継』もしくは『御紋康継』と称される刀工の大小刀を帯びていたということは、彼らの背後に将軍家の動きが潜んでいると推測致さなくても大丈夫でございましょうか」

「それは大丈夫だ。現在の『葵』は組織的に眺めても機能的に検ても、もはや徳川将軍家とは何の関係もないと見てよい。とくに四代様（徳川家綱）とは、細い糸一本のつながりさえもない」

「それを聞いて安堵いたしました。あのう、四代様のご体調あまり宜しくないと、父と母が話しておりますのを、いつでございましたかチラリと耳にしたことがございますけれども……」

「ま、それについては舞は触れなくともよい。これは余り表に出したくはないのだが舞だから申しておこう。今の私は四代様ときちんと意思の疎通が出来る立場にいる。その私が断定するのだ。現在の『葵』はもはや徳川将軍家とは無関係であるとな。創設時に存在した十八もの組も今や無きに等しい。だから安心しなさい。油断せぬようにだが」

「はい。承りました」

「今宵、怖(こわ)い思いをした訳だが舞。これからも私と交流を保ちたいと思うかね。暫く離れていてもよいし、永遠にさらば、でも構わぬぞ」

「先生……」

「ん？」

「ただいまの先生の御言葉。ご本心からのものであるならば舞は悲しゅうございます」

「本心ではない。舞の身の安全を思っての言葉だ。其方(そなた)は純で美しい。稀(まれ)に見る美しさだ。その舞の心や体に傷が付くことを、私は真剣に恐れている」

「もう勝手なことは致さぬと固くお約束いたします。充分に慎重と用心を心掛けるつもりでございます」

「そうか……ならば信じよう……舞の今の言葉をな」

「鎌倉旅、お連れ下さいましょうか」

「うん」

頷いた宗次であったが、その眼差(まなざし)にはまだ不安の色があった。

舞は三つ指をついて、黙ってそっと頭を下げた。その白い手の甲にぽつりと一粒、大粒の涙がこぼれ落ちた。

二灯の遠州行灯の充分でない明りの中、はたして宗次はその一粒の涙に気付いたかどうか……。

一四二

その翌朝、空にはちぎれ雲一つ無い快晴だった。

書院番頭旗本四千石の**笠原加賀守房則**邸は、朝陽が庭に降り注ぐ前から、何やら様子が慌ただしくなり出していた。

とくに主人の加賀守房則と妻の**藤江**は、朝の早くから身嗜みに余念が無い。

「そろそろ身繕いが調いましたでしょうか、あなた」

藤江がそう言いながら、座敷深くまで日が差し込んで明るい**中奥御用部屋**の広縁に立つと、加賀守房則はちょうど品の良い老婦人より脇差を手渡されて腰に帯びたところであった。

加賀守房則の母勝代六十七歳で、美しい白髪が見事だ。

勝代は身近に控えていた若い腰元二人に何事かを小声で告げ了えて、広縁の藤江の傍へにこやかに近寄っていった。

勝代と藤江の二人は、実の母娘のように仲が良い。

阿吽の呼吸とでも言うのであろう。藤江もまた眩しい程の日差しの中でにこやかに、ゆっくりと体を回し出した。真顔となった勝代の目が、藤江の髪や着物、足元に至るまでを検ていく。有職故実に詳しく、**香道**と**華道**、**書道**に長じていることで、笠原勝代の名は旗本家夫人たちの間ではいささか知られていた。

「さすが藤江さんですね。一点のミダレ、スキもありませぬよ」

ミダレ、スキの二点にやや力を込めて言いつつ、白髪美しい勝代はやさしく目を細めた。

加賀守の身傍では若い二人の腰元が、主人の身繕いに真剣な表情で視線を集中させている。

勝代が加賀守の傍へ戻ってきたので、腰元二人は少し下がった。

「大丈夫じゃ。よう調うておる」

「登城の身繕いでも、これほどには気を遣いませぬよ母上」

そう言って苦笑を漏らす加賀守だった。

「笠原家にとって今日は登城よりもうんと大事な日になることが、やがて判ろう」

「は？……」

「さあ、其方も藤江さんも、そろそろ表書院へ移りなされ。この年寄りの役目はもう済みましたぞ」

勝代はそう言い残すと、腰元二人を促して中奥御用部屋から、さっさと出ていったので、夫婦二人は思わず顔を見合わせた。

「登城よりも大事な日になるとは、どういう意味じゃ藤江。そりゃあ宗次先生は御所様（天皇）に招かれた程の大芸術家には違いないが、かというて、登城よりも大事な日、とは母上もちと言い過ぎじゃ」

「男様（武士）にしてみれば確かに登城は命より大事な御役目でございましょうが……母上は若しかして、宗次先生の〝隠されたお姿〟の方を指して申されたのかも知れませぬ」

加賀守の表情が、はっとなった。

「御三家筆頭、尾張家宰相の息、というお立場を指してか……」

「はい。あなたも心中ではそう心得ていたからこそ、何時に似合わずそわそわと身繕いにご熱心であったのではございませぬか」

「その言葉は、そなたに返してもよいぞ」

「はい。頂戴いたします」

藤江は、にこりともせずに夫の目を見つめて応じた。

笠原加賀守房則は五日前、舞の奉公を通じて交誼を深めつつあった若年寄心得にして番衆総督九千五百石の西条山城守より、城中にて異動を内示されていた。書院番頭より大番頭筆頭への異動であった。栄転である。

正式に発令されれば、若年寄御支配から老中御支配へと受ける指揮系統が変わることとなる。

まだ内示段階であるため、この人事に関しては加賀守は家族の誰にも話してはいない。幕府の人事発令、とくに栄転については、ちょっとした原因で、中止または保留となる事が少なくないからだ。

なお西条山城守は、西条家での奉公を終えた舞が宗次との交流を深めるかも知れぬことを予測していたのかどうか、天才的絵師宗次の隠された身性（みじょう）についてある程度のことを、異動の内示の際に加賀守にそっと打ち明けていた。箝口（かんこう）が重要であることを強く念押しして。

加賀守は宗次について知り得た〝そのこと〟を他言無用として、既に妻藤江と母勝代の耳へは入れている。舞へは告げていない。

けれども舞は宗次自身の口から、身性に関する驚愕（きょうがく）の事実について詳細に聞かされている。父が西条山城守より打ち明けられた内容よりも、遥かに複雑で衝撃的な詳しい事実について。

舞はそれを『自分だけが知っておくこと』と覚悟を決めている。

身繕いを終えた加賀守と藤江は、**中奥御用部屋**から**表書院**へと二人だけで移動した。

表書院は玄関式台を入って、比較的近くに位置しており、この**表書院**を中心とした幾つかの座敷が、笠原家のいわゆる『表向の接客空間』であった。江戸城の本丸が『表』『中奥』『大奥』の殿舎群で構成されているように、笠原家ほどの四千石大身旗本邸ともなると、本丸と同じように『表』『中奥』の〝内・外的役割〟が決まってくるが、『大奥』の表現が許されるのは江戸城本丸だけだ（御三家に限っては『奥』を『大奥』と称する場合もある）。

大身旗本家では**大身と雖も**単に『奥』である。

因に、笠原邸の敷地は約二千坪、建坪は約六百坪だから巨邸の範疇に入ろう。

加賀守と藤江は表書院の広縁に並んで正座をし、美しく整えられている池泉庭園を眺めた。

藤江が口を開いて、物静かに言った。

「先ほどお母様が申されたこと、どういう意味でございましょう」

「ん？」

「まあ、お忘れでございますか。お母様は、笠原家にとって今日は登城よりもうんと大事な日になる、と申されたではありませぬか」

「ああ、あれか。たいして深い意味はあるまい。訪ねてこられる宗次先生に確りと対応しなさい、と仰っているのだ」

　そうかしら、と藤江は口を噤んだ。

明朝五ツ半頃（午前九時頃）舞お嬢様が宗次先生を御屋敷へご案内なされます、という舞の〝言付け〟を持って家臣の一刀流の達者志谷信安が屋敷へ戻って来たのは、昨日の夕七ツ頃（午後四時頃）のことであった。

　笠原家の大童は、その時から始まったのだ。

　藤江が不意に思い出したようにして、「そうそう……」と切り出した。

「あなた様が登城続きで大変お忙しかった十日ほど前のこと。新番頭二千三百石御旗本の田藤家の奥様依咲様が二日続けてお見えになられましてね」

「嫡男克之助の嫁に是非とも舞を……だな」

「はい、克之助殿よりも母親の依咲様の方が舞のことを諦め切れない御様子で……」

「舞ははっきりと、克之助は自分に合わぬ、という姿勢を見せているではないか。それが結論じゃと強く伝えればそれでよい。余りずるずると引きのばさぬがよい。面倒なことになりかねぬぞ」

「そうでございますねえ。まあ、舞は母親の私に似て、すばらしい娘でございますから、あちらこちらから是非嫁にと求められて私は困ってございます」

「ふん」

加賀守は愛する女房殿を軽く睨みつけて、苦笑した。

と、玄関の方から人の賑わいが伝わってきた。

玄関の一の間には朝の早くより、笠原家用人の坂崎与之助と奥付女中の芽布の二人が待機していた。二人とも笠原家に長く仕える誠実にして忠誠な年寄りで、主人の加賀守房則が書斎として使っている離れ座敷の白襖に宗次先生の手で花鳥風月画を描いて貰いたいと望んでいることをよく知っているゆえ、自らお迎え役を買って出ていた。

それだけならまだしも、下働きの者たちと一緒に表門の内外や玄関式台のまわりを、せっせと掃いたり拭いたりと余念が無い。

坂崎与之助も芽布も笠原家に奉公する者としては上位の立場にある年寄りである。

しかも近頃は膝が痛い、腰が辛いと言うことが多くなっているものだから、藤江が見咎めて「無理はいけませぬ。お止しなさい」と告げても、「いやいや、まだまだ……」と聞き入れない。

その年寄り坂崎与之助の足音が、長い広縁を表書院の方へと近付いてきたから加賀守も藤江も申し合わせてあったかのように立ち上がった。

与之助は老いのため左の膝を傷めているから、足音にそれなりの特徴がある。

その足音が長い広縁の向こう、右へ折れた角からあらわれた。

与之助は主人夫妻を認めたが膝が痛むのであろうその場で動きを止め、玄関の方へ軽く掌を泳がせ、「只今お見えに……」とだけ腰低くして伝えた。

主人夫妻が小さく頷くと、与之助は再び忙しそうに玄関の方へ戻っていった。

「まるで久し振りに会う我が子を出迎えるような落ち着きの無さでありますこと」

藤江が囁くように漏らして微笑んだ。

加賀守が促した。

「さ、座敷（表書院の）へ座ってお待ち致そう」

「はい。下座でございますよ、お宜しいですね、あなた」

「わかっておる」

答えた加賀守の表情が、登城の時よりも遥かに硬くなっていた。

一四三

それから三日目の朝早く、真新しい菅笠(すげがさ)をかぶった身形(みなり)正しい二本差しと、若く美しい女性(にょしょう)——明らかに旅の身形の——が笠原家四千石屋敷の表門を後にした。

見送るのは加賀守房則、彼の母勝代、そして藤江の三人だった。

白髪の見事な上品な印象の勝代は、右肩のあたりで手を小さく振ってにこやかであったが、主人の房則と妻の藤江は半ば茫然、いや、呆気(あっけ)に取られた顔つきだった。

菅笠をかぶった身形正しい二本差しが宗次であることは、いうまでもない。つまり連れ立って屋敷を出た若く美しい女性(にょしょう)は、舞という他ない。

宗次が笠原家に入った一昨日、加賀守も藤江も心から大歓迎をし、とりわけ勝代の喜び様(よう)は大変なものだった。

宗次が香道、華道、書道に、実践(じっせん)面においてではなく、教養学とも申す面で相当に通じていると判ったからである。

そういう訳で初日は加賀守、藤江ともに宗次とは充分に話を交わす時間を与えられず、専ら勝代の独擅場（独壇場とも）であった。

しかも勝代の「当家にて二、三日ゆっくりなされませ……」という強い勧めを、年寄りにやさしい宗次は素直に有り難く受け入れて泊まることになったのである。

翌日になって漸く加賀守と宗次との間で、離れの書斎の白襖を前にして、その白襖に描く花鳥風月について両者の間で楽しく打ち合わせが夕刻近くまで行なわれた。

宗次と舞の二人の口から鎌倉旅の話が持ち出されたのは、加賀守、藤江、勝代、そして奥付の老女中芽布を前に置いた夕餉の席においてであった。

加賀守と藤江は、衝撃を受けた。当然であろう。四千石大身旗本家の若い娘、それも未婚の娘が天下無双の絵師と旅立とうというのだ。江戸よりさほど遠くはない鎌倉と雖も、行って直ぐに帰ってこられる距離ではない。幾つもの神社仏閣を〝取材〟するとなると幾日もの宿泊旅は避けられない。

加賀守ほど高位にある〝文武の者〟が、この鎌倉旅の話に衝撃を受けると同時に本能的に震えあがっていた。

舞の純で美しい豊かな体が、未婚の娘から〝女〟に変わるかも知れぬことを恐れたのではない。高位にある〝文武の者〟としての彼の本能は、**笠原家改易**（お家お取潰し）を咄嗟に恐れたのだ。

その原因は宗次にあった。

天下無双の天才的絵師宗次。その表の顔の裏には御三家筆頭尾張家の宰相**徳川光友**の**息**、**徳川宗徳**としての姿が潜んでいる。押しも押されもせぬ将軍家の血筋だ。政権に〝時と場合〟の問題が生じたなら、将軍の座に推されても何ら不自然ではない立場なのだ。今の加賀守は既に、宗次のその〝時と場合〟の立場を承知している。だからこそ咄嗟に**笠原家改易**を恐れたのだった。

不用意に自ら将軍家の血筋に近付き『**過ぎて**』、処分の対象となった大名旗本家は、過去に五万と例が存在する。

しかしながら、加賀守のそのような心配など〝何処吹く風〟の飄飄たる人がいた。それが舞の祖母勝代であった。

屋敷からかなり離れてから、宗次と舞は振り返った。

宗次は軽く腰を折り、舞は右の肩のあたりでにこやかに小さく手を振っている大好きな祖母に、矢張り小さく手を振って答えた。

加賀守は小さく溜息を吐いて表門の内へ戻り、そのあとに妻の藤江が心配そうに従った。藤江の心配は、夫の不安に比べれば単純なものであった。宗次と舞が旅先で、若しや結ばれるのではないか、という心配だった。きちんとした正式な婚儀を経てめでたく結ばれることこそ大身旗本家の姫には大事、という考えが強い藤江である。

宗次と舞の後ろ姿が、通りの角を左へ折れて、見えなくなった。

勝代が明るい表情で表門の内へ戻り、左右に開いていた大扉がゆっくりと閉じられた。

宗次が前を向いたまま、口元に笑みを見せながら舞に言った。

「お父上が今の私の忙しさを承知して下されてよかったな舞。いま抱えている絵仕事で最も大変なのは浄土宗関東総本山永幸寺講堂の天井に描くことになっている雲竜だ……これが終われば、お父上の離れの書斎の絵に取り掛かれる」

「先生に承知して戴いて、父の喜び様は大変なものでございました」

「お父上は、画料のほんの一部、先払としてと申されて、このような名刀を惜し気もなく下された。本気で戴いておいてよいものかどうか……のう舞」

宗次はそう言って腰に帯びた大小刀を、帯の上からひと撫でした。

「貰ってやって下さいまし先生。その方が父は喜びますゆえ」

「うん……それにしても名刀なのだが」

宗次が迷うのも無理はなかった。彼が腰に帯びた刀は備前国包平（現東京国立博物館蔵）の大刀および備州長船住景光（埼玉県立博物館蔵）の脇差だったのだ。

「父は自分で入手した幾振もの名刀を所持してございます。安心して貰ってやって下さいませ。画料のほんの一部として、と申しているのでございますもの」

「画料は頂戴せぬ積もりでいるが……そうか、舞がそう言うてくれるなら、気持よく戴いておくとしよう」

「はい。それから先生……」

「ん？」

「軽く……手をつないではいけませぬでしょうか」

「舞や、此処はまだ番町。武家屋敷地の中ぞ……駄目だ」

宗次は案外に強い口調で言って舞と目を合わせ軽く睨みつけた。舞が少し視線を落として、うなだれる。

さあ、果たして二人の鎌倉旅は波乱なく進むのかどうか……。

一四四

大老酒井雅楽頭忠清は、暗い気分に落ち込んでいた。

駿府に入りました、と酒井家の家老格近習太田猪兵衛芳正から連絡が入ってから、その後連絡なしの日が続いている。

雅楽頭は、信頼する太田猪兵衛が駿府を目指すことを、事前に告げられていなかった。

が、駿府に入りました、という連絡が彼から入ったとき、格別驚きはしなかったし寧ろ、「なるほど……」という気になっていた。幕僚の誰の手にも委ねなかった幕府の隠密情報機関『葵』は、宗次に叩き潰されるまでは自分の直接支配下にあった組織である。

太田猪兵衛が、かつての『葵』の本拠駿府を訪ね、その〝生き残り組織〟に接触することは道理に適っている、とひとり頷いた雅楽頭だ。

その太田猪兵衛から、以後の連絡が入ってこないのだ。

（何かあったな……）

と、雅楽頭は思った。日に日に不安が膨らんだ。

折しも、朝から日が陰っていた書院と向き合った池泉庭園に、音もなく小雨が降り出した。

「暗い嫌な雨だ……」

雅楽頭は呟いて腕組をした。幕府最高位の大老という地位にありながら、雅楽頭は登城が苦痛になり出している。三十歳で老中の座に就き、四代様（徳川家綱）の体制確立のために、全力を投じてきた積もりだった。武家諸法度、寛文印知、証人制の廃止、などは自分の確たる業績である、と誇りに思って揺るがない。

また、四十三歳で大老の地位に登り詰めてから今日に至るまで、幕府政策において数数の秀れた手腕を発揮してきたと確信してもいる。

つまり雅楽頭は、自身でもそう思うほど、幕府のため真摯懸命に打ち込んできた積もりだった。

ということは、領国である前橋藩（厩橋藩）の政治には、幕府政治ほどの関心はなかったのではないか、と疑えてくる。

実は、そうなのだ。これは後年になってからの評価になるのだが、雅楽頭は自身の幕府内権力を強大化することに熱心な余り、領国政治には極めて無関心であった。

そう言った父、雅楽頭忠清を見てきたからかどうか、彼が二十五歳の時にもうけた嫡男の酒井忠明は、奏者番兼寺社奉行、大留守居、など幕府の要職に就きはしたが、老中職には距離を置いて求めず、領国政治に力を注ぎ、『本佐録』『本朝言行録』『浪速記』などをあらわして、文人大名として明君の評価を得た。

むろん五代様（徳川綱吉）の時代に入ってからのことであるが。

因に、忠明は奏者番兼寺社奉行の職を、病を理由として元禄二年（一六八九）七月に辞し、翌年十一月に名を忠誉（忠挙とも）と改めている。

「私が京より有栖川宮幸仁親王を迎えて五代将軍の座に就かせようとした計画は……確かに狙いを誤った」

呟いて雅楽頭は暗い目で小雨に濡れる池泉庭園を眺め、腕組をした。体調宜しくない四代様（徳川家綱）の後を継ぐ次の五代将軍に、既に今は亡き三代様（徳川家光）の四男**綱吉**を推す声が、早くから地下で蠢いていたことを承知している雅楽頭だった。

しかし、大老としての自分の権力の〝凄み〟に絶対的確信を抱いていた雅楽頭は、それを『軽視』したことを今、思い知らされている。

その『軽視』を彼は、**「綱吉様には天下を治めさせ給ふべき御器量なし」**と言葉に出してまで、誰彼に言い広めてしまっていた。これはもう、明らかに徳川家批判という重大事であった。

それよりも更に〝重大なこと〟が現実味を帯びて台頭しつつあることに、雅楽頭は一層のこと自信を失いつつあった。それこそが、**徳川宗徳**（浮世絵師宗次）に対して四代様が**『影将軍』**を依頼したらしい、という噂だった。

体調著しく宜しくない四代様に対し、その噂の信憑性を問うことを、雅楽頭は未だ試みていないし、試みる気力をも失っていた。

宮将軍招聘問題で、体調宜しくない四代様から余りにも厳しく激しく叱責されたことが影響している。

チッと雅楽頭の舌が苛立ったように、小さく鳴った。己れに対して放った舌打ちだった。

このとき広縁を書院へと近付いてくる、静かな足音があった。その遠慮勝ちないつもと変わらぬ足音——と言うよりは気配——を、家老大河内勘兵衛高置のものと、雅楽頭には即座に読めていた。人柄温厚にして忠誠忠信な二心の無い真に有能な家老であった。

開け放たれている障子に、人影が映った。

「殿……」

「勘兵衛か。構わぬ、入りなさい」

「は。それでは……」

障子の開け放たれたところへ姿を見せて座した人物は、なるほど表情穏やかな、しかし案外にがっしりとした体格の武士であった。

この家老大河内、時には屋敷内の道場に現われて若い侍を相手にすることがあるが、どうしてどうして穏やかな表情には不似合い過ぎる馬力で簡単には負けない。

「どうした、それは？……ともかく座敷へ入りなさい」

広縁に座する家老大河内を促した雅楽頭の視線が、大河内の手にする二つのものを認めて眉を曇らせた。

大河内は白い封書、それに黒い風呂敷に包まれた長さ一尺半余の細いものを大事そうに手にしていた。

嫌な予感が、雅楽頭の脳裏をかすめた。

座敷に入ってきた大河内が主人の前で表情を改め、物静かに切り出した。

「早馬飛脚にて届きましたるこちらの文は、京の式部卿から殿宛のものでございまする」

聞いて雅楽頭の目が思わず光ったが、声には出さなかった。

「もう一方のこちらは素姓の判らぬ身形整ったる虚無僧より門衛が受け取りましたもので、ご大老様にお手渡し下さい、と丁重に告げて一礼をし、風のように立ち去ったと申します」

「身形整った虚無僧？」

「はい。殿がお手に取って万が一の事があってはなりませぬゆえ、私の一存にて黒い風呂敷を解いて既に中を改めましてございます」

そう言い了えて大河内は、封書と長さ一尺半余の細い黒の風呂敷包みを、そっと主人の膝前に並べた。

が、雅楽頭は直ぐには、それらに手を伸ばさなかった。

「黒の風呂敷包みの中は、何であったのじゃ」

「脇差でございました」

「なに、脇差？」

「左様でございます。素人目にも名刀とは見えぬ脇差でございます」

雅楽頭の胸中で、ざわめきが急に膨らみ出した。

彼は黒い風呂敷包みを手にとって、もどかし気に開いた。

黒柄黒鞘の一本の脇差が現われ、雅楽頭の顔色が、サアッと変わっていった。

それを見逃すような、忠誠忠信な家老大河内勘兵衛高置ではない。

「恐れながら殿。何卒お心を抑えて下さりますよう……」

雅楽頭の動揺を見逃さなかった家老大河内の、いち早く先を読んだ忠勤の言葉であった。

「判っておる。其方は下がってよい」

そう言い言い雅楽頭は、脇差を膝前へ静かに横たえた。

「なれど殿……」

「心配いたすな。十四、五年もの長きに亘って大老職を勤め上げてきた儂じゃ。安心して下がっておれ。惑乱したりはせぬ」

「は。それでは別室に控えておりますゆえ、いつでもお声掛け下さりませ」

「うむ。判った」

家老大河内は主人の深深とした頷きに押されるようにして、書院をあとにした。

猫の喉鳴りのような遠雷がもの悲しく伝わってきたのは、この時だった。

「小うるさいのう……」

と、雅楽頭はまた、腹立たし気に小さく舌打ちをした。

彼は膝前に横たえた脇差に手を伸ばさず、ただ暗い目でじっと眺めるだけだった。

その表情には、疲労感のようなものが漂っていた。

黒柄黒鞘の脇差が誰のものであるか、雅楽頭には既に判っていた。小さ目の鍔には瓜形という特徴があって、何よりも黒鞘に桔梗の家紋が白く付いている。すでに薄くかすれてはいるが。

信頼する家臣、家老格近習太田猪兵衛芳正の脇差だった。

その脇差がいま雅楽頭の膝前にあるという事態は、彼の命運について語るまでもないことを、あらわしていた。

「許せ猪兵衛、辛い役目を選ばせてしもうたのう……」

そう呟きを漏らした彼は、家老大河内の思いつめたような先程の言葉「……何卒お心を抑えて下さりますよう……」を胸に刻んで、白い封書に手を伸ばした。

家老大河内は「京の式部卿から……」と言った。

式部卿とは、雅楽頭が宮将軍として幕府へ招聘しようとした第百十一代後西天皇の第二皇子・有栖川宮幸仁親王、その人である。

家禄千石を給されていた有栖川宮家は書道、歌道を『家学』とし、式部卿は和歌、茶道、絵画、書道などに秀れた文化人として知られた人物だった。

なお、雅楽頭が宮将軍招聘を政略として動かんとした頃、式部卿は二十三、四歳であったのではと推量される。

幕府は京の貴族たちに対して『公家衆法度』その他いろいろな法令・通達によってその都度〝公家衆**家々之学問**、昼夜無油断様可被 仰付事〟つまり『**家学の勉励第一に努めよ**』と定めている。と同時に、**立場にふさわしい**礼節作法、御役目の励行そして品行方正を忘れるべからずと厳しく求めている（定めている）のであった。

右で言っている〝**家々之学問**〟とは、**学問**、**有職**、**歌道**を指していると広く理解するべきであろう。

幕府は、これこそが貴族の仕事つまり『家業』である、と断定しているのだった。

こうしたことを踏まえて当時の京の文化のかたちから推量すれば、〝**家々の『家業』**〟とは貴族家の、〝**家伝の学藝としての『家業』**〟という意味をも含んでいるのではないかという姿が見えてくる。一例をあげれば、高倉家の衣文（衣装・装束）、飛鳥井家の蹴鞠（鞠は鹿革製）、四辻家の雅楽……などだ。

幕府は要するに『**貴族は余の事は知らぬでよい**』（他の事には関知するな）と断じているのであって、そこに幕府の、朝廷を含めた貴族**統制政策**を覗き見ることが出来る。

これに照らし合わせて考えれば、有栖川宮幸仁親王を幕府政治の表舞台へ招聘してしかも将軍の座に就かせたい、とする大老酒井雅楽頭忠清の政略は、まさに重大な反幕姿勢であると見做されても仕方がなかった。

雅楽頭の手が、式部卿からの封書を取り上げた。

それを開いて読んだ彼は、力ない溜息を一つ吐いて元の封書の姿に戻し、床の間の文庫へ静かに納めた。

その動きの一つ一つが、重苦し気で緩慢であった。気力を失っていた。

文の内容は極めて簡潔だった。

江戸へ真に有り難いお招きを受けているけれども自分のような浅学な京者には相応しくないという考えに至り遠慮申し上げたい、という謙虚に過ぎる断わりの内容であった。

雅楽頭は孤立無援に陥っている自分を感じた。これまでは飛ぶ鳥を落とす勢いだった。誰も彼もが自分に対して腰低く頭を下げた。将軍さえも、自分に対しては一目も二目も置いていることを、強く肌に感じてきた。

「暫くは余り目立たぬ姿勢を取るしかない。それにしても城の内外で松平長七郎と徳川宗徳(宗次)の動きが何かと目立つようになってから、私の政略は明らかに狂い出した……」

呟いた雅楽頭は広縁に出て、陰気に降る小雨を眺めつつ手を打ち鳴らした。

「誰ぞおらぬか」

「はい、ただいま……」

直ぐ間近な控えの間で、聞き馴れた奥付女中の声があった。

酒でも呑むしかない、と雅楽頭は三度目の舌打ちをした。

失望ありありの、表情だった。

一四五

切妻造の朱塗りのさほど大きくはない、されどその厳かな気位の高さが胸の内に染み込んでくる総門の前まで来て、舞はごく自然に宗次の腕に自分の手を軽く触れていた。殆ど意識はしないままに。

微かな風音がする他は何の音も聞こえてこない森閑たる静けさ。

「ここが先ほど舞に話した鎌倉五山第三位の、臨済宗建長寺派**金剛寿福禅寺**の総門だよ」

「先生が亡きお父上様とこの朱塗りの総門を初めてお潜りなされたのは、十三歳の時だと仰いました」

「うむ。その後、十五歳の時にも一度、父に連れられて訪れているのだが、全く変わっておらぬな、この朱塗りの総門……なつかしい」

「凛とした雰囲気を漂わせている総門でございますね先生。それに、総門より先、真っ直ぐに伸びている緑陰の参道の美しいこと」

「身の内を常に厳しく真っ直ぐに正せ、という教えなのだ。舞のことゆえここ金剛寿福禅寺が**千光国師**（禅僧・栄西）と**北条政子**（鎌倉幕府初代将軍・源頼朝の妻。尼将軍とも称された烈女）の手で正治二年頃（一二〇〇年頃）開創されたことは知っておろうな」

「はい。存じてございます。千光国師様の禅の教えは、自身の身の内に存在する『**自力**』のかたちを自覚し、それを悟りへと高めてゆくためにひたすら坐禅を組んで問答せよと言う厳しいものだ、と父から幾度となく聞かされてございます」

「さすが剣の達者であるお父上だな。千光国師のその厳しい教えこそ武士の精神の根底をなすもの、という考え方が武家の間に急速に広まり、武士の信者の増加へとつながっていったのだ」

「父からも、そのように教えられました。小太刀を心得る者として常に胸に止めおくように、と」

「そうか。よき父上だのう。舞は、旅の経験が殊の外すくないのであったな」

「すくない、と申すよりは父も母も、私が江戸の外へ出ることを絶対に許してはくれませぬ。此度の鎌倉旅は、宗次先生が私の傍にいて下さればこそ、の奇蹟に他なりませぬ」

「はははっ、奇蹟という言葉が出たか……さ、総門を潜ろうかな舞」

「はい」

舞はにっこりと目を細め、宗次の腕と軽く組んでいた右の手を深めた。

自分でも豊かに過ぎると日頃から思っている胸が、宗次の肘を確りと圧したが、舞は全く意識していない。

二人は、誰一人として人の姿が見当たらぬ美しい緑陰の小道――参道――へと入っていった。宗次は穏やかにやさしく舞に語りかけた。

「江戸の外へ出ることを許されぬ舞であるから、京のことは無論知らぬであろうが……」

「京……行ってみとうございます。鎌倉旅の次は是非とも先生、京旅にお誘い下さりませ」

「これこれ話を飛躍させ過ぎてはいかぬ。京には、千光国師および北条政子の子である源頼家（鎌倉幕府二代将軍。初代将軍源頼朝の長男）の手で、建仁二年頃（一二〇二年頃）に開創された建仁寺という大寺院がある。この寺の名も知っておくとよい。金剛寿福禅寺と比較研究して舞なりの考えを持つのも、京旅に備えて案外面白いやも知れぬ」

「畏まりました。よく学んでいつの日かの京旅、楽しみに致します」

「いま我我二人が歩いているこの寺の境内にはね、今より**六百年以上も古い昔**、源頼義とその長男義家が質素な屋敷を建てて住んでいたのだ」

「まあ、**鎮守府将軍**の地位にあった頼義・義家の父子が此処にでございますか」

小さな驚きを見せて宗次の顔を見る舞の瞳は、新しい知識を得たことでか輝いていた。宗次の腕に絡めた手に、思わず力を込めて。

「ほう、源頼義・義家の父子が、鎮守府将軍を経験した者であることを知っているとは、舞は大変な勉強家であるな。少し驚いた……」

「これも父の教えでございます。父は〝武の者〟の話を、お酒を楽しみながら私に話して聞かせるのが楽しみで仕方がないのでございますもの。笠原家では私はすっかり武者扱いになっております」

「はははっ、笠原家の楽しい光景が目の前に浮かぶようだ」

と、宗次は破顔した。

舞の口から出た鎮守府将軍の『鎮守府』とは、**奈良時代前半**に、蝦夷地監理のために陸奥国に設置された軍政都市を指しており、この軍政都市の長官を鎮守府将軍と称した。この将軍には重要な側近として、軍監一名、軍曹二名が付属していたようだ。

舞の歩みに合わせて宗次はゆっくりと足を運びながら、清涼に尽きる緑陰の参道の空気を楽しみつつ物静かに言った。

「鎮守府将軍の源頼義・義家父子の時代よりかなり下って、平安時代の後期にね。

『保元の乱』『平治の乱』などで暴れまくった末に謀殺された源義朝（従四位下播磨守）の忠臣で、岡崎義実という人物が矢張りこの寺の境内に相当する地に庵を設けて棲み、謀殺された主人義朝の霊を弔ったのだ」

「まあ、はじめて耳に致すことでございます。源義朝が崇徳上皇（第七十五代・崇徳天皇）に夜戦を仕掛けたり、京の六条河原で平清盛と戦った末に謀殺されたりといった程度のことは存じておりますけれども……」

「その岡崎義実の庵に、のちになって目を止めたのが尼将軍こと烈女の北条政子なのだよ。彼女は庵を伽藍（寺院の建物の意）に変えて建立するや直ぐさま千光国師（禅僧・栄西）を招いて、臨済宗建長寺派金剛寿福禅寺として開いたという訳なのだ」

「先生のお話。なんだかとても素敵でございます。胸の内に知識が満ちてゆき温かくなって参ります」

「そう言ってくれるか。それはいいことだな。付け加えて申しておくと、千光国師の後を継いで二世、三世、四世と就いていった高僧の中には、密教に学んだ秀れた僧が存在したことから、この崇高なる金剛寿福禅寺は**禅密兼修寺院**としての性格を併せ持っていたとも言えような」

「兼修……でございますか？」

「うむ。二つ、あるいはそれ以上の重要な核心（物事の中心的理論）について学び進める姿勢、そう理解することで許されるだろう」

「今の先生の御言葉、剣の道についても言えることではございませぬか」

「その通りだ。よくぞ申した舞」

誉められて舞は、豊かな胸で更に宗次の肘を圧していた。全く無意識の内に。

「ただ悲しいことに、千光国師と北条政子によって開かれた由緒あるこの寺は、宝治元年（一二四七）と正嘉二年（一二五八）の二度の大火で、往時の面影を殆ど失ってしまった」

「まあ……」

と、端整な面を曇らせた舞の歩みが、二呼吸ばかりのほんの短い間ではあったが止まった。

「だが五世大覚禅師（蘭渓道隆とも）、六世仏源禅師（大休正念とも）と進むにしたがって、この金剛寿福禅寺は純粋禅化寺院として鮮やかに甦ってゆくのだよ」

「純粋禅化寺院……としてでございますか」

「そうだ。純粋禅化寺院としてだ。その点をよく心得ておきなさい」

「はい」

舞がこっくりと頷いたとき、宗次の歩みが舞の歩調に合わせるようにしてゆっくりと止まった。

二人は、格調高い佇まいの参道の突き当たり、中門の近くまで来ていた。

両扉は堅く閉じられている。

が、舞は何かを感じて、宗次の腕に絡めていた手を放すや、二歩ばかりを下がって控えた。このあたりは、さすがであった。

すると閉ざされていた中門の扉がゆっくりと左右に開き、ひとりの老僧がにこやかに現われた。その漂わせる清楚に過ぎる雰囲気ただ者ではないと判る老僧であった。

宗次が黙って深深と腰を折った呼吸に遅れることなく、舞もしとやかに丁寧に御辞儀をした。

老僧はにこやかさを絶やさず、深く礼を保っている宗次に近付いた。

「そろそろお見えの頃であろうと思うておった。それにしても久し振りじゃのう。さあ宗徳殿、面を上げなされ」

「本当に長らく御無音に過ぎ申しわけございませぬ」

そう言いながら面を上げて、老僧と顔を合わせた宗次だった。

「浮世絵師宗次の名でなかなかの活躍の様子。この年寄りの耳にも入っております」

「まだまだ絵の悟りには至っておらず、何かと苦労いたしてございます」

「そうか、まだ開眼には至っておりませぬのじゃな」

「はい。残念ながら……」

「お父上から授けられし揚真流兵法は如何かな。眉からも顔からも消えておらぬ幾条もの創痕を見ると、どうやら剣の方でも御苦労が多いようじゃのう宗徳殿」

「は、はあ……」

「ま、よい。庫裏で茶でも楽しみながら、ゆるりと話そう。ところで……」

老僧はそこで言葉を切ると、舞の前へ位置を移した。目を細めて頷きながら、老僧は宗次が思わず慌てるようなことを、やさしい口調で言った。

「おうおう、さすが宗徳殿じゃ。真に美しい上品この上もない嫁御を娶られたものよ。御名は何と申されるのかな」

ち、違いまする和尚、と宗次が言うよりも先に、

「舞と申しまする。宜しくお見知りおき下さりませ」

と、御辞儀をした舞の澄んだ落ち着いた声が立ちはだかって、宗次は口まで出かかった言葉を呑み込んだ。

「舞……いい御名じゃ。真に気高い御名じゃ。さ、庫裏で茶菓でも進ぜよう。ついて

御出なされ」

と、老僧は厳かさの中に覗かせるやさしい表情を微塵も変えることなく、二人に背中を見せて中門へと戻り出した。

舞が宗次と静かに肩を並べた。

宗次は「これ……」という顔を拵えて、すべやかな舞の頬を指先でちょんと軽く突つく。

舞は、ただ淑やかな微笑みを返すだけだった。

一四六

書院番頭旗本四千石・笠原加賀守房則（大番頭筆頭への栄転内示）の姫舞は、小太刀剣法の〝強敵〟であるお松の環境が**『紀州家大奥入り』**と劇的に変化したことを、未だ知らない。

また、紀州家の筆頭目付兼城付六百石・高河文三郎の娘お松も、〝恐るべき遣い手〟と戦慄した舞が天下無双の浮世絵師宗次、いや、御三家筆頭尾張家の宰相徳川光友の息**宗徳**と、鎌倉旅の最中であるなど知る由も無い。

なにしろ舞もお松も、お互いの素姓についてまだ知っておらぬのだ。

この日もお松は、朝から軽い胃痛に見舞われていた。軽いとは言っても、時に針で刺されたような鋭い痛みがある。

このような状態が、もう四、五日も続いていた。自分でも気分のもの（神経性）であろうと見当がついている。

「お松の方様、そろそろ刻限でございまする」

後ろに控えていた若い奥女中に声を掛けられ、お松はホッとした表情を見せ、手にしていた筆を置き、教科の御本となっている『増鏡』を閉じた。胃の腑の上の辺りが、キリッと痛んでお松の口許が思わず歪んだが、後ろに控えているお松付きの若い奥女中は気付かない。

今日のお松の日課は、文章、文字を上手に書き表す練習を、『増鏡』を手本として為すことであった。このあと直ぐに**老女**を師匠として茶道の修養に入ることになる。お松の日課は全て、この**老女**によって決められていた。お習字の手本を『増鏡』としたのも**老女**であった。

『増鏡』とは改めて述べるまでもなく、「二月の中の五日は鶴の林にたきぎつきにし日なればかの如来二伝の御かたみのむつましさ……」ではじまる南北朝時代の歴史物語で、関白二条道平の息**良基**の作と伝えられているが異説もある。**良基**自身も生涯のうち、摂関職に四度も就いており、当時最も先進的な秀れた文化人として知られ、有職故実の権威として、また歌人としても秀逸な多くの仕事を残した人物であった。

ところで、右に出てきた老女とは、単に年の老いた〝お年寄りの女〟を指している訳ではない。巨藩紀州家にも、江戸城大奥に比肩する（やや過剰表現だが）大奥があったのだ。

もう少し正しく言い改めれば、巨藩紀州家の**江戸屋敷**にはあった、ということになる。なぜなら領国の和歌山（城）には、少数の留守番の女中がいるだけであったから。

つまり紀州家大奥での老女とは、**御年寄**という権力的地位を指している。

「少しお疲れではございませぬか、お松の方様」

背中からそっと声を掛けられたお松であったが、

「心配ありませぬ。そろそろ**東尾**様が御出になります。お言葉に気を配りなされ」

お松がそう囁き、お付きの女中が声小さく謝った。**東尾**とは、老女の名前だ。紀州家大奥の御女中の呼称とか名前には、その御女中の立場（大奥という組織における職階）によって、制約（決まり事）が存在した。これは将軍家大奥（江戸城大奥）においても同じである。

たとえば名について述べると老女（御年寄）は、**上**に**『お』が付く名**は禁じられ、町、尾、野、田、村、岡、島、川、山、浦、といった字が**下**に付く名、と決められていた。たとえば、絵島、滝川、三浦、東尾、といった具合にである。この制約も、将軍家大奥にほぼ近いと言えた。

それよりも、ここで紀州家大奥の御女中の職階について、明らかにしておく必要がある。判り易くエラい順に述べると、大上臈、御年寄（老女）、若年寄、御中臈、御錠口、表使、御次、御右筆、呉服之間、御三之間、使番、御仲居、御半下と、将軍家大奥の職階二十四の大組織に迫る程ではないにしろ、なかなかのものであった。奥女中の数は時代によって増減があったようだが、宗次時代の数は四百人くらいはいたと推量され、最も多数であったのは第十一代藩主斉順の時代（一八二四〜一八四六）であったと伝えられている。

さて、右の職階のうち、実務的権力権限は**御年寄**（老女）から始まって、以下の職階へという判断でよいだろう。つまり御年寄（老女）は紀州家大奥の統括的立場にあって、大奥機密、女中監理、対外交渉にわたって絶対的な権力権限を握っていたようだ。その御年寄（老女）権限の部分的委譲を受けるかたち（権限移譲）で、職階上位の女中たちがそれぞれの御役目に当たっていたのであろう。

一例をあげれば、**若年寄**は御年寄（老女）を強力に補佐して紀州家大奥全体に睨みを利かす御側御用人的な立場にあり、**表使**について言えば、目付のような厳しい姿勢でもって女中たちの勤怠、品行、忠義忠誠に目を光らせ或は審理し、また毎日の食膳の毒味にも強い関心を抱く立場であったという。

ところで、藩侯徳川光貞の有無を言わせぬ烈情によって紀州家大奥へ招き入れられてしまったお松は、右の職階の一体どの地位にいるのであろうか。

なんとお松は上から四位の、**御中﨟**の地位にいた。

紀州家大奥の御中﨟は『側室』を意味する立場であり、懐妊していると自分だけが知るお松は、出産によって『**御部屋様**』と呼ばれるようになる可能性があった。大変な〝可能性〟だ。

亡き廣澤和之進の子であることを知っているのは、当然お松ひとりだけなのだ。

「お見えでございます」

お松の後ろで女中が囁き、お松は黙ってこっくりと頷いた。

広縁をこちらへと、幾人もの足音がゆっくりと近付いてくる。

お松は慌てる様子もなく墨書に打ち込んでいた文机の前から離れると、障子口の近くに調った美しい姿勢で座った。いくぶん頬が紅潮している。

部屋の前で足音が止まって障子に四人の人影が映り、その人影に向かってお松は淑やかに平伏し、お付きの若い——十七、八くらいか——女中もそれを見習った。

「御年寄東尾様が参られました。お宜しいですか」

障子の外であった澄んだ声が、若年寄美浦のものと理解できているお松と、お付きの女中であった。

御年寄の強力な補佐役である若年寄の名も、御年寄の制約に準じて、『お』付き名は禁じられている。

お松が障子の向こうへ、応じた。

「お待ち申し上げておりました。東尾様ならびに皆様、御役目お忙しいなか、いつもお教え下さいます機会を与え下さりまして真に有り難うございます」

訪ねてきた時に若年寄美浦が、障子の向こうで述べる言葉も、それに対し伏した姿勢のまま応じるお松の言葉も、いつも決まった形通り——礼法通り——のものであった。

障子が静かに開いて座敷に日が差し込んで、四人の紀州家大奥女中たちがしずしずと入ってきた。

と思ったが、座敷に一歩入った女中――御年寄東尾――の足がぴたりと止まって、後に続く女中たちの動きも広縁で鎮まった。

「これはまあ、お松の方様。この東尾があれほど申しましたのに、このような下座に座して我らを迎えてはなりませぬ。さあ、上座へ参りましょう」

御年寄東尾は、いや、三十半ば過ぎかと窺える小柄ではない彼女の容姿・風格は、御年寄東尾と言うよりは、まさに**老女東尾**と称する方が相応しい印象であった。

その老女東尾がにこやかに言い言い、お松に手を差しのべた。

お松は抗わなかった。差し出された老女東尾の手に素直に触れるか触れないかの姿勢を見せてそっと立ち上がった。触れるか触れないか、これが大事だと今のお松は既に心得ている。

右も左も判らぬ紀州家大奥の中臈の地位にいきなり就かされたお松は、冷たい視線が少なくないこの女護ヶ島で、実に老女東尾のやさしさに随分と救われてきた。

この大奥に入ったばかりの女中が先輩の女中たちから最初に突つかれたり糾弾されたりするのは決まって、**礼法**（礼儀、作法、ならわし）の未熟な部分についてであった。

「さ、こちらへ……」

お松は老女東尾に案内されるようにして、二十畳敷きの座敷の床の間を背にする上座に座った。日常においては大抵の場合、座布団は敷かない。

老女東尾がやさしい表情をお松に近付け、そして囁いた。

「いかがですか。御殿様とは仲睦まじくなされて御出か？」

夜の寝床はうまくいっているか、の問いであって、これは老女東尾と会うたびに訊かれることであった。日に一度とは限らない。二度問いかけることもある。

それは、御殿様には絶対に服従すること、という老女命令を意味していた。

お松は「はい」と小声で応じて頷いた。

このあとに続くもう一つの問いかけも、日に一度とは限らぬものであることを、お松は既に気持の余裕をもって心得ていた。

「お体の具合は如何かな。まだ兆しはございませぬか」

懐妊の様子はないか、と問うているのだった。

お松は小太刀剣法の要領で体を目立たぬよう力ませて頬を紅潮させると、さも恥ずかし気に顔を小さく横に振った。

「これは、と気付いたならば、先ずは必ず私に耳打ちなさいますように。宜しいですね」

老女東尾の囁きにお松は、

「はい、心得てございます」

と、呟くようにして返しつつ、娘が母に甘えるかのようにしてこっくりと首を縦に振ってみせた。東尾の両の目が一瞬ではあったが御年寄の凄みを覗かせて光ったが、お松の卓越した演技力は、それに耐えていた。

一四七

鎌倉入りして三日目の朝。宗次と舞は最初の金剛寿福禅寺から数えて六つ目の古刹の重厚壮大な『五間三戸』の十二脚門を潜った。

少しばかり先へ進んで、二人は振り返った。

「とっても立派な三門でございますこと。凄い、とはこのような三門を指すのでございましょうね」

「ここの三門は脚数が十二本もあって、脚と脚の間に金剛仁王などを配置していない事から『五間三戸の門』と称するのだ。十二脚門と呼ぶ人もいるが厳密には正しくない。更に二重屋根ときているので、この三門を見ただけで寺の歴史の圧倒的な厚さが判ろうと言うものだ。さ、竹林を抜けて先ずは仏殿に参詣致そうか。それから庫裏に御住職をお訪ねするとしよう」

「はい。三門を潜って最初に迎えてくれます竹林の青さの、何と瑞瑞しいことでございましょう。木洩れ日も何とのう素敵です」

「手入れが行き届いておるこの広大な竹林では、四、五月になると絶品の 筍 が大量にとれるらしいのだよ」

「まあ、私、筍が大好きでございます」

「だから、この寺の精進料理に添えられる 筍 飯は、なかなかのものと古くから伝えられているらしくてね。そのせいもあって、鎌倉には筍飯の旨い老舗の料理屋が多いと言うぞ」

「私、なんだか御腹が空いて参りました。ふふっ……」

「これ、昼にはまだ少し早い」

二人は楽し気に語らいながら、点点と木洩れ日の降り注ぐ青竹の林の小道を奥へ進んだ。

舞の手は、昨日と同じように宗次の肘に、軽く触れていた。午後になると決まってその手は舞の意識には殆ど関係なく肘深くになってゆく。

竹林は広大であった。手入れは実によく行き届いており、点点と降る木洩れ日の不思議な美しさにも変化はなかった。

耳に心地よい野鳥の囀りも盛んであった。

ゆっくりとした足取りで、やわらかに蛇行する小道を二町（二百メートル余）進んだであろうか。宗次の足が、ぴたりと歩みを止めた。

舞が端整な面に思わず「?……」を拵えて、宗次の横顔を見た。

が、それはほんの一瞬のことで、舞の手が宗次の肘から離れた。

「先生……」と舞が囁く。

「気付いたかね」と、宗次も小声を返した。

「はい。右手竹林の中に三人……いえ、五人でございましょうか」

「舞は三門方向へ戻り、門の外へ出なさい。私も後に続く」

「畏まりました」

「古刹の境内で刃を抜き放ってはならぬ。判っていような」

「心得てございます」

「さ、行きなさい。走らなくてもよい」

舞は頷くと、踵を返しゆっくりと宗次から離れていった。

その舞の手が然り気なく、胸帯に潜ませた鍔付きの懐剣の柄袋を取り、胸帯に挟んだ。

（ついてくる……）

と、舞の五感は捉えた。何人かは判らなかったが、自分の歩みと並行するかたちで〝気配〟が竹林の中を明らかについてきている、と読めていた。

宗次先生が後方を護って下さっていると判ってはいたが、いささかの不安が脳裏を過ぎっていた。

ゆるく蛇行する小道の向こうに、三門の姿が竹の枝葉を通して見え出した。

その三門が、小道の向こうに全容を現わした時、舞の動きがハッとしたように止まった。

三門の真下に、四人の虚無僧がこちらを睨みつけるようにして立っていた。

舞の右手が思わず、懐剣の柄に触れた。

（つづく）

「門田泰明時代劇場」刊行リスト

ひぐらし武士道
『大江戸剣花帳』（上・下）　徳間文庫　平成十六年十月
光文社文庫　平成二十四年十一月
徳間文庫（新装版）　令和二年一月

ぜえろく武士道覚書
『斬りて候』（上・下）　光文社文庫　平成十七年十二月

ぜえろく武士道覚書
『一閃なり』（上）　光文社文庫　平成十九年五月

ぜえろく武士道覚書
『一閃なり』（下）　光文社文庫　平成二十年五月

浮世絵宗次日月抄
『命賭け候』　徳間書店　平成二十年二月
徳間文庫　平成二十一年三月
祥伝社文庫　平成二十七年十一月
（加筆修正等を施し、特別書下ろし作品を収録して『特別改訂版』として刊行）

ぜえろく武士道覚書
『討ちて候』（上・下）　祥伝社文庫　平成二十二年五月

浮世絵宗次日月抄
『冗談じゃねえや』　徳間文庫　平成二十二年十一月
光文社文庫　平成二十六年十二月
（加筆修正等を施し、特別書下ろし作品を収録して『特別改訂版』として刊行）

浮世絵宗次日月抄
『任せなせえ』　光文社文庫　平成二十三年六月

浮世絵宗次日月抄
『秘剣 双ツ竜』　祥伝社文庫　平成二十四年四月

浮世絵宗次日月抄
『奥傳 夢千鳥』　光文社文庫　平成二十四年六月

浮世絵宗次日月抄
『半斬ノ蝶』（上）　祥伝社文庫　平成二十五年三月

浮世絵宗次日月抄
『半斬ノ蝶』（下）　祥伝社文庫　平成二十五年十月

浮世絵宗次日月抄
『夢剣 霞ざくら』　光文社文庫　平成二十五年九月

拵屋銀次郎半畳記
『無外流 雷がえし』（上）　徳間文庫　平成二十五年十一月

拵屋銀次郎半畳記
『無外流 雷がえし』（下）　徳間文庫　平成二十六年三月

浮世絵宗次日月抄
『汝 薫るが如し』　光文社文庫　平成二十六年十二月
（特別書下ろし作品を収録）

浮世絵宗次日月抄
『皇帝の剣』（上・下）　祥伝社文庫　平成二十七年十一月
（特別書下ろし作品を収録）

拵屋銀次郎半畳記
『俠客』(一)　徳間文庫　平成二十九年一月

浮世絵宗次日月抄
『天華の剣』(上・下)　光文社文庫　平成二十九年二月

拵屋銀次郎半畳記
『俠客』(二)　徳間文庫　平成二十九年六月

拵屋銀次郎半畳記
『俠客』(三)　徳間文庫　平成三十年一月

浮世絵宗次日月抄
『汝よさらば』(一)　祥伝社文庫　平成三十年三月

拵屋銀次郎半畳記
『俠客』(四)　徳間文庫　平成三十年八月

浮世絵宗次日月抄
『汝よさらば』(二)　祥伝社文庫　平成三十一年三月

拵屋銀次郎半畳記
『俠客』(五)　徳間文庫　令和元年五月

浮世絵宗次日月抄
『汝よさらば』(三)　祥伝社文庫　令和元年十月

『黄昏坂七人斬り』　徳間文庫　令和二年五月

拵屋銀次郎半畳記
『汝想いて斬』（一）　徳間文庫　令和二年七月
浮世絵宗次日月抄
『汝よさらば』（四）　祥伝社文庫　令和二年九月

本書は「血闘」と題し、「小説NON」（祥伝社刊）令和元年十一月号～令和二年一月号及び同年三月号～九月号に掲載されたものに、著者が刊行に際し加筆修正したものです。

一〇〇字書評

切り取り線

購買動機（新聞、雑誌名を記入するか、あるいは○をつけてください）

□（　　　　　　　　　　）の広告を見て	
□（　　　　　　　　　　）の書評を見て	
□ 知人のすすめで	□ タイトルに惹かれて
□ カバーが良かったから	□ 内容が面白そうだから
□ 好きな作家だから	□ 好きな分野の本だから

・最近、最も感銘を受けた作品名をお書き下さい

・あなたのお好きな作家名をお書き下さい

・その他、ご要望がありましたらお書き下さい

住所	〒				
氏名		職業		年齢	
Eメール	※携帯には配信できません	新刊情報等のメール配信を 希望する・しない			

この本の感想を、編集部までお寄せいただけたらありがたく存じます。今後の企画の参考にさせていただきます。Eメールでも結構です。

いただいた「一〇〇字書評」は、新聞・雑誌等に紹介させていただくことがあります。その場合はお礼として特製図書カードを差し上げます。

前ページの原稿用紙に書評をお書きの上、切り取り、左記までお送り下さい。宛先の住所は不要です。

なお、ご記入いただいたお名前、ご住所等は、書評紹介の事前了解、謝礼のお届けのためだけに利用し、そのほかの目的のために利用することはありません。

〒一〇一‐八七〇一
祥伝社文庫編集長　坂口芳和
電話　〇三（三二六五）二〇八〇

祥伝社ホームページの「ブックレビュー」からも、書き込めます。
www.shodensha.co.jp/bookreview

祥伝社文庫

汝(きみ)よさらば（四） 浮世絵宗次日月抄(うきよえそうじじつげつしょう)

令和２年９月20日　初版第１刷発行

著　者　門田泰明(かどたやすあき)

発行者　辻　浩明

発行所　祥伝社(しょうでんしゃ)

東京都千代田区神田神保町3-3

〒101-8701

電話　03（3265）2081（販売部）

電話　03（3265）2080（編集部）

電話　03（3265）3622（業務部）

www.shodensha.co.jp

印刷所　萩原印刷

製本所　積信堂

カバーフォーマットデザイン　かとうみつひこ

Printed in Japan ©2020, Yasuaki Kadota　ISBN978-4-396-34668-3 C0193

「宗次を殺る……必ず！」

憎しみが研ぐ激憤の剣

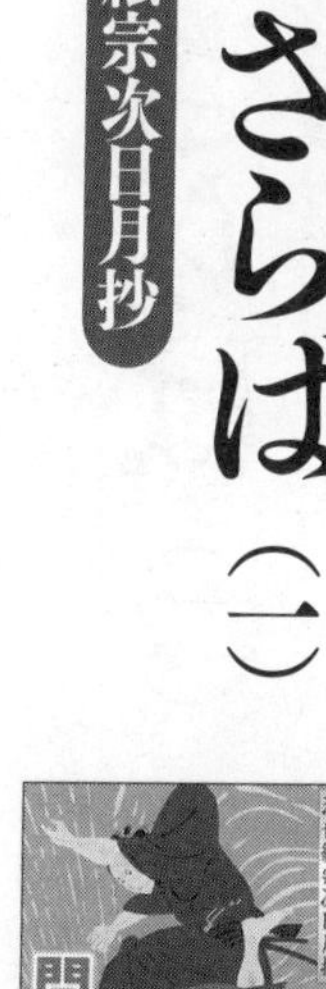

駿河国田賀藩の中老廣澤和之進の悲願、
それは自慢の妻女美雪を奪おうとする浮世絵師宗次を討ち果たすこと――。
憎しみの刃を向けられた宗次が修羅を討つ！

邪を破る悲哭の一刀

汝よさらば（二）

浮世絵宗次日月抄

浮世絵師宗次に否応なく政争の渦が襲い掛かる。
四代様（家綱）容態急変の報に接し、
騒然とする政治の中枢・千代田のお城最奥部へ——

浮世絵宗次、敗れたり——
勝ち鬨が上がる

汝よさらば（三）

浮世絵宗次日月抄

廣澤和之進との果し合いで顎を斬られ、自ら「其方の勝だ」と認めた宗次は……
一瞬の太刀が分かつ栄華と凋落